● 趙友培先生執筆的「文壇先進張道藩」有大量抗戰文學史料。

● 陳紀瀅先生的「抗戰時期的大公報」有報學、文學雙重史料價值。

抗戰文學作品

新文藝座談會

民族精神火花

● 「青年戰士報」副刊在民國六十八年七月十一、十二兩日是抗戰文學座談會記錄。

抗戰文學

抗戰文學的保衛與整理

文學的歷史不容篡奪！（上）

● 「聯合報」副刊在民國六十八年七月六、七兩日推出「抗戰文學的保衛與整理」特輯。

●謝嘉珍編的「抗戰文選」（八冊）已經絕版。

●黎明文化公司甫出版的這套「抗戰文選」是集大成之作。

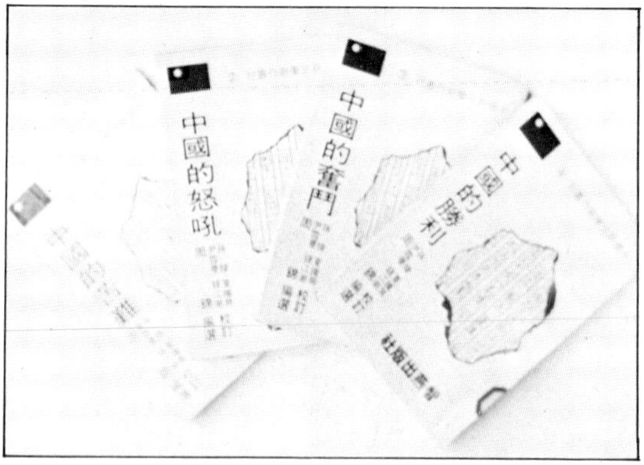

●周錦編選的這四本書，坊間亦不見蹤影。

● 舒蘭先生默默的做了不少事，研究抗戰時期的新詩即是其中之一。

● 這些書裏面對於中共在抗戰時期以文藝爲工具的實況有所記錄和批判。

● 尹雪曼先生對於抗戰時期的現代小說頗有獨到之見解。

● 劉心皇先生研究抗戰時期淪陷區文學有很好的成績。

● 新文學史的著作中皆列專章敘述抗戰文學。

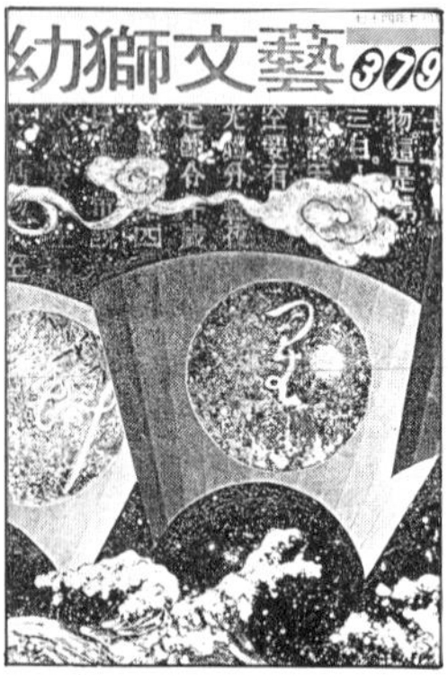

●「幼獅文藝」第三七九期是「抗戰勝利四十年」特輯。

●「現代文學」復刊第21號是「抗戰文學專號」。

●「文訊」第七、八期合刊是「抗戰文學口述歷史專輯」。

上篇

抗戰時期的文學

序

●李瑞騰

1

民國肇建以來的新文學史上，「抗戰文學」做為一個特定時間階段（抗日戰爭時期，民國二十六年至三十四年）的文學之稱謂，是與整個國族存亡的命運牽繫在一起的，其所涵蓋的空間雖廣，但由於歷史紐帶的轉動，空間的分散早由一些觀察思考者給區域化了。所以，文學外緣的時空因素對於「抗戰文學」的影響之大，遠遠超過任何一個階段的文學。

在一些可見的中國新文學史的著述中，「抗戰文學」往往被專列一章敘述，這當然是正確的。在一般的了解裡，從民初到政府遷臺的新文學，常是以二十年代（一九二〇—一九二九）、三十年代（一九三〇—一九三九）、四十年代（一九四〇—一九四九）區分的，把抗戰擺進去，則所謂「抗戰文學」，是從三十年代後期跨越到四十年代中期。不少文學史家認為，中國新文學發展到抗日爆發的前夕，無論是內容或形式，皆已相當成熟。果如是，那麼八年抗戰對於中國新文學的發展所造成的實質上影響，究竟是一個什麼樣的情況？這個問題牽涉到「抗戰文學」的風格樣貌和內在品質，是必須從歷史的大架構中去抽絲剝繭，始能讓文學主體清晰浮現出來，而且必須取足可做為代表的作家及作品，擘肌分理，以突顯其扣合時代的各項因素。除此之外，我們是否有可能超越那個時代的政治意識之抗爭，以還原文學歷史的真相？或許我們該自我期待，不論只是真之探求，或者是以史為鏡，都應該從根本的學術立場出發，以不違抗此時此地的集體意識為依歸。

從新文學史的發展脈絡來看，抗戰文學無疑具有關鍵地位。隨著戰局的演變，文學人力向四方擴散，突破原來以北平和上海為中心的小格局，這種文學空間的結構性變化，使得新文學有更大的活動空間和群眾基礎，其在各地播下的文學種籽，如若有肥沃的文學土壤，終必會發芽、茁壯的。

然而，從另外一個角度來看，戰時的特殊性導致文學走向澈底的實用性，為達到立即的宣傳效果，情緒化的宣洩、煽動性的叫囂，實難保文學之品質，以至於出現大量粗糙的濫情之作，於今重讀，我們必須體會此乃時代所造成的必然性，庶幾不致誤用評判尺度，引出不合情理的評價。

由於戰亂，資料不易保存，再加上戰後短短四年之間，中共赤化整個大陸，政府遷臺。中國人遭此大劫，文學當然也難逃厄運，以故今日回頭檢視抗戰文學史料時，真可以說滿目瘡痍，資料極其殘缺不說，如何尋找一個契合當今現實的詮釋觀點，亦頗費思量。因此有關抗戰文學的研究之缺乏，不待引述即可自明了。

抗戰爆發迄今，已歷半個世紀，當年的參與者中最年輕的也已六、七十幾歲了，我們常在他們的追憶中感受到那種高亢的國仇家恨之情緒，然而，記憶與夢魘終究要成為過去的，真正寫入歷史的必須是冷靜、客觀而不失為中國人立場的，我們編輯這一部「抗戰文學概說」，便有這樣的期待。

2

為了配合動態的「抗戰時期文學研討會」，在靜態方面，我們決定出版三冊「抗戰文學資料叢書」，第一、三本是以「文訊」七、八期合刊「抗戰文學口述歷史專輯」重新訂正、增補而成，改題為「抗戰時期文學史料」（秦賢次編著）、「抗戰時期文學回憶錄」（蘇雪林等著），另外，我們從各種書報雜誌中蒐集有關抗戰文學的專文彙編成冊，題為「抗戰文學概說」，做為此套叢書的第二本。

從資料顯示，「抗戰文學」一般性的討論，特別集中在民國六十八年七七前後，不少媒體且有大規模的企劃：訪談、座談或筆談，普遍表現出激昂的呼喚，希望大家重視抗戰文學的整理、研究與再創作，發言者大部份是參與過抗戰的前輩作家。如今重新閱讀，我們深覺遺憾，八年之間的成績竟然如此乏善可陳，我們將這些散見各報章雜誌的篇章選擇性收入此書下篇，其中的意見在今日皆仍頗具參考價值，我們期待大家再度重視。除此之外，亦選錄幾篇關於抗戰的「文選」、「專號」和「研討會」之文獻，讓讀者知道，過去曾有人做過什麼樣的努力，而我們是否該站在前人的基礎上，在審慎檢討之後，有一個更堅實、渾厚的再出發。

直到目前為止，國內研究抗戰文學的專著不多，劉心皇先生的「抗戰時期淪陷區文學史」、「抗戰時期淪陷區地下文學」，規模頗大；另有尹雪曼先生的「抗戰時期的現代小說」、舒蘭先生的「抗戰時期的新詩作家和作品」，皆有參考之價值。這些作品都重視資料的舖排和現象的描述，比較缺乏分析性，其他各種文學史上關於抗戰文學的單篇亦然。不過，整體而觀，是不難看出抗戰文學的全貌。

在本書的上篇，我們選錄數篇有關抗戰文學史的論述文章，其中王平陵先生的「七年來的抗戰文學」、陳紀瀅先生的「抗戰以前及抗戰時期的中國文藝發展概要」、紀剛先生的「抗戰時期的東北文壇」三篇屬回憶性質的記敘文章，多少有見證的味道；王聿均先生的「抗戰時期文學之演變」、劉心皇先生的「抗戰時期南方、華北偽組織的文學活動」、葉石濤先生的「戰爭期的臺灣新文學」三篇皆具學術論文的架構，引證分析、章節腳註都很完整。至於王壽南先生的「抗戰時期的文化活動」，由於提供了一個大的文化背景，故以冠書首，期能擴大我們的視野。

以「概說」為名的書，一般來說都是通論性質的導讀專著，本書取以為名，誠如本書封底的簡介中所說，是「採取彙編的方式概說抗戰文學」，統觀各篇，它大抵能夠「總括其旨意而論其大要」。出版此書，旨在拋磚引玉，期望一部真正具導讀功能的「抗戰文學概說」，甚至於一部體大慮周的「抗戰文學史」，能夠早日出現。

目錄

抗戰文學概說

文訊叢刊 2

李瑞騰／編

抗戰時期的文化活動

● 王壽南

民國二十六年七月七日的盧溝橋事變正式展開了對日抗戰，在抗戰期間，「統一意志，集中力量」是最嘹喨的呼聲，各黨各派都統一在三民主義的最高原則之下，使全中國人的意志和力量都凝結起來，一致抗日，所以，抗戰八年期間，雖然生活極為艱苦，但文化活動並未停止，反而在求生存、爭勝利的意念下，更加蓬勃起來。徐鍾珮回憶抗戰時期的生活說：「生活是艱苦的，在心甘情願下，生活的艱苦可以忍受，年輕的甚至可以一笑置之。環境是複雜的，外有強敵壓境，內有紛歧的政治思想。但是在那複雜的情況下，卻有一個單一的定力。大家的目標一致——抗戰到底。我並不太明白『到底』兩字，我有自己的解釋：只要敵人未倒，只要我一息尚存，我始終抗戰。」（註一）能在物質極端缺乏之下，中國人仍然堅持抗戰到底，那份不屈服的精神主要是依靠文化力量的支撐。茲將抗戰時期的文化活動分為學術研究、教育發展、文藝工作及新聞報紙四個方面加以說明：

一、學術研究

在北伐統一之後，國民政府即已注意到學術研究，予以提倡與策劃，學術研究之機構紛紛成立。民國十七、十八年間，相繼設立國立中央研究院與國立北平研究院，開始建立了國家綜合性的獨立研究機關，而私立研究機構也開始設立，民國十七年有中華教育文化基金董事會補助成立的靜生生物研究所在杭州設立的熱帶病研究所。民國二十年公佈訓政時期約法，約法中有兩條與學術研究有關，第五十七條：「學術之研究與技術之研究與發明，國家應予以獎勵與保護。」第五十八條：「有關歷史文化及藝術之古蹟文物，國家應予以保護與保存。」這是政府明示重視學術研究工作。中央各部附設的學術研究機關如國立編譯館、中央工業試驗所、中央水工試驗所也先後成立，各種專門性學會如中國數學會、中國物理學會、中國動物學會、中國機械工程學會、中國政治學會、中國經濟學會、中國社會學會、中國統計學會、中國教育學會等相繼成立，出版了不少專門學術性刊物。

抗戰開始，政府由南京遷至武漢再遷重慶，沿海各地的學術研究機構多半輾轉遷至後方，使學術研究工作不致中止。民國二十七年四月公布「戰時各級教育實施方案綱要」，內含九大方針，十七要點。九大方針中，有關學術研究者有三：

㈠對於吾國文化固有精神所寄之文、史、哲、藝，以科學方法加以整理發揚，以立民族之自信。

㈡對於自然科學，依據需要，迎頭趕上，以應國防與生產之需要。

㈢對於社會科學，取人之長，補己之短，對其原則整理，對於制度應謀創造，以求一切適合於國情。

該綱要並規定「全國最高學術審議機關應即設立，以提高學術標準。」依據此一綱要，教育部制定了「各級教育實施方案」，方案的第十二項為「學術研究及審議」，內分四條：

㈠各大學研究院研究所應由各大學有適當導師及優良成績設備之院系研究室發育而成，並與之聯絡為一體。

㈡各大學研究所之研究科目及研究計劃，應由教育部統計並籌劃之。

㈢教育部應設立全國最高學術審議機關，其職務如下：

1.統籌全國各大學研究所之研究科目專題及研究計劃。

2.主持學位授予事宜。

3.審核出國回國留學生法定資格與學術成績。

4.籌劃國立圖書館藝術館體育館之設立。

5.籌劃聘請外國學者入國講學事宜。

6.審議教育部委託事件。

㈣全國最高審議機關，應由教育部徵詢全國各大學及國立研究院之意見，並就其所推舉之學者聘定組織之。（註二）

依據此一方案，民國二十九年教育部即成立了學術審議委員會，從事獎勵著作發明及審查專科以上教師資格等工作。

「教育部學術審議委員會章程」第二條說明該會之任務有：㈠審議全國各大學之學術研究事項；㈡建議學術研究之促進與獎勵事項；㈢審核各研究院研究所之碩士學位暨博士學位候選人之資格事項；㈣審議專科以上學校之重要改進事項；㈤專科以上學校教員資格之審查事項；㈥審議留學政策之改進事項；㈦審議國際文化之合作事項；㈧審議教育部部長交議事項。該委員會除教育部部長、次長及高等教育司司長為當然委員外，並聘任委員二十五人，由教育部直接聘任十二人，國立專科以上學校院長選舉十三人，教育部並就委員中聘任五至七人為常務委員。教育部第一次聘任之學術審議委員與常務委員名單為：

㈠當然委員：陳立夫、顧毓秀、余井塘、吳俊升。

㈡聘任委員：吳稚暉、朱家驊、張君勱、陳大齊、郭任遠、陳布雷、蔣夢麟、王世杰、竺可楨、胡庶華、程天放、羅家倫、張道藩、周鯁生、顏福慶、曾養甫、茅以昇、傅斯年、馮友蘭、馬寅初、鄒樹文、吳有訓、趙蘭坪、馬約翰、滕固。

㈢常務委員：吳稚暉、朱家驊、陳大齊、王世杰、張道藩、鄒樹文、余井塘。（註三）

在學術審議委員會推動下，學術研究和著作發明獲得獎勵，從民國三十年至三十四年，得獎者共二百六十六人，其中一等獎十四人，二等獎七十四人，三等獎一百五十二人，其餘為獎助金，得獎作品較著名的有：朱光潛著的「詩論」得了二等獎。馮友蘭著的「新理學」和湯用彤著的「漢魏兩晉南北朝佛教史」得了哲學類的一等獎。陳寅恪著的「唐代政治史述論稿」和劉節著的「中國古代宗族移殖史論」得了社會科學類一等獎。華羅庚著的「堆壘書數論」、蘇步青著的「多元分子振動光譜與結構」、陳建功著的「富里級數之蔡茶羅絕對可和性論」、楊鍾健著的「許氏祿豐龍」和吳定良著的「人類學論文集」得了自然科學類的一等獎。杜公振和鄭瑞麟合著的「痺病之研究」與林致平著的「多孔長條之應力分析」得了應用科學類的一等獎。呂鳳子的「四阿羅漢」得了美術類的一等獎，黃君璧的「家」得了美術類的第二等獎。（註四）

抗戰時期，除重要學術研究機構均遷至後方外，新成立的學術研究機構很多：主要有中國地理研究所、中國蠶桑研究所、中央畜牧實驗所、中央林業實驗所、廣西教育研究所、甘肅省畜牧獸醫研究所、福建省研究所等。（註五）當時各研究機構的研究問題多與抗戰實際環境有關。例如中央研究院的化學研究所研究人工合成藥物、研究利用雲南的芒硝代替食鹽來製蘇打、研究四川的草藥開喉箭中的有效成分、分析本國的鈾礦、分析雲南茶葉、檢驗石油中的桐油、分析飲水；地質研究所曾研究貴州高原冰流的遺痕、甘肅通渭的古代植物、新疆的中生代植物、甘肅延長地層、峨嵋山玄武岩內的蕨科木化石、福建永安的白堊紀板頭系植物化石、湘黔兩省的金礦專報及金礦地質圖、廣西全省的地質圖及說明書、川北茂縣松番一帶的地質構造、黔桂路沿線的煤田地質、雲南東川的銅礦、四川隆昌石燕鄉的煤田地質；動物研究所研究水產實用問題；社會研究所研究戰時損失、戰時物價、新疆經濟、對外貿易；工業研究所研究金屬、光學玻璃、特種硬質玻璃、內燃機。其他研究機構也都有具體的研究成果。（註六）又「教育雜誌」第二十九卷第二號（民國二十八年二月十日出版）有報導「抗戰中的中央研究院」一文，指出中央研究院的學者專家們「在日人的礮火與轟炸的威脅下，除去繼續他們原有的研究外，更把大部分的時間與精力，集中於對抗戰有關係，對建國有助益的研究和實際工作上去。」該院各研究所，實際的表現是：物理研究所最大的戰時貢獻，就是探音器的製造和研究，用來測定日人礮位和飛機位置。上海戰役和沿江戰役中，我們的神礮手曾經發揮過絕大的威力，而在這個摧毀日人礮兵陣地的礮戰中，物理研究所的探音器製造有極大的貢獻，同時該所對於軍用精密儀器之製造與修理，例如經緯儀、迴照儀、航空測量所用的糾正儀和各種軍用的測距儀及望遠鏡等，委託該所製造和修理的機關有航空委員會、參謀本部、兵工署和國內諸大兵工廠。化學研究所努力於生水消毒藥和各種救護醫藥的製造，並且特別著重於食品營養的研究，來解決前線兵士的食糧問題，來增加我們抗戰勇士的體力。工程研究所研究鋼鐵和其他合金的製煉，供給交通與軍事的需要。使當時有較低廉的鋼鐵與合金來用，這在受日人封鎖的中國，無疑是極大的助力。氣象研究所供給航空機關正確可靠的天氣預測與報告，對於抗戰中空軍的光榮戰績是有絕大助力的。地質研究所在抗戰中的工作是以全力作國內的礦產的調查，特別注重於煤田、石油、銅、鐵及稀有金屬的尋求，對於增加抗戰建國力量上，有很大的幫助。

關於大學內之研究所，民國二十五年度共有二十二所研究所，研究生七十五人，抗戰開始，各大學因遷校關係，研究工作多未能繼續進行。教育部於民國二十七年，撥給經費，就設備與人才較優的國立大學酌量增設研究所，同時並令舊有的研究所恢復招生。至三十三年，大學研究所增至四十九所，研究生共有四百二十二人，研究生修習專業科目兩年以上，經考試及格，並提出碩士論文，經教育部送請專家覆核及格，始可授予碩士學位，學術審議委員會成立以後，碩士論文之覆核由學術審議委員會主持，研究生之訓練及學位之授予，都很慎重。（註七）

抗戰期間，研究環境不佳，但新成立之學術研究團體甚多，依據第二次中國教育年鑑之記載，在民國二十六年七月至三十四年八月間成立之各種學術研究團體有：中國心理建設學會、中國力行學會、中國英語學會、中國地方自治學會、中國人事心理研究社、中國社會建設研究社、中國經濟建設協會、中國邊疆文化促進會、中國邊政學會、中國邊疆學會、中國邊疆學術研究會、中國醫學教育社、中國農業協會、中國農業推廣協會、中國畜牧獸醫學會、中華稻作學會、中國農業建設協進會、中國農業經濟建設學會、中國農場經營學會、中國水土保持協會、中華昆蟲學會、中國農具學會等（註八），加上在抗戰前即已成立之學會，全國學術文化團體眾多，其中稍有規模而對抗戰有所貢獻者計有：

1. 一般學術文化——中國民族學會、中國民俗學會、人生哲學研究會等。
2. 教育——中國教育學會、中國社會教育社、中華兒童教育社、中國測驗學會、中國童子軍教育學會等。
3. 醫藥——中華醫學會、中國護士學會等。
4. 科學與技術——中華科學協進會、中國化學會、中國物理學會、中國地理學會、中國紡織學會、中國動物學會等。

5.農林——中國農學會、中國園藝協會等。

6.社會政治經濟——中國社會學會、中國社會行政學會、中國地方自治學會、中國行政學會、中國考政學會、中國人事行政學會、經濟研究社等。

7.文史——中國哲學會、中國歷史學會等。

8.工程——中國工程學會、中國機械工程學會、中國水利工程學會、中國土木工程學會、中國礦冶工程學會、中國化學工程學會、中國造船工程學會等。

9.國際文化——中國國際聯盟同志會、中韓文化協會等。

10.體育——中華全國體育協進會等。（註九）

抗戰時期的學術研究工作，在物力艱難萬分的情形下，繼續進行，各研究人員多能利用當地可用之物質資源，自己製造儀器和其他研究設備，雖然因陋就簡，但是他們從無法中設法，仍能在研究方面有相當成就。英國科學家李約瑟（Joseph Needham）在抗戰時曾來中國參觀當時各地的大學院校與研究機構，對於研究人員的艱苦奮鬥和成就在Nature雜誌上有詳細的報導，實是當時科學研究情形最好的紀錄。（註一〇）

二、教育發展

盧溝橋戰事爆發，中國進入全面抗戰的情形，教育部為緊急應變，特於民國二十六年八月二十七日制頒「總動員時期督導教育工作辦法綱領」指示戰事迫近時各級教育機構如何處理之原則。（註一一）

當時許多學者對教育方向各有不同的看法，傅斯年主張一切以打勝仗為目的，蔣百里則主張讓學生在抗戰中從事工業生產與發展科學。（註一二）二十七年三月，陳立夫接長教育部，曾發表告青年書，聲明三點：㈠青年願從事軍事工作者，送往軍事工作地點；㈡認為不適合軍事工作者，送往學校；㈢無論在任何學校肄業之青年，遇國家需要時，應隨時放棄書本，以應國家徵調。（註一三）表明了教育部對青年所採政策的方向，　蔣委員長在民國二十八年三月十二日第三次全國教育會議中，對於中國戰時教育政策與方針作了明確的指示：「我常說『現代國家的生命力，由教育、經濟、武力三個要素所構成，教育是一切事業的基本，亦可以說教育是經濟與武力相聯繫的總樞紐，所以必須以發達經濟增強武力為我們教育的方針。』尤其是這個抗戰建國時期，我們必須發展經濟以充實戰時的國力，以奠立戰後建國的基礎，更必須增強武力，以期一方面克敵制勝，一方面建國建民，我們要由戰時種種艱苦的當中，造成我們中國為富有活力富有前途的現代國家！目前教育上一般辯論最熱烈的問題，就是戰時教育和正常教育的問題，亦就是說我們應該一概打破所有正軌的教育制度呢？還是保持著正常的教育系統而參用非常時期的方法呢？關於這一個問題，我個人的意思，以為解決之道，很是簡單，我這幾年常常說：『平時要當戰時看，戰時要當平時看。』我又說：『戰時生活就是現代生活，現在時代無論個人或社會，若不是實行戰時生活，就不能存在，就要被人淘汰滅亡。』我們若是明瞭了這一個意義，就不必有所謂常時教育和戰時教育的論爭，我們因為過去不能把平時當作戰時看，所以現在才有許多人不能把戰時當作平時看，這兩個錯誤，實在是相因而至的，我們絕不能說所有教育都可以遺世獨立於國家需要之外，關起門戶，不管外邊環境甚至外敵壓境了，還可以安常蹈故，一些不緊張起來，但我們也不能說因為在戰時，所有一切的學制課程和教育法令都可以擱在一邊，因為在戰時了，我們就把所有現代青年無條件的都要從課室實驗室研究室裡趕出來，送到另一種境遇裡，無選擇無目的地去做應急的工作，我們需要兵員，必要時也許要抽調到教授或大學專科學生，我們需要各種抗戰的幹部，我們不能不在通常教育系統之外去籌辦各種應急人才的訓練，但同時我們也需要各門各類深造的技術人才，需要有專精研究的學者，而且尤其在抗戰期間更需要著重各種基本的教育。」（註一四）

民國二十七年制定的「戰時各級教育實施方案綱要」確定了戰時教育方針有九：一曰三育並進；二曰文武合一；三曰農村需要與工業需要並重；四曰教育目的與政治目的一貫；五曰家庭教育與學校教育密切聯繫；六曰對於吾國固有文化精粹所寄之文史哲藝，以科學方法加以整理發揚，以立民族之自信；七曰對於自然科學，依據需要，迎頭趕上，以應國防與生產之急需；八曰對於社會科學，取人之長，補己之短，對其原則應加整理，對於制度應謀創造，以求一切適合於國情；九曰對於各級學校教育，力求目標之明顯，並謀各地平均之發展，對於義務教育，依照原定期限，以達普及，對於社會教育，力求有計畫之實施。依據以上九項方針，擬具了整理與改善教育的方案，以為實施的準則，其要點為：（註一五）

1.對於現行學制，大體仍應維持現狀，惟遇拘泥模襲他國制度，過於劃一不易施行者，應酌量變通，或予以彈性之規定，務使因事制宜，因才施教，而收到實際效果。

2.對於全國各地各級學校之遷移與設置，應有通盤計畫，務與政治經濟實施方針相呼應，每一學校之設立及每一科系之設置，均應規定其明確目標與研究對象，務求學以致用，人盡其才，庶幾地盡其利，物盡其用，貨暢其流之效可見。

3.對於師資訓練，應特別重視，而亟謀實施；各級學校教師之資格審查與學術進修之辦法，應從速規定，為養成中等學校德智體三育所需之師資，並應參酌從前高等師範之舊制而急謀設置。

4.對於各級學校及各科教材，應徹底加以整理，使之成為一貫之體系，而應抗戰與建國之需要，尤其儘先編輯中小學公民、國文、史地等教科書及各地鄉土教材，以堅定愛國愛鄉之觀念。

5.對於中小學教學科目，應加以整理，毋使之過於繁重，致損及學生身心的健康；對於大學各院科系，應從經濟及需要的觀點，設法調整，使學校教學力求切實，不事鋪張。

6.訂定各級學校訓育標準，並切實施行導師制，使各個學生在品格修養及生活指導與公民道德之訓練上，均有導師為之負責，同時可重立師道之尊嚴。

7.對於學校及社會體育，應普遍設施。整理體育教材，使與軍訓童訓取得連貫，以矯正過去之缺點。強迫課外活動，以鍛鍊在學青年之體魄，並注意學生衛生方法之指導及食物營養之充足。

8.對於管理，應採嚴格主義，尤注重中小學階段之嚴格管理。中等以上學校一律採軍事管理方法，養成整齊、清潔、確實、敏捷之美德，勞動服務之習慣與負責任、守紀律之團體生活。

9.對於中央及地方之教育經費，一方面應有整個之籌集與整理方法，並設法逐年增加，一方面務使用得其當，毋使虛靡。

10.對於各級學校之建築，應只求樸實合用，不宜求其華美。但儀器與實習用具之設備，應儘量充實，期達規定之標準。

11.各級教育行政機構，應設法使其完密，尤應重視各級督學工作之聯繫與效能，對各級教育行政人員之人選，應以德行與學識並重，特別慎重其銓衡。

12.全國最高學術審議機關應即成立，以提高學術標準。

13.改訂留學制度，務使今後留學生之派遣，成為國家整個教育計畫之一部分，對於私費留學，亦加以相當之統制，革除過去放任之積弊。

14.中小學之女生應使之注重女子家事教育，並設法使學校教育與家庭教育相輔推行。

15.督促改進邊疆教育與華僑教育，並分別編訂教材，養成其師資，從實際需要入手。

16.確定社會教育制度，並迅速完成其機構，充分利用一切現有之組織與工具，務期於五年內普及識字教育，肅清文盲，並普及適應於建國需要之基礎訓練。

17.為謀求教育行政與國防的生產事業之溝通與合作，應實施建教合作辦法，並儘量推行職業補習教育，使各種職業各級幹部，均有充分之供給，俾生產機構早日完成。

民國二十六年九月十二日教育部制定非常時期處理校務臨時辦法，令各省市教育廳局及專科以上學校遵照辦理，辦法中有規定：「各級學校所在區域發生激烈戰事時，各校得呈准主管教育行政機關，暫行停閉，或為遷移之處置，必要時並得逕行辦理。」（註一六）由於戰火迅速蔓延，許多學校紛紛遷移至後方，根據民國二十八年八月的統計，專科以上學校遷移後方開學者計七十所，仍在原地開課者僅二十所，此二十所中，十所原便設在後方。

抗戰發生以後，在後方增設專科以上學校，計有：（四川）國立中央技藝專科學校；（陝西）國立西北工學院、西北農學院、及省立陝西醫專；（湖南）國立師範學校；（江西）省立獸醫專科，共六校。此外另設師範學院五所，附設於其他各大學內，以造就中等學校教育師資，並創設大學先修班五班，以為高中畢業生升學之標準。（註一七）

在戰爭中，教育部除注意各專科以上學校的遷移外，也注意到課程的整理。早在戰前，國聯教育考察團（League of National Education Mission to China）即已指出中國大學課程抄襲外國，不合中國需要。抗戰時期教育部長陳立夫感慨地指責當時大學是「文化租界」，於是致力於收回此「租界」，乃從課程入手，加以整理。民國二十八年二月教育部乃決定了整理大學課程的三個原則：㈠規定統一標準，不僅在提高程度，且與國家文化及建設的政策相吻合；㈡注重基本訓練，先從學術廣博基礎的培養，由博返約，不因專門的研究而有偏固之弊；㈢注重精要科目，所設科目，力求統整與集中，使學生對於一種學科的精要科目，有充分的修養而有融會貫通的精神。至於課程內容科目，則規定有共同必修、分院必修、分系必修及選修各類。（註一八）經過此次整理，大學教育開始注意到中國歷史文化的精神。

除了整理課程外，教育部還對高等教育作了許多措施來改進高等教育的素質，這些措施包括編印大學用書、審定教員資格、舉辦統一入學考試與學業競試、實行畢業總考、推行導師制度，與劃一大學行政組織等，都是戰時新創，積極推行，收有相當成效。（註一九）

教育部為救濟戰區撤退之公私立中學員生，自民國二十六年冬起設立國立中學，第一所此類國立中學設立於河南淅川上集，初名國立河南臨時中學，其他後方各地亦設國立中學，以地名為校名，其數漸多。二十八年二月國立中學暫行規程修正，各校組織及設施漸趨一致。四月，教育部取消國立中學以地名為校名之辦法，依照各校成立先後之次序，以數字為校名，國立河南臨時中學遂更名為國立第一中學，當時國立中學多至二十餘所。自民國二十八年起，教育部又會同僑務委員會設立國立華僑中學，以收容返國華僑子弟，此類國立華僑中學共有三所。（註二〇）

對於中等教育內容的改進，教育部作了幾項重要的措施：其一為訂頒各類中等學校劃分學區辦法，令各省依照省內人口、交通、經濟、文化發達情形，分別劃定中學、師範、職業三類中等學校區，分區設置各類學校，以免重複、集中與偏枯。其中學區注意小學升學兒童的比例；職業學校區則注意配合地方經濟需要；師範學校區則注意小學師資之需要。

其二為改訂各中等學校課程，除了規定在所有中等學校增加戰時特種教材並實施後方服務訓練而外，教育部還修訂各類學校教學科目時數表和課程標準，公佈實施。此項修訂工作，因為科目繁多，發動專家擔任，工程浩大，但均能適時完成，使各省市有所依據。

其三為中小學教科書，在戰爭後期，由教育部委令國立編譯館統編，交由各書局印銷。中國中小學教科書，在戰前採審定制，戰爭後期改為所謂「國定制」。當時及戰後，不免有人批評「國定制」為「統制思想」與「與民爭利」，這種批評由於不了解當時情形而起。教育部統編教科書，交各書局印銷，乃是因為戰爭後期發生嚴重的教科書荒，又因新課程標準頒訂後，在後方為數甚少之書局，限於人力財力，無法自編，亦無力印製，而各省市教育當局鑑於各中小學無書可用情形之嚴重，都請教育部加以解決，教育部為適應當時需要，才決定由部統編教科書，交各書局印銷，並且在貸款及配給紙張方面，予以便利。因此在戰爭後期，各省市中小學才有書可用。其間並無統制與爭利的動機。至於編譯館編輯中小學教科書的程序很為審慎周詳。先出暫行本，由各校試用。編譯館根據各校試用後的意見與專家意見，對暫用本加以修訂後交書局印行，是為修訂本。修訂本使用後，再根據各方意見由編譯館作最後修訂，經教育部審定後印行，是為國定標準本。其編訂手續是不厭其詳的。教科書荒，從此解決，而中小學程度，也達到最低水平。（註二一）

抗戰前，各級教育之中，以國民教育（小學教育）最為落後。全國尚未普設小學，學齡兒童就學率低，根據民國二十一年的統計，全國入學兒童僅占學齡兒童總數百分之二十四強。抗戰爆發後，國民教育較發達的東南各省都淪陷於日軍，而淪陷各省市僅少數小學教員與學生遷移至後方，使國民教育遭受極大的打擊。

民國二十八年九月，政府公布縣各級組織綱要，實行新縣制，規定每鄉鎮設中心學校，每保設國民學校，都包括兒童、成人、婦女三部分，使民眾教育和義務教育打成一片。在教育經濟發達地區，中心學校校長和國民學校校長皆以專任為原則。中心學校教員兼任鄉鎮公所文化股主任及幹事，國民學校教員兼任保辦公處文化幹事。這種規定的特點是管教養衛相互聯繫。中心學校和國民學校校長和教師的責任和地位也提高了。（註二二）

民國二十九年三月，教育部根據新縣制的精神，公佈國民教育實施綱領，確定了國民教育制度。國民教育實施綱領第二條規定：國民教育分義務教育與失學民眾補習教育二部分，應在國民學校及中心學校內同時實施。全國自六足歲至十二足歲的學齡兒童，除可能享受六年制的小學教育以外，應受兩年或一年的義務教育。全國自十五足歲至四十五足歲的失學民眾應受初級或高級民眾補習教育，十二足歲至十五足歲的失學兒童，得視情形施以相當的義務教育或失學民眾補習教育。

國民教育實施綱領又規定：普及國民教育以五年為期，從民國二十九年八月起至三十四年七月止分三期進行。在第一期內，各鄉鎮均應設立中心學校一所，至少每三保設立國民學校一所，須使入學兒童達到學齡兒童總數百分之六五以上，入學民眾達到失學民眾總數百分之三十以上。在第二期內，須使入學兒童達到學齡兒童總數百分之八十以上，入學民眾達到失學民眾百分之五十以上。在第三期內保國民學校儘量增加，做到每保一校，須使入學兒童達到學齡兒童總數百分之九十以上，入學民眾達到失學民眾百分之六十以上。

在對日抗戰的艱苦階段來推行如此偉大的計劃，最大的阻力是經費和師資兩缺，在十九省中只有少數省市做到了，其他省市都延長了期限。到民國三十五年底，後方的十九省市有三一五、七八〇保，共設國民學校二三七、〇〇〇校，平均每四保設三校，共有學齡兒童三八、一七三、七六五名，已受教育兒童二九、一六〇、八〇三名，均占學齡兒童總數百分之七十六強。（註二三）

戰時國民教育的重要措施，尚有有關籌畫國民教育經費、訓練師資，及優待國民學校教員等各項法令的公布，幼稚園規定、修正小學各科課程標準、小學訓育標準也先後訂頒。民國三十三年由國民政府公布的國民學校法，將戰時對於國民教育的創制，作法律的制定，也奠定了國民教育久遠的基礎。（註二四）

由於對日抗戰須要振奮人心，激發同仇敵愾，因此相當重視社會教育，以社會教育來對廣大民眾作宣傳與推動，所以戰時的社會教育有許多創新。教育部原來直接主管的社會教育機構有中央圖書館、中央博物館、北平圖書館、故宮博物院等，此等院館的文物和人員均於戰爭初起時，即已向後方遷移，在後方擇地繼續開辦。對於保存民族文化頗有貢獻。同時，為了適應戰時需要，教育部下增設了若干社教機構，三十一年籌設中央民眾教育館於重慶，三十二年籌設國立西北圖書館於蘭州，成立國立禮樂館與中央美術館於重慶，國立敦煌研究所於甘肅，這些社教機構對抗戰精神的鼓舞均有其貢獻。

抗戰時期，中央與地方還推行許多種社教工作，為了安置遷入後方的戰區社教人員，有社會教育工作團的組織。此等工作團在敵後各省市從事抗敵宣傳及社教工作，深有影響。同樣有宣傳作用的是各種巡迴戲劇教育隊，在後方各省市巡迴上演，觀眾逾千萬人。為了訓練正規戲劇人才，還改辦了國立戲劇專科學校與國立戲劇學校各一所。前者為原遷後方之戲劇學校所改辦，後者為山東省立實驗劇院所改辦。

音樂為社教有力工具，戰時在重慶設立了國立音樂院，在福建設立了國立福建音專，並恢復了上海音專，又接辦了中華交響樂團。曾在陪都舉辦千人合唱，和在江津白沙舉辦萬人大合唱，對於激勵民心士氣，不無貢獻。教育部音樂教育委員會並曾從事修訂標準音律。「中華新韻」並經部擬訂，經政府公布。

中央政府除了自行舉辦上述各項社教事業而外，並督促各省市擴展文教。有九省市增設了科學館，施行通俗科學教育，並給設備簡陋的中等學校學生以科學觀察與實驗的機會。

電影與播音為社會教育的利器，教育部特於社會教育司增設一科，主管電影播音教育，各省市亦設有電影播音教育巡迴工作隊，共五十二隊，分赴各省市巡迴示範。

為了推動各省市實行社會教育，還有若干法規的制訂。最重要的是「補習學校法」，使各級補習學校列入學制系統之內，使不能受正規學校教育的學生，亦可在補習學校循序而進，取得正規學校畢業的同等資格。另一重要法律，便是「國民體育法」，使體育得著普遍的重視。「各學校實施社會教育辦法」為社會教育另開一途徑。

戰時致力於掃除文盲亦為社會教育一大成就，據民國三十三年教育部統計，戰時共掃除文盲五千五百九十八萬八千六百五十五名，雖尚未將文盲全數掃除，但已盡相當之努力而獲有可觀之成效。（註二五）

根據國家政策，中國戰時教育是準備建國人才，與適應抗戰需要是雙管齊下的。除了正規教育中已寓有抗戰的目標而外，還對於當時戰爭有重大直接的貢獻。在這一方面，戰時教育是以戰區、敵後及後方的全體青年為對象的。所有青年招致、救濟、訓練工作，都是由教育部主持辦理的。

戰時對於青年的教育工作，第一件緊要的事，便是爭取青年。此種措施，除了因為國家要培育人才外，還有兩重意義。因為青年如經招致、救濟與訓練，則其父兄陷在戰區者，必增內向之心，減少為敵偽利用的機會；又因為青年流離失所，趨向不定，容易受別有企圖的政治和軍事的集團藉抗日為名，大量招致，加以訓練，作為達到政治企圖的工具。為了保護這些青年，也不得不加以爭取和安置。在敵偽控制區域依「淪陷區教育設施方案」就地在地下設校，吸收青年，施行抗日教育，並分區派戰區教育督導專員主持其事。由民國二十七年設有五十個督導區，至三十二年增至一百零二個督導區。督導專員從事地下教育工作，冒險犯難精神可佩，據戰後不完全之統計，殉職人員有三四三人之多。

對於淪陷區青年如無法就地教育，則在各地設站招致運送後方安置，最初係零星招致。民國三十年教育部成立戰地失學失業青年招致訓練委員會，作大規模有計劃的招致與訓練。自二十九年起至三十二年止，招致青年計達十五萬四千八百九十六人。此等青年離鄉背井，生活無著，其衣食住行均由教育部籌款供給。除若干就業與從軍者外，此等青年均先後安置於學校繼續受教。對於中等教育程度之學生，則設立各種國立中等學校，及臨時中學予以收容。其中原在大專學校肄業之學生則分發大學院校借讀。

借讀辦法乃戰時所首創。凡戰區甚至港澳大學院校（包括香港大學）學生，一律由教育部分發後方校院插入相同院系年級借讀。極大多數均在借讀學校完成學業。原在戰區大專學校學生聞有借讀辦法，雖不經招致，亦源源而來。戰時大學院校學生人數之增加，借讀生為其來源之一。由於國立中等學校與臨時中學之設立，與大學院校之開放，戰區流徙學生，有志繼續求學者，幾乎人人各得其所。

戰區流徙後方的青年，不但其學業需要繼續，其生活也需要照顧。教育部為了照顧他們的生活，特設貸金制。使經濟來源斷絕的學生，可以直接向學校或是間接向政府貸金維持生活。貸金包括膳食及服裝各項費用。學校並免費供給住宿。最初名曰貸金，原期他們就業後償還，後來因為清償不易辦到，且法幣貶值，償還幾乎等於不還，所以將貸金改為公費。久之，非戰區學生，因戰時物價高漲，家庭不勝負擔，也多得了貸金或公費。此項支出費用浩大，幾乎超過了國家教育文化經費二分之一。國家負擔之重，可以想見；但是因此成就甚眾。據統計戰時由中學以至大專院校畢業，全賴國家貸金或公費完成學業者共達十二萬八千餘人之多。此等皆是國家不可少之人才。凡戰時曾在後方求學者，幾乎無人未受貸金或公費之惠。如無貸金或公費制，不知道有多少人失學，將為當時抗戰後來建國之絕大損失。所以中國戰時教育這種貸金與公費制度值得大書特書。

戰爭初起前後，曾經有人主張將正規教育一律改弦更張，改辦戰時教育。這種教育的內在危機，幸經國策的決定而免除。此外也有人主張正規教育雖要維持，但是及齡的在學青年，應與其他青年一同抽籤入伍。這種主張，因為當局考慮我國受大專教育的人數太少而兵源並不缺乏，為了保全知識青年為將來建國幹部，也為一面儲備人才，一面加以軍事訓練，使對軍事可有直接之較大貢獻，所以決定在學及齡青年（最大多數為大專學校學生）暫時免徵，俟將來軍事上有需要時，再行徵調。這種決策雖然當時有人批評，但是事後回溯，實是正確的決定。即以美國而論，第二次世界大戰時也曾對醫科學生緩征，保全人才，作戰時和平時最適當的使用，乃是正確的徵調政策。

由於上述的政策，大多數的及齡青年，都留在學校。有志立時從軍的青年則由政府或保送受短期訓練後即加入戰鬥，或保送入各種軍事學校受正規訓練再行入伍。他們都增加了戰鬥力量。在抗戰期間，由於前方作戰需要，曾經隨時徵調在學青年服役。首先徵調的為醫藥科學生。在抗戰初期，已經徵調一部分醫科學生到軍事醫院及紅十字會救護機關服務。自民國二十八年起則徵調醫科應屆畢業生至軍事醫院及國家醫務機關服務。其次徵調的是工科學生。三十年四川、江西建築軍用機場徵調大學工科四年級學生前往工作。復依徵調工科畢業生服役辦法，開始抽調每年工科畢業生總數十分之一到軍中服務。徵調人員最多的是軍中譯員。三十年先徵調各大學外國語文學系三、四年級學生，派任美國來華志願空軍的譯員。三十三學年度開始徵調各大學法律系每年畢業生百分之十五為軍法人員。總計抗戰期間所徵調之醫、藥、法及外國語文學生共六、三七一人。其自動參加軍佐工作及譯員工作者尚不在內。受徵學員，都是踴躍應徵，不避艱險，完成任務，沒有臨徵規避的。

最壯闊的青年從軍運動，發動於三十一年。教育部因為當時戰爭日趨激烈，時危事急，僅是徵調一部分學生從事軍事方面技術工作，已不能完全適應需要。為了鼓勵士氣，加強作戰幹部，需要知識青年正式加入作戰，因而發動在學學生志願從軍。各地學生熱烈響應。截止三十二年年底止，各地從軍青年已達一萬五千餘人，三十三年更發動波瀾壯闊之十萬運動。各大學學生投筆從戎，經過訓練編組而成青年軍，開赴前方作戰，社會動容，軍隊振奮。為中國抗戰史及教育史留下光輝燦爛的一頁。

從以上所述青年受徵調或志願從軍的經過，可見戰時教育不但為未來儲備人才，同時對於直接支援戰爭也盡了最大的努力，而絕大多數的青年並沒有辜負政府招致救濟與訓練的苦心。（註二六）

抗戰時期雖然受到國土淪陷，人力物力艱難，軍事緊急，日機轟炸等不良條件的影響，但教育仍有顯著的成就，在各級教育的數量方面，根據「第二次中國教育年鑑」的統計，情況如下：

甲、專科以上學校

項目	二十五學年度	三十三學年度	增減數
校數	一〇八	一四五	(+)三七
教員數	七、五六〇	一一、二〇一	(+)三、六四一
學生數	四一、九二二	七八、九〇九	(+)三六、九八七
畢業生數	九、一五四	一二、〇七八	(+)二、二九四

乙、大學研究所

項目	二十五學年度	三十三學年度	增減數
所數	二二	四九	(+)二七
學部數	三五	八七	(+)五二
研究生數	七五	四二二	(+)三四七

丙、中學

項目	二十五學年度	三十三學年度	增減數
校數	一、九五六	二、七五九	㈩八〇三
教職員數	四一、一八〇	六七、四七七	㈩二六、二九七
學生數	四八二、五二二	九二九、二九七	㈩四四六、七七五
畢業生數	七六、八六四	二二二、七八三	㈩一三五、九一九

丁、師範學校

項目	二十五學年度	三十三學年度	增減數
校數	八一四	五六二	㈠二五二
教職員數	一〇、二二三	一三、三四七	㈩三、一二五
學生數	八七、九〇二	一五七、八〇六	㈩六九、九〇四
畢業生數	二四、一六二	二六、八〇八	㈩二、六四六

戊、職業學校

項目	二十五學年度	三十三學年度	增減數
校數	四九四	四二四	㈠七〇
教職員數	八、六四五	九、八一一	㈩一、一六六
學生數	五六、八二二	七六、〇一〇	㈩一九、一八八
畢業生數	一〇、二九四	一四、〇三〇	㈩三、七三六

己、國民學校

項目	二十五學年度	三十三學年度	增減數
校數	三二〇、〇八〇	二五四、三七七	㈠六五、七〇三
教職員數	七四二、八七一	六五五、六一一	㈠八七、二六〇
學生數	一八、三六四、九五六	一七、二二一、八一四	㈠一、一四三、一四二
畢業生數	二、一六六、三七七	三、八七一、六八八	㈩一、七〇五、三一一

以上的比較表現出大學院校的校數、員生數和畢業生數在戰時均較戰前大量增加。這由於教育部鼓勵戰區大學院校內遷，並增加新校之故。中等學校除師範及職業學校校數減少外，教職員學生與畢業生人數都較戰前增加。中等教育的發展，由於政府所控制的後方十九省市中等學校的增加，和教育部創設國立中學、國立師範學校與國立職業學校之故，有長足的進步。國民教育完全由後方各省市辦理，因為國土淪陷，所以戰時校數減少甚多。但是教職員數和學生數和戰前相差無多，可知後方十九省中，國民教育發展亦為迅速，尤於學齡兒童入學率之增加方面成就輝煌。再加以抗戰前夕，各省多設有短期小學，故戰時小學畢業生人數，反較戰前增加許多。

從以上數字的比較，可見戰時後方教育，未因戰爭而萎縮，且有普徧的發展。這種發展是由於中央與地方政府的重視教育，大力推動，亦是因各級教育人員不辭戰時艱苦，不斷奮鬥而得到的結果。在中國抗戰史與教育史上，留下光輝燦爛的業蹟。

戰時的生活艱難，又時遭日機的轟炸，但沒有阻止教育的推展，其原因全靠師生們具有高度的奮鬥精神。民國二十六年七月二十九日、三十日兩天，天津私立南開大學被日本轟炸機低飛狂炸，木齋圖書館與秀山堂（教室與辦公室）全部被炸毀，學生宿舍和教職員住宅也損失慘重，這是日軍有意摧毀中國大專院校暴行的開始，當時南開大學校長張伯苓因公在南京，聞耗後，憤慨地說：「敵人只能摧毀我南開的物質，毀滅不了我南開的精神。」（註二七）其後南開大學與北京大學、清華大學合併，初遷長沙，後遷昆明，三校聯合改校名為國立西南聯合大學，果然使南開精神延續下去。其實，又豈止於南開，在淪陷區內，無數的大學受到日軍的摧殘，但中國大學教育並沒有為之瓦解，反而在後方有新的發展，這完全顯示中國教育界的堅強不屈。

抗戰時期，學校教育十分艱苦，一篇描寫西南聯大實際生活的文章，清晰地道出學生們物質和精神生活的情形：

> 直到筆者書此文時，西南聯大在滇已經兩年多了。兩年來的西南聯大，可以說是無日不在苦難中折磨成長。總括來說，它的第一個困難是「窮」，學校的設備經過一次摧殘，就更壞一次；圖書和儀器固然是在增添了，然而和同學的需要仍不能按比例的提高。教職員方面也是「窮」，他們的月薪頂高的不過能買昆明的三、四石米，低的則連一石米都不能買到，以此養家，當可想見。同學們除了少數外，是更苦了，一般地說，都是「面有菜色」的。他們固然不再希冀以往的物質享受，然而萬般困難不足以摧毀他們的精神。其次，是校舍的困難。許多人睡在一間陰暗的小屋子裡，無法安靜是不用說了，而昆明又多

流行病，個人健康也無法維持。有一次，一室中四、五人先後都患了猩紅熱，而同室中其餘的同學仍無法疏散開。這只不過說明了校舍的「擠」。西南聯大的校舍問題並不只此一端。方遷滇時，學校在昆明西北部，建有土屋，為以後一年級的一千多新生所用了，工學院在城東的兩個會館裡，也比較安靜。而其他部分的同學，三兩個月一遷居都視為常事了。這原因也很平常，就是西南聯大是租了幾個疏散到鄉間的中學的校舍的（農業學校、工業學校、昆華師範、昆華中學），房子一到期，就有種種原因，必得讓出來。以上所述，只不過是西南聯大的艱苦情況之一部分而已，其他殊難盡述。然而就在這種種困苦中，西南聯大滋長起來了。許多參加救亡工作的同學回來復學了，在淪陷區的許多中學畢業生，尤其是華北一帶的，他們不辭艱苦的紛紛來到昆明，希望考進西南聯大。所以現在的西南聯大，雖是大量地吸收了西南各省的青年，仍不愧為北方青年的大本營者，其故就在於此。直至一九三九年始業，西南聯大的學生總數竟有三千十九人之多，實不可不謂「漪歟盛哉」了。

隨著抗戰局勢的穩定，學校中課業的進行也積極起來。課室中同學們都專心聽講了，實驗室就是在暑期中也都從早忙到晚，而圖書館是永遠擠滿了人。學校各處的牆壁上都貼滿了壁報，討論著有關政治、經濟、法律、歷史、社會、時事等的問題，不下二三十種。而課外活動方面，舉凡各種社會事業，如演劇、下鄉宣傳、響應寒衣募捐、防空救護等，西南聯大都是熱心活動的一分子，然而你會想到嗎？這一切都是正為饑寒所迫的同學們做出來的。

國難雖在激勵著人們，我們對於日人最有效的答覆就是拿工作的成績來給他們看，西南聯大被轟炸已經兩次了。一次是在一九三八年九月二十八日，西南聯大所租用的昆華師範裡落了十幾枚殺傷彈，死了方由天津來的同學二人。第二次是在一九三九年十月十三日，日人在西南聯大一帶投下了不下百餘個輕重炸彈，意欲根本毀滅了這個學校。師範學院全部炸毀，同學財物損失一空，文化巷文林街一向是聯大師生的住宅區，也全炸毀了，在物質方面，日人已經盡可能地給了打擊。然而，就在轟炸的次日，聯大上課了，教授們有的露宿了一夜仍舊講書，同學們在下課後才去找回壓在頹垣下的什物，而聯大各部的職

員，就在露天積土的房子裡辦公，未曾因轟炸而停止過一日。（註二八）

以上的描述可以看出抗戰時期學校教育艱難困苦的情形，「國難在激勵著人們，我們對於日人最有效的答覆，就是拿工作成績給他們看。」這是最崇高的愛國精神，就憑這股精神，各級學校的師生們從不向困境低頭，更加努力。試以東北大學為例，抗戰時，東北大學遷移陝西西安，不僅繼續教學與研究，更參加了抗戰救國的實際工作，「教育雜誌」第三十一卷第一號有「抗戰以來的東北大學」一文，介紹該校在抗戰時期參加救國工作的情形：

二十六年十月有負傷官兵二千餘人運抵西安，本校即組慰勞隊、看護隊，逐日輪流服務，迨其正式入後方醫院始已。同時全體師生籌款，購買實用物品，捐募衣被，分別贈送傷兵。旋以太原失守，黃河沿岸吃緊，妥商得陝西省政府同意，由本校員生組織宣傳隊，分赴潼關、華隆等二十縣實施抗戰宣傳，往返都計半月。是年終，復有學生三十餘人，請求赴山西前線參加抗戰工作，歷時一月，始行返校。

遷三臺後，首由學生組織話劇、國劇社，利用假期或紀念日出演募捐，慰勞前方將士，為數不尠。更以三臺無地方報紙，利用廣播消息，逐日張貼壁報，以供市民閱覽。二十七、八年，三臺縣送壯丁出發時，本校學生恆有捐贈。自二十七年十一月起，全校員生復發起公民長期獻金運動，初僅本校員生加入，不久地方人士亦相繼贊助，有認救國捐者，有購救國公債者，每月獻金數目約二百元上下。二十八年四月為擴大兵役宣傳，全校教職員學生，利用假期，分別到各鄉場講演，歷次經過，均頗圓滿。（註二九）

抗戰時期的教育素質在質與量方面都較抗戰以前有進步。其成功的原因，據吳俊升分析有五點：「其一，為決策正確，堅定不移。依照實施，獲得成效。其二，為注重教育為中國固有傳統，在中國無論如何貧困的家庭都想要節衣縮食完成它的子弟的學業，同理，當國家遭逢殘酷的侵略戰爭時，物力無論如何艱窘，也要排除萬難，不廢教育。因此戰時教育文化經費之浩大雖僅次於國防，政府仍勉力籌措，不使弦歌停歇。其三，為原有比較權力集中的教育行政組織，再加上堅強行政領導，戰時實施教育，無論在中央與地方都容易收效。其四，由於強敵壓境，上下一心，教育界一致願意刻苦犧牲，艱難奮鬥，以達成教育的最高使命，縱有感覺不便，亦能相忍為國。其五，青年富於愛國熱忱，雖在物力艱難生活困苦情形下，仍能發揚踔勵，嚴守秩序，誓志向學，必要時並能投筆從戎，實地作戰。以上五種原因結合，遂達成戰時教育的成功。」（註三〇）

三、文藝工作

文藝界對抗日禦侮的心理表現得最為激烈，民國二十五年十月，林語堂、謝冰心等二十一人發表了「文藝界同人為團結禦侮與言論自由宣言」，要求文藝界人士把抗日的力量統一起來。宣言中說：「我們是文學者，因此亦主張全國文學界同人應不分新舊派別，為抗日救國而聯合。文學是生活的反映，而生活是複雜多方面的、各階層的；其在作家個人或集團，平時對文學之見解、趣味與作風，新派與舊派不同，左派與右派亦各異，然而無論新舊左右，其為中國人則一，其不願為亡國奴則一；各人抗日之動機，或有不同，抗日的立場，亦許各異，然而同為抗日則一，同為抗日的力量則一。在文學上，我們不強求其相同；但在抗日救國上，我們應團結一致以求行動之更有力。我們不必強求抗日立場之劃一，但主張抗日的力量即刻統一起來。」

民國二十七年三月，中華民國文藝界抗敵協會成立，在「發起旨趣」中，呼籲文藝界人士「用我們的筆，來發動民眾，捍衛祖國，粉碎寇敵，爭取勝利。」接著，中華民國戲劇界抗敵協會也成立，宣言「我們的團結是為著抗戰」。此外，音樂界、電影界、美術界全國性的協會也相繼成立，目的都是團結起來，一時「抗戰文藝」成為最響亮和風行全國的口號。丁淼在「中共文藝總批判」中對「抗戰文藝」作了簡單而深入的解釋：「抗戰文藝這口號，不是某一派別可私有的，凡是文藝界的人，都應該在這口號下集合起來，也應該在這個口號下共同努力，使這有力量的文藝武器，去為抗戰而服務。因為抗戰為主題的作品，在消極方面，可以暴露敵人侵略的殘暴，可以揭發敵人侵略的野心；在積極方面，可以鞏固國人的信念，只有抗敵是唯一挽救民族危亡的道路，可以鼓舞民心，激勵士氣，而爭取最後勝利。」

民國二十七年三月二十九日，中國國民黨在武昌舉行臨時全國代表大會，會中通過確定文化政策，在文化政策中有關文藝方面共有五條。五條的大致內容是：

第一，要建立三民主義的哲學、文學及社會科學的理論體系。

第二，要創制發揚民族精神，與國家社會公共生活相應，莊敬正大、剛健和平的樂章。

第三，要實施　總理紀念獎金辦法，以策勵文藝、社會科學、自然科學、教育及社會服務的進步。

第四，要設立國家學會，選拔文學、藝術、科學各方面的專家，以獎勵學術研究的深造。

第五，要推廣新聞、廣播、電影、戲劇事業，以發揚民族意識為主旨。

這是中國國民黨在正式文件中第一次提出文藝政策。（註三一）

後來，張道藩在「文化先鋒」半月刊上發表了一篇「我們所需要的文藝政策」的文章，提出了「六不」「五要」的主張。「六不」是：㈠不專寫社會的黑暗；㈡不挑撥階級的仇恨；㈢不帶悲觀的色彩；㈣不表現浪漫的情調；㈤不寫無意義的作品；㈥不表現不正確的意識。「五要」是：㈠要創造我們的民族文藝；㈡要為最受痛苦的平民寫作；㈢要以民族的立場來寫作；㈣要從理智裡產生作品；㈤要用現實的形式。

以上「六不」、「五要」，都是針對當時文壇的實際情況而發的，尤以「不專寫社會的黑暗」、「不挑撥階級的仇恨」、「要創造我們的民族文藝」和「要以民族立場來寫作」可說是對共產黨文化人士和左傾作家的忠告。那時正在「國共合作」期間，共產黨雖然蓄意自毀諾言，負責中國國民黨文化宣傳工

作的張道藩，不能不顧全大局，許多話都不便明說，只能從字裡行間來暗示。（註三一）

從民國二十六年到三十年，是抗戰文藝最蓬勃的一段時間，無論是小說、散文、新詩、話劇、地方戲曲、電影、音樂、美術，都放棄了風花雪月、才子佳人的老套，而以戰地故事和民族精神作為內容。所以，作品都表現了強烈的民族情緒，充滿了令人熱血沸騰的感情，這在中華民國的文藝史上是一個大轉變，也是一個極為突出的時代。

為了使文藝工作與軍事配合，在軍事委員會內設立了政治部，由陳誠任部長，周恩來任副部長，郭沫若任第三廳廳長，第三廳主管宣傳，吸收大部分文藝作家，組織政治工作大隊，分赴各戰區從事宣傳工作。文藝協會亦在此時組織了「作家戰地訪問團」。由團長王禮錫率領，訪問華中各戰地，成效很大，並出版一套作家戰地訪問團叢書。（註三二）

在文藝上最熱烈反應抗戰愛國情緒的應該是朗誦詩和舞臺劇，幾乎深入到全國每一個角落。朗誦詩大多是平舖直敘，直接了當的表現對抗戰的感受。重心不在表現藝術價值，而在於達到宣傳的效果。朱自清在評論愛國詩時說：「抗戰以來，我們的國家意念迅速發展而普及，對於國家的情緒達到最高潮，愛國詩大量出現，但都以具體的事件作為歌詠的對象。」朱自清認為詩的朗誦是必要的。因為抗戰需要全民運動，而全民運動需要擴大宣傳，需要教育廣大的群眾，朗誦詩可以達到教育的效果，而且隨時隨地都能完成這種宣傳的任務。民國二十九年，在當時抗戰首都及文化中心的重慶，很多詩人和劇隊學校社團，大都組織有詩歌朗誦，開過詩歌晚會。自後，詩歌朗誦節目，便成為自文藝界以至各種晚會中必然有的節目，而蔚為一種風氣。

舞臺話劇在抗戰時提高抗日意義也有極大的貢獻，民國二十七年，軍事委員會總政治部成立了十個抗敵演劇隊，分派到各戰區去工作，每隊三十人，以演劇工作為主，以歌詠、筆墨口頭宣傳為副。當時並發給各隊五項信條，以作他們工作時的準繩，那信條是：

㈠吾輩藝術工作者，以抗戰建國之目的結成此鐵的文化隊伍，便當隨時隨地提高政治軍事的認識與訓練，為此偉大目的之實現而奮鬥，一刻不容鬆懈。

㈡吾輩當知技術之良窳，直接影響宣傳之效果。故當從工作中竭力磨鍊本身技術，使藝術水平因抗戰之持久而愈益提高。

㈢吾輩藝術工作者，不僅以言語文字或其他形象接近大眾，尤當直接以身為教，蓋藝術風格與藝術家之人格為不可分。抗戰藝術運動尤然，要求每一工作者皆為刻苦耐勞沈毅果敢之民族鬥士，沈毅故能持久，果敢故能成功。

㈣吾輩藝術工作者的全部努力，以廣大抗戰軍民為對象，因而藝術大眾化，成為迫切之課題。必須充分忠實於大眾的理解、趣味，特別是其痛苦和要求，藝術才能真正成為喚起大眾、組織大眾的武器。

㈤吾輩藝術工作者應知協同一致，為達成戰鬥目的之要素，藝術工作亦然。不僅一藝術集團內應協同一致，同時應集中藝術戰線之各兵種於重要之一點，便能發揮無限之力量，收到偉大之戰果。

他們各隊到各戰區工作，由於抗戰情緒的高漲，尚能收到抗戰宣傳的效果。（註三四）教育部也公開徵求抗戰劇本，並成立了三個巡迴教育戲劇隊。（註三五）民國二十九年春，三民主義青年團成立了中央青年劇社，至全國各地巡迴演戲。此外，軍隊、學校亦紛紛組織戲劇團隊，到處演出，另有許多職業性劇團，如中華劇藝社、中國電影製片廠所屬中國萬歲劇團、中央電影製片廠所屬中電劇團、新中國劇社，也演出許多抗日話劇，使愛國抗日精神深入人心。

抗戰時期的話劇就劇本數量來說是相當豐富的，就寫作技巧和結構來看，雖不能說全部都是粗製濫造的，但無可諱言，大部分是不成熟的。可是，在服務抗戰的政治要求上，話劇確實盡到了它應盡的任務，並且獲得不可泯滅的宣傳效果。（註三六）

抗戰時期的小說，由於物質條件不足，作家生活不穩定，印刷裝訂的粗劣，造成抗戰時的小說數量並不太多，但小說體裁則大多數以抗戰故事為主，於振作民心士氣，掃除委靡之風，頗有幫助。

抗戰歌曲在民國二十六年以後普遍流行起來，許多歌曲如「松花江上」、「流亡三部曲」、「抗敵歌」、「旗正飄飄」等流行於全國，激起了全國同仇敵愾的心理。

民國二十七年八月教育部成立了音樂教育委員會，初由部長陳立夫兼任主任委員，後改由次長張道藩兼任，音樂教育委員會做了幾項重要的工作：㈠調查全國音樂教學情況；㈡擬訂中小學音樂課程標準；㈢舉辦音樂教導員訓練班和音樂教員暑期訓練班；㈣鼓勵各地自製樂器；㈤編印「抗戰歌曲集」；㈥在重慶舉辦千人大合唱。（註三七）

抗戰開始，中國繪畫界出現了「抗戰漫畫」、「抗戰木刻」、「抗戰宣傳畫」等新名詞，可以總稱之為「抗戰繪畫」，均以抗戰為題材，鼓舞全國抗日士氣，激動敵愾同仇的情緒，對抗戰有相當的貢獻。（註三八）

抗戰期間美術界最引人注目的是設立敦煌藝術研究所。民國三十一年，教育部派藝術文物考察團到甘肅的敦煌去實地考察。三十二年一月該團搜集的文物在重慶舉行了敦煌藝術展覽會。三月，教育部聘請高一涵、常書鴻、鄭通和、竇景椿、張大千等組織籌備委員會。三十三年一月，國立敦煌藝術研究所正式成立於千佛洞，徵聘研究人員，從事整理測繪研究等工作。（註三九）敦煌藝術研究所的成立表示了政府縱使在財力極為拮据的困境中，仍重視藝術文化的態度。

在文藝刊物出版方面，抗戰時期重要的文藝性雜誌有：「抗戰文藝」（文協編印）、「七月」（胡風主編）、「戰地」（丁玲主編）、「戰地半月」（蔣弼主編）、「文學月報」（羅蓀、戈寶權主編）、「自由中國」（孫陵主編）、「野草」（夏衍主編）、「戲劇春秋」（田漢主編）、「現代文藝」（黎烈文主編）、「文化先鋒」（李辰冬主編）、「文藝先鋒」（王進珊主編）、「武漢文藝月刊」（魏紹徵等主編）、「文藝陣地」（茅盾等主編）、「文藝新潮」（錫金主編）、「時代文學」（周鯨文等主編）、「文藝雜誌」（王魯彥主編）、「文學創作」（熊佛西主編）、「青年文藝」（葛琴主編）、「戲劇月報」（曹禺主編）、「中原」（郭沫若主編）等。

民國三十年以後，文藝創作趨於低潮，其原因，一方面是連年戰爭，使許多作家在顛沛流離中無法安靜地從事創作；一方面是由於現實生活的壓迫，使文藝工作者不得不從事其他工作以謀生，另一方面是「中共」逐漸地公開叛亂，影響到國內的文藝創作。（註四〇）

四、新聞報紙

抗日戰爭對中國的新聞報紙是一次嚴重的打擊，卻也讓中國的新聞從業人員充分地表現了高度愛國的偉大情操。

由於戰火的蔓延，在淪陷區的報紙紛紛遷移到後方，繼續從事報導抗日消息，鼓勵士氣人心，使後方的新聞事業呈現蓬勃發展的氣象，從報紙的家數不斷增加可以證明此一氣象，據民國二十八年十一月統計，全國報紙約四百多家，三十年十二月全國二十四省市有報紙五百五十餘家，三十三年十月增加到接近一千一百家。主要報紙多集中於重慶，重慶報業鼎盛時有二十二家報紙同時出版，十二個通訊社同時發稿。這二十二家報紙為：中央日報、時事新報、大公報、掃蕩報、新華日報、新民報、新蜀報、國民公報、西南日報、濟川日報、大江報、商務日報、武漢時報、群報、崇實報、南京晚報、大陸晚報、四川晚報、大漢晚報、新蜀夜報、壯報、武漢晚報等，另有一家英文的「自由西報」。

由於紙張、油墨的欠缺，抗戰時期的報紙出刊是極為困難的，紙質粗劣，所用的土紙多呈黃色，甚至紅、綠、青、藍顏色都有，土製油墨，一粘手，手上就一片黑，印刷機不足，有些小報紙，甚至用臘紙油印出版。

民國二十八年「五三」「五四」重慶大轟炸，使重慶的報館幾乎都被夷為平地，五月六日起，重慶十家較大的報紙，不問黨派，共同出「聯合版」，參加「聯合版」的十家報紙是：中央日報、掃蕩報、國民公報、新蜀報、新民報、商務日報、西南日報、大公報、新華日報、時事新報。「聯合版」在山洞中編印，出刊了九十九號，到八月十三日各報恢復了各自出版，這是抗戰時期新聞界互助合作精神的表現。

抗戰時期報紙在本質上的表現是意志集中，言論統一，戰訊新聞增加，社會新聞減少。新聞從業人員也表現了同舟共濟、學習進取、冒險犧牲的精神。

抗戰時期許多新聞從業人員為工作而勇敢執著、不畏犧牲的表現是十分感人的。他們深入敵後，遭到日寇和漢奸的威脅而不屈服，他們對國家的功績絕不比手執干戈的戰士少一分一毫。他們的勇敢是值得大書特書的，就以中央通訊社的記者為例，在日軍侵陷我國的每一個地方時，中央社記者莫不維持報導到最後一分鐘，才隨著國軍殿後部隊撤退。北平、天津、上海三個分社，在國軍退出之後，中央社記者和服務員仍舊祕密工作，以地下電臺與總社聯絡，不斷報導敵偽消息，雖然常被日軍發覺逮捕，甚至死於獄中，但是中央社記者們毫不氣餒，繼續奮鬥。許多淪陷區的記者為了工作而犧牲了生命的不在少數。上海於民國二十六年十一月淪入日本之手，但上海原有的外國租界，日軍尚不敢犯侵，於是許多反日報紙紛紛在租界內出版，日本政府與漢奸對這些托庇在租界的反日報紙大感頭痛，乃以恐嚇、要求租界當局勒令報紙停刊、誘買、襲擊、綁架、通緝、暗殺、驅逐等方法來對付反日報紙，使在上海的新聞從業人員受到極大的傷害，許多新聞從業人員甚至被害身死。（註四一）

抗戰時期，新聞報業的堅毅奮發精神是可敬佩的，民國二十八年五月六日「重慶各報聯合版」在發刊詞中說：「敵人對我們的各種殘酷手段，我們的回答是加緊我們的組織，我們要拿組織的力量，去粉碎敵人的一切陰謀詭計。」這是多麼可敬的不屈服精神！民國二十七年十月十七日，在漢口的大公報決定隨政府遷移到重慶宣佈休刊，漢口大公報在休刊詞中說：「目下本報決移往重慶，而吾人之心魂則仍在大別山英雄之旁。」這是多麼可愛的豪語。他們努力奮鬥，不是為了自身私利，而是為了國家民族。

袁昶超在「中國報業小史」中指出：「在抗戰過程中的最黑暗時期，後方報紙不啻是許多明燈，引導民眾走向光明的道路，報界記者可以說是英勇的戰士，其功勛不下於前線的軍人。外勤記者常冒險採訪，內勤人員亦在艱苦環境中工作。他們毫無防衛自己的武器，而身處危險的境地，隨時可以遭受射擊或轟炸。他們在簡陋的房舍工作，晚上有時只有油燈照明，防空洞是他們的戰壕，筆桿是他們的武器，在長期抗戰中，不少報界記者為國捐軀。」（註四二）

抗戰八年是中華民國報業史上最艱苦的一段時期，但是新聞報紙所宣揚的愛國抗日精神，對全國民心士氣的鼓舞，具有無比巨大的力量。抗戰時期的新聞從業人員把新聞工作看作是一種事業，不是一種職業，認定這是一個神聖的工作崗位，而不只是一個飯碗。這是為甚麼許多新聞記者常常堅持到最後一分鐘，絕不輕易撤退、放棄的原因。

抗戰時期新聞記者的犧牲不是沒有代價的，這些犧牲換取了全民的團結和抗日情緒的高漲。這一時期的新聞從業人員扮演了中國新聞史上從來未有的英雄角色。

五、結　語

以上所述，抗戰時期各種文化活動有一個共同的特色，那便是具有空前的濃烈的愛國精神和民族思想，它充分表現出中國人威武不能屈的奮鬥精神。

日本曾妄圖三月亡華，不錯，當時中國武器陳舊，科技落後，物質缺乏，政治分歧，以有形的條件來比較，中國根本無力抗日，然而，中國人竟然支撐了八年，最後終於戰勝了日本。中國人憑藉甚麼力量屹立不倒？這是世人——包括自認為對中國有極深瞭解的日本——始未料到的文化力量。面對狂濤巨浪，中國人把傳統文化的精髓——忠孝節義發揮得淋漓盡致，用無數的血和淚演出了一齣斬蛟除鯨的史劇，再一次證明中國文化力量的偉大。

註　釋

註　一：徐鍾珮著「餘音」，再序。臺北純文學出版社印行，民國七十年十一月六版。

註　二：「抗戰時期之教育」，載「革命文獻」第五十八輯，頁四四—四五。

註　三：見「教育雜誌」第三十卷第八號「我國研究所發展概況」一文之「附件二」。

註　四：吳相湘著「第二次中日戰爭史」下冊，頁六八六—六八七。綜合月刊社出版，民國六十三年二月初版。

註　五：第二次中國教育年鑑，頁八〇六至八三四。

註　六：第二次中國教育年鑑，頁七九六至八〇四。
註　七：陳立夫著「戰時教育行政回憶」，頁四八。臺灣商務印書館印行，民國六十二年三月初版。
註　八：第二次中國教育年鑑，頁八四三—八六四。
註　九：參閱國防部史政局編纂「中日戰爭史略」上冊，頁一四四—一四五。正中書局印行，民國五十七年二月臺初版。
註一〇：陳立夫著「戰時教育行政回憶」，頁四九。
註一一：第二次中國教育年鑑，頁一〇。
註一二：陶希聖著「潮流與點滴」，頁一五二。傳記文學出版社印行。
註一三：同註一一。
註一四：「今後教育的基本方針」，載「蔣總統思想言論集」卷十五，頁五八—五九。
註一五：民國二十七年四月中國國民黨臨時全國代表大會通過「戰時各級教育實施方案綱要」，載革命文獻第五十八輯，頁二六—二九。
註一六：「教育雜誌」第二十七卷第九、十號，「全面抗戰教育部設施之一斑」，頁一三三。民國二十六年十月十日出版。
註一七：「教育雜誌」第二十九卷第九號，「抗戰以來高等教育現況」一文，頁六三—六四。民國二十八年九月十日出版。
註一八：陳立夫著「戰時教育行政回憶」，頁二一。
註一九：吳俊升著「教育生涯一周甲」，頁八〇。傳記文學出版社印行，民國六十五年五月初版。
註二〇：第二次中國教育年鑑，頁三七五—三七六。
註二一：吳俊升著「戰時中國教育」，載薛光前編「八年抗戰中之國民政府」，頁一三五—一三六。臺灣商務印書館印行，民國六十七年九月二版。

註二二：「國民教育實施綱領」共有九章，四十一條，載「教育雜誌」第三十卷第六號，民國二十九年六月出版。
註二三：吳相湘著「第二次中日戰爭史」下冊，頁六八五—六八六。
註二四：陳立夫著「戰時教育行政回憶」，頁三六—三七。
註二五：有關戰時社會教育，參閱陳立夫著「戰時教育行政回憶」，頁三七—四三；吳俊升著「戰時中國教育」，頁一三七—一三九。
註二六：吳俊升著「戰時中國教育」，頁一四一—一四五；參考陳立夫著「戰時教育行政回憶」，頁五五—六一。
註二七：王文田著「張伯苓先生與南開」，載「張伯苓與南開」一書，頁三三。傳記文學出版社印行，民國五十七年十月初版。
註二八：查良錚著「抗戰以來的西南聯大」，載「教育雜誌」第三十一卷第一號，民國三十年一月出版。
註二九：「抗戰以來的東北大學」，載「教育雜誌」第三十一卷第一號，民國三十年一月出版。
註三〇：吳俊升著「戰時中國教育」，頁一四八。
註三一：趙友培執筆「文壇先進張道藩」，頁一四五。重光文藝出版社印行，民國六十四年六月初版。
註三二：同前註，頁一九三—一九四。
註三三：劉心皇著「現代中國文學史話」，頁七四七。正中書局印行，民國六十八年十月臺四版。
註三四：同前註，頁七四八—七四九。
註三五：陳禮江著「抗戰以來中國社會教育的實況」，載「教育雜誌」第二十九卷第六號，民國二十八年六月出版。
註三六：田禽著「中國戰時戲劇創作之演變」，載「東方雜誌」第四十卷第四號，民國三十三年二月二十九日出版。
註三七：李抱忱著「山木齋話當年」頁九七—九八。傳記文學出版社印行，民國六十八年六月再版。
註三八：唐一帆著「抗戰與繪畫」，載「東方雜誌」第三十七卷第十號，民國二十九年五月十六日出版。
註三九：吳相湘著「第二次中日戰爭史」下冊，頁六九一；參閱蘇瑩輝著「敦煌論集」，頁三三一。臺灣學生書局印行，民國五十八年八月初版。

註四〇：有關抗戰時期的文藝工作，尹雪曼編「中華民國文藝史」敘述甚詳，可以參考。正中書局印行，民國六十四年六月臺初版。

註四一：關於抗戰時期的新聞報紙，參閱曾虛白主編「中國新聞史」上冊，頁四〇六—四三〇。國立政治大學新聞研究所印行，民國五十五年四月初版。

註四二：袁昶超著「中國報業小史」，頁六五。新聞天地社出版，民國四十六年七月初版。

七年來的抗戰文學

●王平陵

從八．一三到現在為止——即神聖的抗戰因戰略退出淞滬，由淞滬退出南京，武漢而至陪都以後，以時間論，已是滿了七年，邁入第八個年頭了。在這一段長長的過程中，我們的文學工作者（除極少數沒落的作家外）無不為了民族的生死大戰而效忠。這一次日本軍閥他竭五十年來儲蓄的力量，全部用來試驗我們，一切受試驗的人們，都明白擱在肩仔上的責任，是非常艱鉅的，我們所走的路途，比任何一代都要辛苦。東方有許多小國，太平洋上的群島，中國廣大的領土，無不先先後後受到獸蹄的蹂躪，變成了一片荒涼的廢墟，東方各民族所蒙受的災難，自然是前史所未有。在千鈞一髮，危機四伏的關頭，中國獨能擋住日本軍閥的獸蹄繼續前侵，制止他們的野心，貪而無厭地發展，使與我並肩作戰的盟邦，有從容準備的時間，到今天竟能發揮排山倒海的力，陷侵略者於死地，還給侵略者以應得的懲罰。在勝利快要到來的前夕，盟國的當局與人民，無不深切明瞭中國的犧牲決不是白費的，他們並不以為中國由於抗戰最久，拖得十分困乏的窘狀，減輕四強之一的重量，相反的，正因為我們即到了抗戰第八年的此刻，猶在努力克服困乏，積極準備反攻的緣故，卻更得到全世界的同情與援助。中國的抗戰，能收得這樣偉大的收穫。要歸功於英明的統帥及其統率的鬥士們所表現的戰績；是多數勞苦的工作者與民眾，克盡了「有力出力，有錢出錢」的義務；但平心而論，所有的文化工作者——尤其是一般文學作者，實已耗盡腦汁，用盡心血，表現了宣傳的功效，如果，在這一場大戰中，缺少文學作者的參加，我相信在強調戰志，激勵民心，宣揚主義國策……等等的工作上，必然會感覺莫大的影響，關於這，我們祇要看看七年來的作家們在文學上所提供的質與量，便不難得到一個比較具體的說明。

在這裡，我們必須騰出一塊空白，把七七事變將要發動的前夜，中國文學界所顯示的姿態，繪出一個淺略的輪廓。

九一八以後，文學界正同全國民眾的見解一樣，對於不抵抗而坐失東四省，說不出的憤慨，面對於不甘屈服，揭竿而起的義勇軍，咸抱盛大的熱懷，祈禱勝利，像這一種傾向，表現在戲劇的，有我和歐陽予倩合寫的「苦鬥」，田漢的「回春之曲」；見之於小說的，有張天翼的「反攻」，蕭軍的「八月的鄉村」和我寫的「期待」，用詩歌、散文的形式來表現的，那就更多了。東北淪陷後，關外的作家們出奔關內的，有舒群、蕭紅、蕭軍、羅烽，白朗，李輝英，端木蕻良……這一群，他們嘗夠了流亡的痛苦，熱盼祖國的義師，總有一天掃平關外的狼煙，回歸自己的故土，這傾向，在蕭紅的「生死場」，舒群的「沒有祖國的孩子」，羅烽的「呼蘭河邊」，都有沉痛的描寫。東北作家群中，也有直接參加義軍工作的，像詩人金釗嘯曾在黑龍江一帶的森林裡，號召同志，武裝民眾，與日寇週旋，他在上海藝專讀過書，「興安嶺的風雪」是他一首魄力雄偉的長詩，寫義勇軍的艱苦奮鬥，使人感動，可惜他在一九三五年被黑龍江的日寇殺害了。

這時期，全國上下無不期待第一次戰後的和平機構——國際聯盟，能用合法的手段，解決中日的糾紛；及國聯威信掃地，盟約全被侵略國撕碎時，又加深了國人的悲憤與失望，文學作者當然是不會例外的；因此，在作品中便充分流露著被損害者的悲哀，並響應領袖所號召的『自力更生』的主張，向民眾們作強有力的暗示。

兇惡的日寇，是得步進步的，到一二八勒逼我們撤退淞滬駐軍，激動十九路軍的英勇反抗時，國人在極度苦悶的氣氛中，忽然感到無限的興奮，特別是文學作者無不以懇摯的熱情，讚美反侵略的抗爭，那時候，南京出版的文藝月刊，上海發行的小說月報，現代文學月報，都連篇累牘，刊載前線訪問記、戰歌，以及有新聞價值和歷史意義的報告文學。

當局關於打擊敵人的工作，已在避免敵人的注視下，有計畫地進行著。同時，蘇聯發覺日德意的暗算，即暫擱階級意識的宣傳，拚命打銷防共陣線的形成，便一面參加國聯。一面執行其領袖的主旨：「以共產主義的形式，宣傳民族意識的內涵」，改變一貫的宣傳政策。中國一部分號稱前進的作者，也突然落後了一步，在作品中爭先反映「民族至上，國家至上」了。當日寇急謀向中國強索攻蘇的防地，求與德意呼應，東西夾攻蘇聯時，他們對於愛國主義的發揚，甚至比一向服膺民族文學的作家們，好像還要起勁而熱心，無非是要提早促成中國的抗戰，緩和蘇聯的危機，讓蘇聯可以努力於五年計畫的完成。正在臥薪嘗膽的中國，雖被無數量的愛國志士們，以及毫無作用而具有深識遠慮的學術界所深深明瞭；然有些血氣方剛的小伙子，給這樣的宣傳所鼓勵，總疑心政府害了「恐日病」，而政府又無法把國防大計和預定的國策，提早公開，遂使全國民眾在七七前夕，沉淪於鬱悶的深淵。當時，戲劇界在京滬一帶演出的劇本，如：夜光杯、賽金花、武則天、黑地獄，群鶯亂飛等等的作品；或則借歷史的舊事，諷刺政府對異族的叩頭；或則暴露日寇的罪行，冀以奮激國民的公怒，遷怒忍辱負重的政府；或則絕不寬假地鞭策傾軋嫉忌，惟利是圖的政局。這一類的意識，同時也反映在電影上，表現在一切的文藝作品中，鬧到群情洶洶，莫衷一是，人心浮躁到極點，幾有外患相侵，內亂齊發的危險。附和者的動機，雖不惡劣；但策動者的用心，是又當別論的。直到二十六年的七七，蘆溝橋的炮聲響了，領袖在廬山之巔，發出有名的「廬山談話」，大家知道這便是進軍的號音，長期的民族大戰，是不可避免了；於是，全國的作家們為了中國的復興而獻身，多數的作家們看到國家有前途，一變其冷譏暗嘲的作風，而為熱烈的歌頌與鼓勵；然也許有極少數的人目擊中國的抗戰果然提早爆發，因為任務的貫徹而深覺慶幸的吧？實則中國的政府，決不會站在防共集團的一邊，失信於素以平等待我的民族，自貽伊戚的。到了最後關頭，中國民族為了生存和獨立，一定是不顧一切，奮起抗戰，與破壞和平的敵寇，誓不兩立的。

我所以約略地追敘七七前夜的史實，是因為這些史實，與七年來的中國文學，有著種種不可分離的關係。第一：東四省是第二次世界大戰的火藥庫，全世界為了這一場大戰所付的代價，可說都是導因於東四省的被掠。今當勝利在望，我們應該從記憶裡，從一切的文藝作品中，再度喚起久已疏遠了的關於東四省的印象。我們決不可忘記那大豆高粱的故鄉呵！第二：中國大部份的文學作者能夠不計個人的利害，拋卻文學的宗派，放棄成見及偏見，克制不必要的糾紛和誤會，大家團結得很好，在事變以前，由於抱著一致對外的決心，已肇其端倪了；第三：戰前文學上的表現，未能配合國策，作一致的發展，出發於愛國的善心，幾乎製造禍國的事實，這是今後的文學作者為了執行反攻的任務一個最好的借鑑。第四：事變以來，中國抗戰最久，犧牲最多，因戰爭而喪失的生命，世界各國無出其右；戰後的復興大計，需要有計劃，有步驟，同心協力，齊頭並進，到那時候我們絕不會感覺人手太多，可以容許一部份人休息，或坐視有人減消建設的力量。所以，站在時代前面的文學作者，是永遠不能分離的，必須盡可能地發揚團結的精神，工作的實效，作民眾的示範。第五：兇暴的日寇，尚在瘋狂地掙扎，還必有一場辛苦的惡鬥，擺在面前，就在這刻，我們的文學作者，萬不能看見大功垂成，當局更不能當作「秋扇可捐」，任其「投閒置散」，就此罷手，還得要發揮最大的努力，響應進軍的號音，爭取最後的勝利。

七七前，那偉大的進軍的號音——「廬山談話」公佈以後，舉國文學作者無不歡忭鼓舞，衷心共鳴；即向無政治興趣，頑固的學究式的作家們，也都站在擁護政府的立場，試作富於宣傳性的作品了。八、一三滬戰爆發，全面抗戰繼續展開，京滬一帶的文學作者，都踴躍參加各種抗戰的集團，紛赴前線，幹著救亡的工作，慰問火線上的戰友們，盡量搜集戰地的資料，競寫詩歌、雜文、報告文學一類的作品，刊登京滬各報及戰鬥性的文藝刊物，歌頌英雄們的戰功，他們都是出於愛國的至誠，預備把自己的一切，獻給苦難的祖國的，即無形式上的組合，精神是奮發的，一致的，不分彼此你我的。這時期，沒有人閉門寫作了，都覺得在砲火連天，血肉橫飛的大戰中，用文藝來宣傳，已不是必要，作家們能常到前線的後方去，就是幹著輕而易舉的慰勞工作，也比寫十萬字的抗戰文學，更有益於抗戰。因此，那時期，並沒有大批的抗戰小說，詩歌，劇本……等等的作品，接二連三地出版。可是偶然散見於報紙及刊物中的零篇斷簡，都充滿著真實的感情，純粹是為了抗戰而寫的文藝，決不是利用抗戰的資料，為要竊取「國難名」而寫的作品。

當滬戰激烈進行的階段，有些在戰前即在舞臺上現身說法，高唱抗戰殺敵的戲劇工作者，都停止演劇，紛紛離開上海，連袂來京，向中央請求資助和名義，率領演劇第幾隊，深入內地，跑向陝青甘新的偏僻之地，宣傳抗戰。也有人覺得不必都向內地深入，出國宣傳，也是十分要緊，於是，他們就請求先到香港，看戰局的演變如何，再赴南洋演劇，發動僑胞來抗戰。實在說，那時候在淞滬苦戰的鬥士們，知識水準極高，就缺少精神的食糧，一般鬥士們並不願意他們在大戰正酣的時刻，紛紛離開上海。

民眾們由於一、二八之役，誰都肯定日寇不足懼，也有人以為鬼子們再度吃到中央軍的打擊，自覺侵略中國之不易，就會知難而退，趕早議和的，因此，誰都沒有逃難的準備。想不到抗戰三月的淞滬，竟告淪陷，敵寇長驅直下，旬日之間，即喊出保衛首都的呼聲，昔日的江南繁華，一時風流雲散，民眾們都傾家蕩產，狼狽西上。各地的作家，亦追隨抗戰的政府，雲集武漢，詩歌、小說、戲劇的作者，真是『過江名士，其多如鯽』，大家在患難中相逢，格外親切，時在黃鶴樓上煮茶飲酒，縱論時局，大有新亭對泣，中流擊楫之感。忽傳首都棄守，人們倍增憂惶，預料無惡不作的日寇，隨時可以溯江而上，武漢必非樂土，急謀西上重慶，南奔香港。這時候，中央的主力，正和裝備堅強的大敵，決死戰於臺兒莊，日寇已承認是最後的一戰。臺兒莊大戰，吸引著國人深切的關注。來到武漢的作家們，目睹戰局的緊張，怵於『國存與存，國亡與亡』的危殆，都不念舊嫌，重結新好，向著『團結禦侮』的大路，走攏來了。為了國族的存亡，全國性的協會終於籌組完備統一在主義和國策的領導下，同為抗戰而努力。籌備了一月之久，這在文藝史上的劃時代的大結合，竟於抗戰第二年的三月二十七日，正式成立於武漢。全國作家，濟濟一堂，大會宣言，著重在呼號團結，清掃魔障，透示希望，穩定動盪的民心，肅滅奸偽的言論，激昂慷慨，熱情充沛，曾譯成各國語言，由駐華外籍記者義務拍致國外各大報。武漢輿論界，以及將近十五種文藝出版物，均發行專刊、特刊，各報並撰寫社論，多方策勵，文學界精誠團結的熱烈氛圍，極盛一時，震動全國。『積不相能』的文學作者，果然能團結一致，大家認為奇蹟。是不是熱情的感應呢？臺兒莊空前的大捷，就在那一天傳來，炮竹聲，歡騰聲，充溢於整個的大武漢。

由戰爭中興起的文學界大結合，戰爭給予文學的影響，如同魚和水，人與空氣那樣密切。臺兒莊的大捷，奠定大武漢抗戰的基礎，同時把大時代的新文學，注入新鮮的血液。作家們都有自我檢討的勇氣，從善如流的虛懷，抗戰必勝的信念，覺得與其互相推諉，彼此抱怨，不如各就自己應負的責任，做到無可批評的地步。於是，積極方面，要求凝聚一切的力，獲致戰爭的勝利；消極方面，根除潛伏的奸偽和其破壞團結的陰謀，便成了臺兒莊大捷以後反映在中國文學上的主潮，也就是那時期的文學作者共同擔負的責任。

敵人妄想以勝利結束中國的抗戰，不惜以全力侵佔武漢，逼著我們的抗戰司令臺西移重慶以來，大部份的作家們遂於二十七年的秋天，相率來渝。雖有一部份的作家，因工作上的便利，職務上的關係，奔赴各地；但『文協』本來留渝的同志，就有很多，而以前不在武漢，新由各地來渝的作家，亦復不少；所以，我們的文藝陣營，正向我們愈戰愈強的士兵一樣，不但沒有減色，反較武漢時代更充實了。

二十八年四月九日，『文協』在舉行第一次年會時，在大會上通過了一件議案，就是由戰地黨政委員會的資助，組織作家前線訪問團，派遣十五作家，在團長王禮錫同志的領導下，出發東條山，慰問艱苦卓絕的戰士，並搜集寫作的資料，歸來後，曾有戰地訪問叢書十五種，在中國文化服務社出版，以應前後方軍民的需要。可惜禮錫同志病滯洛陽，竟致不起，是文藝界最大的損失。

這時期的文藝定期刊，除「中國文藝社」的文藝月刊，「文協」的「抗戰文藝」繼續出版外，「文協」與成都分會合辦通俗讀物一種，應中宣部政治部之委託，寫士兵讀物若干種，又與香港分會合辦英文版『中國作家』月刊，以實踐在第一次年會中所號召的文章入伍、下鄉、出國的三大工作。

不久，中國文藝社社長葉楚傖先生主持中央宣政，葉先生是南社的創辦人之一，有名的詩人和小說家，對於文藝運動的重視，自伊重長宣傳部的第一件工作，就命令中國文藝社舉辦大規模的抗戰軍歌的徵選，聘全國最優秀的作曲家，製成名曲十三種，此刻如「民族至上」、「歡送」、「軍民合作」、「凱旋」、「擁護領袖」等等流行的軍歌，便是在葉先生之領導下徵得的作品。

二十九年四月，中央文化運動委員會成立，聘推張道藩先生為主任委員，潘公展、洪蘭友二先生副之。中國文藝社隸屬該會的系統下，另設編輯委員會負責文藝月刊的編務。

「文協」遷渝以後，限於經費，也無所建樹；不過，一般會員們對於自己的寫作，並沒有鬆懈，我們看到散見於各報及雜誌的文藝作品，便是最可靠的證明。

三十年度的春天，為多數人未經覺察的暗影，向著穩定的生活突然襲擊，那就是由於米價的跳躍飛漲，牽引百物和人力同時沸騰，使多數人立刻失卻生活的保障，陷於空前的困窮——尤其是全靠賣稿度生的作家們。於是，在文藝上便把這一個嚴重的病態，作為寫作的課題，一面鼓吹生產，一面開始和囤積居奇的奸商，短刀相接，進行肉搏的鬥爭。其攻擊的猛烈，實尤甚於對汪傀儡以及一切賣國賊的誅伐。大家認為物價飛漲的危險性，比敵偽的禍國，又有過之而無不及。無奈，作家們的口與筆，一直攻擊到今天，這一重破壞抗戰的難關，還在變本加厲，危害國族的生存。汪傀儡是死滅了；而一群混水摸魚，趁火搶劫的奸商，豈但未遭顯戮，猶在趾高氣揚，驕奢淫佚，自以為「天之驕子」呢！因為有這樣一個難關，始終在作祟，好像永遠無法克服似的；所以，大家都喟然浩嘆說：『今天最不痛快的事實，就是伴隨了七年抗戰所創造的一切進步，不足以抵償由於物價的飛漲，在有形無形中所帶來的退步。』物價！物價！是多麼一個枯燥的主題？但作家們為了國族要存在，抗戰要勝利，即明知道無效，還是不得不寫。

最近三年來的文藝工作，受著物價的影響，逼著出版界不能不為了吃飯問題，顧惜自己的血本；然卻有一個反常的現象，出於大家的意外，即屬於文藝性的作品和出版物，並沒有減少，大約是生活苦悶，急於想逃避苦悶的緣故。因此，如果站在出版界所抱定的「賺錢第一」的角度來觀察，關於書的銷路，哲學不如科學，科志不如文學。文學之中，詩歌不如小說，小說不如劇本，而以運用文學的技巧所寫出的「成功祕訣」，「新裝一束」，「交際之道」，「處世經驗」，「關於女人」……等等的磯書，其行銷之速，在所有的出版物之上。如果站在「量」的角度來觀察，就我所知，在重慶的文藝定期刊，有文化運動委員會主辦的「文藝先鋒」，全國文協的會報「抗戰文藝」，青年寫作指導委員會主辦的「文學修養」，青年書店出版的「民族文藝」，時與潮的「文藝副刊」；在成都，「筆陣」是成都文協分會的定期刊；在昆明，「文藝崗位」是昆明文協分會的定期刊；在桂林，曾經有過茅盾主編的「文藝陣地」，王魯彥主編的「文藝雜誌」，司馬文森主編的「文藝生活」，熊佛西主編的「文學創刊」及「當代文藝」，蕭鐵主編的「新文學」，胡危舟、陽太陽主編的「詩創作」，還有文獻出版社發行的「文學譯報」。此刻的桂林，已暫陷敵手，這些文藝定期刊，不得不因戰事而停刊，留在那裡的作家們也祇好和自己耕種的園地，揮淚告別了。

關於文學的園地，除了文藝定期刊，報紙的文藝副刊之外，公私出版界無不努力於文藝叢書的印行。這一種趨向，肇端於四年前香港商務印書館『大時代文藝叢書』的出版。其種類包括詩歌、小說、劇本、報告文學、散文和雜文，都是大時代忠實的記錄，早為讀書界所珍視，今天還在繼續中。這以後，叢書風行了，在重慶就有上海雜誌公司出版的「每月文庫」，中國文化服務社發行的「戰地文藝叢書」，文藝獎金保管委員會主編的「中國文藝叢書」，中央團部出版的「戲劇叢書」，此外，互生書店、文林出版社、國民圖書出版社、良友出版社、獨立出版社、正中書局均有成套的文藝叢書先後出版；在桂林有文獻出版社主編的「野草叢書」，今日出版社主編的「今日叢書」。

七年來，多數的文學作者，無不運用他們擅長的技術，從事於文學各部門的寫作，誰都沒有休息過，實在說，為了應付日常的艱苦生活，在無可奈何的情形下抵拒奸商的剝削，也不容許他們放下自己的鞭子。自從敵寇偷襲珍珠港，擊沉英國的威爾斯親王號，挑起太平洋大戰，自掘葬身的墳墓之後，中國抗戰不孤，和全世界擁護民主，維持正義人道的盟邦，站在一條戰線上，彼此真誠合作，互相觀摩，使我們警覺到生產落後，民風閉塞，必須急起直追，迎頭趕上去；然欲求速效，就需要大多數的民眾切實負起抗建的重擔，有機會貢獻自己的能力。因此，政治民主的呼聲，便高唱入雲，文藝界也有漸漸把這一個課題，形成主潮的傾向了。儘管實現民主的方式和程序，是執政者的工作，而作家們在其作品中想望進步，渴求光明，期待中國文化昌明，科學發達，統一強大，總是人同此心，心同此理的。

戰時或戰後，世界門戶洞開，天下一家，誰都不容許腐化和落後，也無法諱疾忌醫！遮蓋自己的錯誤，文飾自己的弱點，祇有坦白地承認，勇敢地改造，努力向人家看齊，並且要人家向我們看齊。

德國崩潰了，日寇的喪鐘響了，舊金山的大會開幕了，實現永久和平的第二個大時代，無疑的已經開始了。中國的文學的作家們將如何發揚真摯熱血的情操，發動浩瀚壯闊的波瀾，高舉光明的火炬，歡迎第二個大時代的到來呢！

三十五年五月「中國戰時學術」

抗戰以前及抗戰時期的中國文藝發展概要

●陳紀瀅

一、抗戰前夕全國文藝界的輪廓

記述抗戰期間中國文藝界的種種情形，則不能不把抗戰前夕全國文藝界的概況，先行簡述，以便瞭解文藝界的種種發展。

中國自「五四」以來，全國即陷於內憂外患之中。內憂方面是軍閥割據，各自稱雄，兵連禍結，民不聊生；外患方面，列強自清末以來，藉口種種事故，逼我開闢商埠，供其貨物傾銷；又訂不平等條約，在我通都大邑，設立租界，儼然化外，包庇不法分子，為禍政府。其中以英、日帝國主義，為害最烈。先有民初日本逼我所簽訂的「山東條約」（二十一條），膠濟鐵路沿線權益盡失。後有民國十四年的英國在上海的「五卅慘案」，捕殺我勞工，繼之又有「沙面慘案」，在廣州演成工人悲劇。以致自「五四」（民八）後，先有學生愛國運動，繼之演變成「新文化運動」，都是由於內憂外患而來。

民國十七年，全國統一。「九一八」事變是日本人一世紀以來，蓄意侵略我中國的開始步驟。從這時候起，全中國人民加強了民族自覺心理，引起所謂「三十年代的文藝運動」。人心苦悶在作家筆觸下潛伏與顯露，中國的前途，也在作品中作強烈呼籲。全國上下，團結自強，一致奮起抗日，謀求自保，是全國四億國民一致的呼聲。收復失土，雪恥救國，是人人的願望。

二、文藝中心在北平及上海

自從民八「五四」，文藝界開始，接觸東西洋文藝的作品。在此以前，中國只是片斷介紹西洋作品（如林琴南經人口譯而著書），我國最初引進歐洲作品還是透過日文譯品（如許多小說是由日文翻譯過來的）而來。「五四」以前，中國文學還是文言文時代，「五四」以後迄「九一八」事變，語體文的作品才陸續出現，站住腳步。報刊為文藝作品的最大最有力的媒介，北方以「北京晨報」的副刊與「新潮」、「語絲」及後來的「獨立評論」都是倡導新文藝的有力期刊。南方如上海的「民國日報」及「時事新報」，還有「商務印書館」的「東方雜誌」及「小說月報」，「開明書店」的「中學生」等都是新文藝的搖籃。同時天津、武漢、青島、廣州等地報刊也逐漸刊載了新文藝作品。

北伐以前，天津「大公報」與「庸報」異軍突起。並提倡新文藝，大有凌駕乎北平「晨報」之勢。「北晨」副刊先由徐志摩主編，後由孫伏園主編。那時上海「新聞報」及「申報」的副刊尚停留在「吟風弄月」及「才子佳人」時代，只有「民國日報」的「覺悟」及「時事新報」的「學燈」有新文藝作品。

三、東北文壇

在此時期，我們不可忽略「東北文壇」。因交通之故，東北松花江畔的哈爾濱，不但為東北交通樞紐，也是歐亞的交通中心。蓋彼時雖已有飛機，但尚無班機飛行，歐亞交通，在長江以南，端賴自上海乘郵船（英、法、義等國都有定期航線）經蘇彝士運河（Suez Canal）至法國馬賽，再轉往歐洲大陸，需時共計二十四天。若乘西伯利亞（Siberia）鐵路火車，自中國滿洲里開始，僅需十二天，就可以到達巴黎。所以那個時代，如旅客趕時間，多半從全國各地趕往哈爾濱再取道滿洲里經西伯利亞鐵路到歐洲。因此之故，歐洲文物到遠東來，首先要經過哈爾濱，再分散各地，不但上海、廣州如是，即日本、朝鮮、菲律賓也莫不如此。可見交通是文化發展之源。

因為正是筆者開始文藝工作的時代，故不厭詳加介紹。我們在哈爾濱，於民國十四、五年起即接觸到歐洲文藝作品，其中以音樂、美術、戲劇為優先，後來學會了俄文，才開始讀舊俄作品，英國文學也是同時閱讀的。

哈爾濱有張日報叫作「國際協報」，除了多刊載新文學作品外，更是中國首家多談國際問題的，故名「國際協報」。自民國十六年起，這個報，便以提倡「新文藝」為號召，並有文學性的周刊「蓓蕾」，加強寫作陣容，為首的是趙惜夢如，我與孔羅蓀輔之。經常寫文章的有于浣非、張末元、馮文蔚、徐蘇靈、陳凝秋、尤致平、崔汗青、任白鷗、張秋子、尤致平、王粟疑、沈玉蓮、金劍碩、芮道一、關吉罡、袁世安等三十餘人。民國二十三、四年以後，第二代的東北作家中有蕭軍、蕭紅、孫陵、羅鋒、白朗、金人、舒群、楊朔、端木蕻良、駱賓基等二十餘人。後來，這些人都成了抗戰時期聞名全國的作家，可惜多半是左傾的。

因哈爾濱文壇的影響，居然文風南下，先受影響的是瀋陽報紙。那時有一份四開報紙，名「新民晚報」，由趙雨時等主辦，副刊編輯是林霽融。我們都供應過稿件，到「九一八」前夕，「新民晚報」也是新文藝的園地了。「長春日報」及「吉林日報」也刊載大量新文藝作品。

那時代，「東北文壇」已引起全國注意。陳凝秋（南國社詩人及劇作家）及徐蘇靈（電影導演）及許躋青（詩人）等，有一時期都在哈爾濱工作。

四、左翼文壇之興起

由於國民政府於二十二、三年起，在贛南剿共，以築堡壘，使共匪盤踞的範圍縮小，使共匪文人與左傾作家無法在贛南容身，於是大部份都潛逃上海託庇租界，及原在上海租界的實施文化滲透。自「九一八」（民國二十年）以後到「七七」盧溝橋抗戰爆發，為左翼文壇最猖獗的時期。它們利用了魯迅為偶像，在申報「自由談」上逐日以「方塊」（彼時尚無此名稱）發表左傾思想、醜化政府，做共產黨的幫兇。這是左翼文人，由幼稚、不成熟，到極為兇猛的時代。

其主要背後操縱者就是周揚（周起應）！

胡風、徐懋庸等雖然為了「民族解放文學」及「國防文學」發起論戰，好像煞有介事，說穿了，都是為共產黨作家，擴張聲譽（打知名度）。

魯迅之領導左翼文壇聯盟，為共產黨助長聲勢，把許多作家由不知名捧到了知名，由微名捧到大名。它們利用租界內的幾個報刊為它宣傳地盤，其中以申報「自由談」為尤甚。

巴金、章靳以等所辦的「文化生活社」，在當時的形象是比較自由，不直接受共黨指揮的；然而它卻不能面對共產黨刊物及左傾作家的勢力。換言之，它們打著自由主義，卻被共產黨牽著鼻子走。因此之故，巴金一夥人終於在大陸淪陷後被共黨吞沒，在「四人幫」時代飽受摧殘。雖然巴金仍被共黨政權別人都不知下落。

利用，然而他的時代早已過去了。巴金左右主要人物有章靳以、蕭乾、麗尼（郭安仁）等。除蕭乾外，

「生活書店」在三十年代，「九一八」以後迄「七七」抗戰以前，是全國最活躍的周刊。在那個時期，全國出版界的影響力，無一家勝過「生活書店」的。無論「生活」周刊、「世界知識」及由沈茲九女士編的「婦女月刊」無一不是暢銷的。該店擁有金仲華、張仲實等名家代為編輯刊物，具有非常大的號召力。「生活」周刊，每星期六上午出版發行，上海有百八十處書攤，每周末「生活」周刊，往書攤上一擺，不久便被搶一空。每周主辦人鄒韜奮寫一篇短文，極具煽惑力與影響力，每期銷十萬份。上述兩個月刊也有廣大銷路，高級知識分子大部份是兩個刊物的訂戶。

「生活書店」由福建人鄒韜奮辦起來的，他的背後是教育界名人黃炎培（任之）等。黃被稱為學閥。他領導的機構是「江蘇省職業教育所」，其手下大將是冷遹（禦秋）、江恆源（問漁）等。因為經常發表有關教育的文章，所以儼然執全國教育界的牛耳。他們在上海勢力很大。幾乎凡知識分子皆唯他們馬首是瞻。

他們又與申報保持密切關係。黃與申報老闆史量才又是至交。新聞報、時報、時事新報等都與這批人有關係。

「讀書生活」是李公樸所辦，由柳湜及艾思奇任編輯。這個刊物的對象為店員及勞工階級，所以小市民的讀者甚多。他們同時也刊載文藝作品，故與左傾作家也頗有往來。

比較不活動的是「商務印書館」的「小說月刊」。該刊編輯幾度易人，比較長久的是傅東華。

「開明書店」也是當時活躍書店之一。除了林語堂先生所代編的「開明英文讀本」廣受歡迎外，該店所出「中學生」為全國最被喜愛期刊之一。許多三十年代作家出自「中學生」，為不爭的事實。「開

明」老闆是章錫琛（商務出身），今天在臺北仍有開明書店。

「神州國光社」在民國十四年時代很活動，出版許多刊物，其後漸漸沉寂。那時左傾文學刊物如雨後春筍，較著名的有「莽原」、「現代」、「譯文」與「拓荒者」等。

五、北平文壇

在文藝作家方面，北方從來不依附於上海文壇。北方大學教授也好，青年作家也好，自視甚高，認為只有北方的作品是純真的正統文學。又因為全國最著名的大學均在北方，雖然文藝作家不標榜什麼學院派，但總覺得與上海灘的作家不同。可是北方文藝作家的作品，卻須向上海求發展，以謀出路。這正好與國劇（平劇）的情形一樣，國劇以北平為策源地，經常在北平演出；但時時刻刻不忘發展，往外發展的第一站，就是上海。到上海不但求「聲望」，也賺「大錢」。用現代術語來講「打知名度」以外，還要藉此「撈一筆」。寫文章的人亦復如此，文章在上海刊物發表，不但知道人多，稿費也高。而上海文壇，還需要北方作家來支持，則也是事實；當然，最要緊的是北方各大學有知名的學者與權威作家。梁實秋、徐志摩、沈從文、陳夢家等都是那個時代上海讀者喜見的作家。

朱光潛的「文藝心理學」自那個時代出版起，至今在臺灣還是暢銷書之一。朱自清的一篇「背影」在教科書中，尤為典範。徐志摩的詩更是詩作家必模倣的作品。

自民八「五四」起，北方學者實在是文化發展的主流。以胡適之先生的影響力最大、最有成就。「胡適文存」就是「文藝復興運動」全部史料。胡先生不但是文學革命的先鋒、也是新文學的保衛者。千秋萬世之後，胡先生在中國文化史上的地位，必比現在尤為顯著。

我曾經在文協今年五月四日的刊物上說：「當年若不是胡適之先生等提倡以語體（白話）文以代僵死的文言文，若延續至今，試想我們的文化如何能發展成今天這個樣子？文字可促進社會一切進步，也可以阻礙一切進步。但當年為了這種改革，胡先生打了多年筆仗啊！（如與梅光迪等論戰）。」胡先生的「白話詩」及劇作（終身大事）實在是促使後人以白話為詩及以白話寫劇本的典範。

徐志摩的詩、梁實秋、陳源教授的作品，及蘇雪林、凌叔華、謝冰心、盧隱諸女士的散文，如以今日女作家的寫作水準而言，不見得優秀到那裡去，但在那個時代卻是眾所嚮往的了。因為報紙不如今天這麼多，寫作的人也不似今日那麼多。

六、「大公報」對文藝的貢獻

民國十五年以後，天津「大公報」由張季鸞、胡政之及吳達詮三位先生接辦以後，不但樹立了全國輿論的權威，抑且改變了「新聞」、「專刊」及「文藝」的形象。因在此以前，天津的工商業僅次於上海，成為華北的通商大埠，因而天津的新聞事業亦極為發達。但是文化版面則不及北平。可是，自從「大公報」出版以後，則使報紙對讀者的影響，完全改觀。

㈠過去全國讀者沒有集中讀報的習慣。北平一般學界、知識分子不是讀「晨報」，就是讀「京報」，或小「實報」（管翼賢所辦，四開報，故名小「實報」）。天津方面，不是「益世報」、「民國日報」，就是「新天津日報」或「庸報」。上海報界是申、新兩報的勢力範圍，後來又加上「時事新報」、「時報」等報，故長江一帶，一般知識分子大多數讀「申報」、商人讀「新聞報」、體育界讀「時報」，「學燈」是「時事新報」的對外「招牌版」，因學術性高，非他報所可及也。

但自從天津「大公報」出版後，不但華北、東北是「大公報」的天下，就連大江南北，甚至西北、西南各地，無不是「大公報」的勢力範圍。何以致此？

㈡「大公報」有最吸引人的「社評」，（注意：一般報紙管評論欄稱為「社論」，獨有「大公報」則稱「社評」）由於張季鸞（熾章）、胡政之（霖）兩先生自清末即創辦報紙，如在上海辦「中華新報」、「民生報」，後又在北平辦「中華新報」等。民國後，參加了許多報紙工作，饒有經驗，懷有崇高的理想，故一旦自己辦起報來，則無不以自己的理想為歸趨。

首先要建立公平、公正的輿論，以領導民眾，開啟民智。對於一個問題來了，必表示意見，這意見非私人的，乃代表民意的，要平正、要公允，說出大多數人的心聲，（所謂「不黨」、「不盲」、「不偏」）代表著眾人之意見，要有理性，且有感情。同時並貢獻出自己的智慧，言人之所未言，不同流合汙，不拾人牙慧，但也不標新立異，故示玄虛。此所以「大公報」之言論，不但令人愛讀、且受人尊敬，其故在此。打破以往報紙誹謗洩憤、謾罵種種感情用事的毛病。一篇告「西安事變告東北軍人書」可使叛將瓦解，可知其言論之影響力！

㈢新聞版面的改革。過去一般報紙不講求版面，如上海報多時，以堆積排列方式處理新聞，甚至於連標題都不加。令人丈二和尚摸不著頭腦。「大公報」則把每一條新聞，仔細打整，不但有適當的標題，令人一看即明瞭新聞內容，並且美化新聞，使其具有特性，令人喜愛看。這全是編輯的技術。

㈣全國都佈有採訪網。全國各大城鎮都設有特派員通訊員及特約記者，雖非始自「大公報」（因上海報紙資本厚）卻為該報獨享的成功。按「大公報」抗戰以前，在全國重要都市，設有自己的特派員辦事處二十餘所、通訊員及特約記者百餘人，其新聞網之密佈，甚少同業能望其項背者。社內設有通訊課，處理每日來自全國的通信、電報。

㈤特刊。「大公報」每日有一特刊，如醫藥衛生、經濟金融、哲學、文史、體育、圖書、科學及文藝種種，這些都由專家編輯，各種特刊包容著全國及外國專家的作品，使讀者除閱讀新聞外，並且逐日可獲得許多專門知識。「大公報」的專欄，更具有特色，所載文章大都出自專家學者之手，有無上權威。

㈥文藝的提倡。「大公報」既取得全國讀者集中閱讀的地位，它不但在言論、新聞、專欄等專刊上有種種特點，且特別提倡文藝。每天在三大張對開報中，有一版九欄的地位刊登散文、小說、短論及雜文的「小公園」。當年「大公報小公園」是喜愛的稱呼，也是全國皆知的。於民國二十一年起，它增加「文藝」周刊一種，先由沈從文主編，後來又由沈推薦他的入室弟子蕭乾編輯，抗戰後由楊剛編輯。「小公園」與「文藝」，筆者都曾負過責任。民國二十二年秋，我於祕密採訪「偽滿建國周年」後，曾留天津「打雜」，就曾編「小公園」達半年之久。

「大公報」又於民國二十五年初，舉辦「文藝獎」、評選「戲劇」「散文」「小說」得主。「戲劇」得主為曹禺，「散文」得主是何其芳，「小說」得主是蘆焚，每人得銀元五千元。那時五千元合美金一萬元哪，也為在此以前全國最高的獎金。經過這次頒獎，全國作家更在目標上集中於大公報了。

當然，其後上海報紙，緊緊跟上，對於文藝的提倡，也不遺餘力；不過，不如「大公報」提倡在先，凡事集中罷了。

七、抗戰初期的文藝界

民國二十六年，七月七日河北省宛平縣盧溝橋事變爆發，即歷史上的所謂「七七事變」或「盧溝橋事變」，這是中國人永遠不會忘記的日子。

那年八月十三日，又爆發了滬戰，即所謂「八一三上海戰」。在此以前，日本人尚謊言盧溝橋之戰是地方事件，欺騙世界。到了上海戰爆發，終於掩飾不住半世紀以來「征服中國」的野心，暴露於世人之前了！蔣委員長於盧山會談宣佈「生死已到最後關頭，地無分南北，人無分老幼，群起抗戰到底！」於是全民抗戰於八月中旬形成。

這時際，全國鼎沸，人人都醒悟多年盼望的對日戰爭開始了！

除了軍政方面的佈署外，全國人民都做向後方逃難之計。平津一帶的教授、學生、名人及所有不願與敵人合作的老百姓，紛紛南逃。那年九、十、十一月間，首都南京由我軍固守，華北人民有的由津浦路南下，繞道南京去漢口。有的由平漢路至漢口先行觀望。等那年年底，首都失陷，政府早已宣佈遷都重慶。浙東一帶人民才由浙贛路，奔向漢口。於是武漢便成了抗戰初期華北及華東人民的集中地。

筆者自民國二十三年來末即在漢口，與「大公報」諸友合辦「大光報」，同時供職於湖北郵政管理局。等天津「大公報」的基礎全毀，上海「大公報」又岌岌可危，於是兩報館職工，一路在張季鸞先生領導之下，奔向漢口；一路由胡政之先生領導之下，奔往香港。這兩館均於那年九月在漢、港復刊，我也被邀參加漢館工作。

政府在南京未失陷之前，已作革命性的佈署。所有政府機構，遷往四川重慶，但主要人員先在武漢停留待命，以觀前途發展。同時在軍委會指揮之下，作緊急與長期的抗日文宣工作。因多年來，尤以自「九一八」起，對日侵略，民心激憤，但「安內攘外」之情勢下，民氣未彰。此時既已決心抗日，須賴宣傳，使民氣導入正軌，於是把教育部編入軍事系統之一的第六部負責戲劇工作，把原在上海的劇人編組了十個大隊，分別派往各戰區（彼時「戰區」之名正在形成中，到後來共有十二個戰區。），以戲劇展開「救亡」工作。

民國二十六年九至十二月，大批劇人、作家及文藝工作者，自東西南北各方面，紛紛集中武漢，使武漢頓時不但是軍政中心，也是新聞界與文藝界人士的中心。

又因為中共宣佈放棄共產主義，歸順國民政府，解散軍隊，服從蔣委員長領導，同心協力抗日。因此之故，過去被政府視為叛逆的左傾作家、劇人等等，一齊恢復了自由，脫離上海租界，都來到武漢，一時作家雲集，老少左右弄成了大結合。

因為筆者，在武漢從事新聞與文藝工作已有四年之久，人事關係多，地方也熟悉，且又在主編「大公報」副刊，故一時成為「熱門」人物，每年接待作家，會見劇人，並為安排食宿。

過去僅知其名，沒見過面的作家、劇人、畫家、音樂家、電影明星等等，這個時刻都一一相見了。

我印象最深刻的是：

㈠老舍自北平來，一路被搶，到武漢已十分狼狽，他先住在漢口華清街一個朋友家，非常不便，他寫信找我。我親去看他，並且多方安慰，後來漸漸介紹他與馮玉祥將軍認識，因此，他能夠搬到武昌千家街馮公館去住，差不多一直住到次年（二十七年）武漢淪陷（十月二十五日）以前。

㈡劇人紛至。那時有兩隊劇人到了武漢，一隊由金山、王瑩等率領，其中包括袁牧之、陳波兒、顧而已、舒繡文、白楊、秦怡及張瑞芳等。一隊由左明率領，其中包括趙丹、葉露西、王維一、宋之的、吳祖光及陳凝秋等。他們這兩隊約男女四五十人，共同被市府安置在模範區的一個弄堂二樓裡。男性住樓下，女性住樓上，都是舖著草蓆睡地板。因為我與左明及陳凝秋等早就熟稔。這時候向我苦訴一路逃難幾乎被炸死情形，甚至落淚。這麼多人，個人實在無法救援，只得向市政府及軍方人員多多拜託，使他（她）們無食宿之虞。至今想起這群後來大紅大紫的劇人，群集夥住的情形來，還歷歷在目。

㈢政治部文工會的成立。不久，軍委會政治部在武昌曇華林成立。下設幾個廳（五個？）分別司理有關抗日事務。第三廳管文化、文藝。廳長是「七七」事變後久居日本的創造社名人郭沫若。他手下大將是田漢、洪深、陽翰生等都分別當了處長及祕書主任等職。這裡面也容納了一部份作家進去。孫陵就是那時做了郭的隨從祕書。

㈣「中華全國文藝界抗敵協會」成立。自二十六年秋冬起，至二十七年冬初，武漢成為全國軍政中心。雖然日軍不斷從南京以飛機轟炸武漢，但我空軍健兒的表現，十分驍勇，常常把日機打得個落花流水，鎩羽而逃，每次空戰之後，就是詩人、作家以文字歌頌的時候。我那時候，提倡朗誦詩，所以我空軍大捷之後，往往就是朗誦詩的天下。因此，到二十七年三月，文藝團體已組織成熟，故於那年三月二十七日，成立「中華全國文藝界抗敵協會」於江漢路普海春大飯店。推老舍任主席，到會的人有馮玉祥、葉楚傖、邵力子、張道藩、郭沫若、茅盾及原在平津京滬的作家四百餘人。我與王平陵都當選為理事，並任組織組正副組長，因地方情形熟習故也。

馮玉祥將軍何以也列為作家群中呢？其中有一段經過，不可不記。馮氏當時是副委員長，但自從上海戰役後（他曾指揮過某路軍），他即空閒無公可辦。他是閒不住的，於是就開始寫白話詩，以他的經驗，鼓吹抗日，他寫完後，交由祕書給他潤色（彼時他公館裡除老舍外，尚有何容、吳祖光、王治秋、田濤等），然後交我在「大公報」「戰線」副刊上發表。因為他的詩通俗、有力，一時讀者都愛閱讀。大家給他的詩起了一個綽號「丘八詩」，馮氏也以此名自得。故我常奉召去武昌千家街馮公館吃飯。在我記憶當中，至少去過三次，吃的是大鍋飯，有雜和菜及饅頭等物，每次有一二十位作家。因此，馮氏那段時期，竟以作家之名出席大會。又因為久領軍符，對於群眾講話，饒有經驗，煽動力極強，故甚受聽眾歡迎。這次大會他也發表了精彩講話，受到群眾極高的稱譽。

那次，還有日本反侵略作家鹿地亘、池田幸子夫婦，他們一再在會場上痛斥日本軍閥，當然也受到歡迎。

㈤東北大批作家之到來。民國二十六年九、十月間，有大批東北作家自平津、河南及上海等地到達武漢。我雖非東北人，卻來自哈爾濱，又從事文藝工作，若干人或早已熟知或已相識，這時我又負責「大公報」的文藝版，他（她）們來後自然要找我。於是有幾個月內，除一般作家外，我特別照顧這群來自關外的同行，其中包括：蕭軍、蕭紅、舒群、羅烽、白朗、黑丁與曾克、李輝英與張周、金人、楊朔、孫陵、穆木天、彭慧、端木蕻良等。那個時候，他（她）們大都十分清苦，十分狼狽，完全過的是逃難日子。我那時正擔任湖北郵政管理局第一支局（在漢景街、五福路口）局長，樓下是辦公廳、樓上有局長宿舍，除臥室外，另有客廳及儲藏室。我就把客廳及儲藏室騰出來，讓這群朋友們暫住，以等待他們安定下來再找長期居住之處。我的好友孔羅蓀在三教街的家，也住著若干東北朋友。陸陸續續，約有半年之久，他（她）們住在我家。直到二十七年夏天，我家才安靜下來。

㈥共黨作家。中國共產黨既於「七七事變」後，宣佈放棄蘇維埃主義、改編軍隊、一切聽命政府。雖然後來證明這完全是謊言欺騙，然在當時大敵當前情形下，也不得不接受其虛偽的承諾。於是不但左傾作家出頭露面，共產作家也見了陽光。除了以上所說的許多偽裝的自由派的作家（如郭沫若、田漢與洪深等）外，還有較次一等的作家，這時候也在武漢紛紛出現。我記得很清楚的是王余杞帶著劉白羽來看我。他們都是從天津而來，王余杞曾任津浦鐵路局的職員，劉白羽的小說、散文，經常刊在上海文藝性刊物上，後來又有弋茅及樓適夷等訪我相識。不知有多少共產黨小蘿蔔頭兒都要與我接觸。（後來這些人都成了共產黨的大作家）至於胡風跟我接觸更早，我見他時，已發表過他多少文章了。像馮乃超與葉君健早在抗戰以前在武漢已是我們的投稿者了。

可是，大家不可不知，唯有周揚與丁玲幾個少數共黨作家沒有到過武漢及重慶。連江清（當時叫藍蘋），都在武漢及重慶待過。她那時在中國製片廠（楊森花園內），因她是三流演員，誰也沒重視她。

(七)新華日報。「新華日報」及「群眾」的在武漢發刊，是中共公開在政府所在地宣傳之開始。「新華日報」是二十七年春開始的，以前在所謂「解放區」裡無此名稱。最初社長是潘梓年，浙江人，老共黨，表面上是好好先生，但頗有城府。總編輯是劉克堅，湖南人，一看便知是共產黨，滿臉橫肉，帶著馬克思、列寧的形象。副刊由樓適夷編輯，浙江人，原在上海文化圈中是老作家。採訪是范元珍，即後來「文革」時期的范瑾。

范元珍原是漢口懿訓女中的高材生。從中學時代，就能言善辯，鋒頭十足。每次遊行，她必當領隊，喊口號都是由她帶頭。懿訓有兩位老師都是埋伏的共產黨，一個叫黃心學（湖南人），一個叫何偉（河南人），這兩位在毛澤東佔領華北後，都被重用。後一個曾當過偽教育部長。戈茅也是新華日報的活躍分子。總之，「新華日報」從武漢開館起，已奠定下擴散共黨邪說的基礎。後來郭沫若的「甲申三百年祭」，就是在新華日報發表的。

(八)擁護政府的報

前邊已介紹過原來在天津、上海出版的「大公報」，已移漢口出版，茲不復贅。華中一帶原以武漢為樞紐，上可達川康、下可至蘇皖、南及湖南、北及陝豫，原來也是新聞中心。故中國國民黨在武漢有

「武漢日報」之發刊，始自清黨以來，約已十年了。江西剿共告一段落後，軍事委員會移駐武漢，成立行營，由張學良負責。又在武漢成立「掃蕩報」，除一般新聞外，偏重軍事新聞及駁斥共黨的理論。因之，任卓宣先生以「葉青」的筆名所寫的理論文章，經常出現於該刊。「七七事變」後，淞滬之戰、平漢路之戰，該報均有深入的描寫報導。因「軍聞社」成立未久，一般報紙，均少採用該社稿，獨「掃蕩報」大量刊登。副刊也好。最初社長是丁文安（湖南人）、總編輯陳彧生（湖南人）、其餘如蔣銘、鍾期森、程曉華、程仲文等都是新聞界好手。

經常給副刊投稿的大部份均是軍中作家。

「武漢日報」社長王亞明，總編輯宋漱石，副刊「鸚鵡洲」主編是段公爽。投稿人甚多，社論均遵照中宣部命令發言，是武漢資深的報紙，影響文藝界也大。

又民國二十四年至二十五年，武漢文藝界曾出刊一小本（六十四開）的同人刊物，刊名曰：「小意見」，由我請上海名人黃炎培題簽。參加的人有市黨部管宣傳的何夢雪、王禪、武漢日報的段公爽、掃蕩報的蔣銘、鍾期森與程曉華及大光報的陳紀瀅及孔羅蓀，還有劇作家吳慕風（即吳若）等，每人按月出銀元二元，大家每期必寫稿一篇，稿不支稿費，因文章短小精悍，文字潑辣，竟暢銷一時。辦了兩年，終因大家都忙而停刊。

其餘還有陶滌亞的「信義報」及萬克哉的什麼報，都曾影響一時。

八、重慶時代的文藝界

武漢於民國二十七年十月二十五日撤守。其實在此以前，已有不少機關、團體以及個人，已陸續集中重慶。因政府於二十六年底，已宣佈重慶為陪都。到二十七年底，軍政機關及教育團體大部份已遷渝、蓉。迨二十八年初遷移告一段落。關於文藝方面的活動及成就，茲提要記述如後：

㈠報紙　原有「新蜀報」、「國民公報」、「商務日報」、「新民晚報」及「西南日報」等等。「新蜀報」社長為周欽岳，背後是四川巨紳劉航琛撐腰；「國民公報」社長是杜協民，他原是天津「大公報」駐川特派員，因「國民公報」是康心之、康心如昆仲所辦。康氏與「大公報」張季鸞先生為陝西同鄉，故允杜協民協助康氏。「商務日報」何人所辦，未弄清楚，但以商人為發行對象，社址在巴縣政府內。「新民晚報」原係陳銘德在南京所辦，因陳氏為川人，故於「七七事變」後即遷至渝市發行。「西南日報」社長為曹先錕，與情報機關有關。

當然還有幾個不甚著名的報紙，在渝市沒成陪都以前，不過二三十萬人口，有四五份報紙已嫌太多。這幾個報與文藝特別有關係的是「新蜀報」、「國民公報」與「新民晚報」。「新蜀報」副刊編輯是川人金滿成，在三十年代初期，原是上海灘上的名作家。此時正由他編副刊。不久換了姚蓬子，即姚文元的父親。因為蓬子來自上海，又是名作家，所以給他投稿的人甚多。周欽岳好客，老舍就與蓬子住對面屋。「新蜀報」那些年代儼然是文藝界聚會中心。「新蜀報」社址在太平門白象街，左鄰是商務印書館。那時「大公報」初期在重慶，社址在下半城的新豐街，白象街的與「新蜀報」脊背相連。我也住在白象街一二〇號。周欽岳有江湖氣，交遊廣闊，喜飲好客，幾乎三日一小宴，五日一大宴，我常常被召。老舍、老向、何容、蓬子、宋之的、趙清閣等都是常客，每次吃飯，周欽岳、老舍、何容必喝個酩酊大醉，划拳唱戲，極盡痛快的能事。那時候，姚文元還是在地下到處跑的毛孩子呢。（蓬子太太死得很早，故他把姚文元帶來。他有一妹妹名姚舞雁在北碚國立編譯館任職，為老向的得力助手。）蓬子同時為「文協」編輯「抗戰文藝」。何容那時主要職務是在青木關教育部工作，兼為馮玉祥將軍編「抗到底」。（一度在桂林，後來遷重慶。）

「國民公報」的副刊編輯是姜公偉。姜是天津「庸報」的老人，注重編輯技術，故他所編副刊花樣最多，不但有驚人的文章，同時把版面打整得也美觀。

另外，就是「新民晚報」了。那時「新民晚報」人才濟濟，都是編報好手。有一個時期，張恨水當他的經理，並寫專欄。「八十一夢」、「大江東去」及「新水滸傳」，就是這個時代寫的。另外，主筆張慧劍及總編輯張友鸞，人稱「三張」，都是報界明星。方奈何是副刊編輯，每天刊載漫畫家高龍生的一副漫畫，吸引讀者。陳銘德與太太鄧季惺均有江湖作風，與周欽岳相同，也常常請客，群眾甚多。

「大公報」在言論、新聞、副刊仍獨樹一幟，擁有最多的群眾。不過，以文藝而論，此時內容更為深入，採用稿件更為廣泛。王西彥、覃子豪等人的文章來自福建或上饒。劉白羽、楊朔、黃碧野的文章來自北方太行山一帶。蕭軍到了山西「民族革命大學」教了一陣書，要跑去延安，然後又回到成都，他的「側面」就是此時而寫。高蘭的朗誦詩，成了「戰線」特別吸人的作品。

二十八年的「五三」、「五四」大轟炸，給了後方人民以大刺激，改變人們生活的形象。疏散、疏散、疏散到鄉下去，包括政府機關。從此之後，直到三十四年抗戰結束，後方軍政人員及老百姓過的是疏散生活，物質條件的缺乏，令人不堪回首！

㈡詩人節的發起　「五三」、「五四」後，不僅陪都成了恐怖的山城，後方各大都市，如昆明、成都、西安、蘭州都籠罩在日寇轟炸威脅之下，人心不安，尤其重慶一隅，惶惶程度，達於極點，政府除督促人民往郊外及臨近幾縣疏散外，只是勸告人們要鎮定。

大約距離端陽節還有一個月的時期，我忽然想起何不乘這個時期，發起一個什麼運動，以安定人心？幸好有幾個詩人，差不多三天兩頭見面，他們的詩作，也是我最大稿件來源。其中二位，方殷與臧雲遠常常找我，我就對他二位說：「我們發起詩人節好不好？」我說明原因與想法，他倆極端贊成。於是我請他倆跑跑腳，先去上清寺巴縣中學「中宣部」看看部長邵力子去，然後再到「文工會」去看看郭沫若，徵詢一下他們的意見。他們去後回來答覆我說：「都贊成，並且說這是此刻好的意見。」

我又說：「這個檔口兒，我們把屈原捧出來，不但應節應時，更可以鼓勵人們的氣節！不可因濫炸而失了民族正氣！死何足畏，死得能使人警惕，才有意義。」

他們又聯絡了許多寫詩的朋友，屆期參加。

經過幾天籌備，一切事情就緒，我們就定期召開第一屆「詩人節」大會了。方殷、臧雲遠印通知，紙張、郵費都由我掏腰包。

好像那年（二十八年）六月七日是端陽節，我們事前借好了中一路「中蘇文化協會」（因地點適中，渝市多年中即在此處集會，尤其是文化界的會。）並把開會時的各種人選與節目，事前都安排好。開會的時間是上午十時。除了有請函者外，未接到通知的約有一百多人都來了，把個「中蘇文化協會」的大廳擠得滿滿的，連院子裡都是人。公推郭沫若主席，由我報告籌備經過。他一再說明端午定為詩人節的意義，並頌揚屈原的志節。他說在抗戰期間人人如有屈原的精神，不會出現漢奸，也不會向敵人投降，而激濁揚清，更是今日所缺乏的精神。（後來他所著「屈原」話劇本即由此次而起。）

然後由我報告了籌備的經過。我也極力推崇方殷，臧雲遠二位仁兄為籌備這個節，東奔西跑的辛苦。又由一、兩位在座的詩人講了話。以後就進入詩朗誦階段，我記得先是由潘丫農朗誦屈原的「離騷」，又有人朗誦他的「九歌」。白楊、舒繡文及張瑞芳幾位明星，也分別朗誦了時人的詩，因為她們都是名演員，受過發音的嚴格訓練，所以朗誦起來，不但聲音悅耳，也著實美妙動聽，獲得極佳的效果。差不多快到十二點了才散。

這個會並排除一般文藝團體的成例，無理監事的選舉，也無名義上的負責人，只由我與方、臧二位照顧事務而已。以後每年是日即在中蘇文化協會開會，好像第二年（二十九年）開會是在晚間，並備有粽子，以饗來賓，由光未然朗誦「黃河之水天上來」，有燈光及音響配襯，效果極佳。

第三次，三十年有安娥（田漢太太）的朗誦。以後每年這天都有集會，不過都是新詩人的集會。高蘭也在此朗誦過他的力作「我的家在黑龍江上」，感人至深，尤為動聽。

民國三十五年夏，光未然的妹妹青光等自第二戰區（山西）回到北平。有一天，他邀我及高蘭、王語今等去北大紅樓去聽青光的詩歌朗誦。那時，復員未久，原在淪陷區讀書的北大學生不知道何謂朗誦詩？如何朗誦？一概不曉。為了好奇，紅樓樓上可容一二百人的教室，竟擠了三四百人，有的還站滿了空道及坐在窗戶上。青光一襲陰丹士林的長衫，梳著兩條辮子，質樸典雅，走到臺上，她竟背誦艾青所作全部有一萬多字的「火把」長詩。這首詩在抗戰末期是很有名的。

大約用了四十分鐘，她如演話劇一般，一邊背誦，一邊做手勢及表情，忽高忽低，如訴如泣，有歡笑，有眼淚，隨著詩的內容，變換聲音，變換表情，引得聽眾一會兒鴉雀無聲，一會兒又放聲大笑，使聽眾如醉如癡，也如顛似狂。效果好極了！

到最後，戛然停止，引得聽眾掌聲達數分鐘之久。這是自有朗誦詩以來最獨特的一次。

㈢文藝性期刊　胡風——自武漢以來，文藝方面，就有胡風編的「七月」，以紀念「七七」抗戰也。

胡風是共產黨中獨立特行的人物，辦刊物亦復如此。他的風格與別人也不一樣，他的作者既不向一般刊物投稿，一般作者也休想攻入他的堡壘。且一般共黨作家的稿件，他也不要，每期除了他寫一篇論文外，其餘由詩人田間、莊湧（曾作過我多年助手，為已故立法委員莊靜的胞弟。）及M．S的散文。他的刊物內作家陣容永遠是別樹一幟與眾不同；那些老共黨作家跟他沾不上邊兒。在抗戰末期，「七月」停刊後，他又辦「希望」，仍然保持獨特風格。他似乎也永遠拿不著共產黨的錢。他倒是受過中國國民黨的接濟。民國三十二、三年間，張道藩先生所領導的「文化工作會」在曹家庵舉辦多次文藝講演會，由胡風主講，每次付予他若干演講費。因此，在大陸文革期間，江青、張春橋等說他拿國民黨的錢即指此。（其實還不止此。）

我與胡風交往在二十六年九、十月間，他雖然是共產黨，卻又是共產黨文人的另一派。周揚是他的死對頭。他於大陸淪陷後，給毛澤東上萬言書，論文化，長達數萬言。江青四人幫又把它打入牛棚，但他也從未低頭。我在武漢時期曾多次用他的作品，他處處以理勝人，性格又耿直得很厲害，我認識他後曾到他家中去過幾次，家中簡樸清寒，他的夫人也滿和氣，有一個小女兒。所以我自始即欣賞這個人，雖然他實實在在的是共產黨、魯迅的門人！

最近（七十三年五月）他曾寫文章稱讚蕭軍從事創作五十年刊於「北京日報」上，看來他已病癒，文章仍如以往那樣犀利。他刻在北平。

茅盾——實在是共產黨御用的文藝大將。自民國十六年清黨起，他就是共產黨作家的一纛大旗。在上海時代，他辦過許多刊物，在抗戰時期，他先後辦「文藝陣地」，停了再辦，辦了再停。可知共產黨中央也缺少一貫政策。茅盾辦刊物不同於胡風，他接受黨外投稿，所以他的方面廣。「文藝陣地」的大本營在桂林不在重慶。我曾在「傳記文學」上寫過「人民陣線之滲透新疆」一文，涉及茅盾。他也是我編「大公報」副刊時的作者。茅盾外表與個性是紳士，不是革命鬥士，所以容易與人接近。但他活到八十歲，死在北平了。共產黨還假惺惺地追贈為共產黨員，真是胡扯之至！因他在民國十六年前已加入共產黨了！

除了以上所說胡風與茅盾外，抗戰時期的文藝刊物就是由國民黨人所辦的「文藝先鋒」了。「文工會」在張道藩先生領導下有兩個刊物，一個是「文化先鋒」，由胡一貫先生主編；一個是「文藝先鋒」由李辰冬先生主編。茅盾自桂林狼狽到重慶後，他的「清明前後」就是刊在「文藝先鋒」上的，也是中央故意以稿費接濟他。

另外，在抗戰末期，我與姚雪垠、田仲濟二人聯合辦過一個文藝性刊物名「微波」，可惜只辦了三期，就支持不下去停刊了。

我遵張季鸞先生之命，兩次開名單，由中宣部接濟這批貧困作家，其中包括大批共產黨人。

㈣戲劇（話劇）　中國話劇雖始自民初，（據載，第一個話劇是陳大悲所編「一元錢」）成長於「五四」以後，卻成熟於「九一八」以前，更輝煌於抗戰期間。上海由田漢等所興起的「南國社」、熊佛西在北平所倡「小劇院」運動，在上海由唐槐秋所領導的「中國旅行劇團」（簡稱為「中旅」），以及余上沅所掌管的「國立戲劇學校」，都是中國話劇運動的著名團體與個人。回顧由民初到抗戰，二十幾年的話劇運動，真是中國文化史上的奇葩，影響著中國現代化以及國民生活，至深且鉅。恐怕世界上任何一國沒有這麼顯著的了。「放下你的鞭子」可能是中國第一個「街頭劇」。從此導引了「中國抗戰舞臺劇」即話劇。

「中旅」成立於「九一八」以後，它一開始，就計劃把劇運帶到中國每一角落去，以期以話劇改變中國文化形象，以及文化內涵。而且自始即以職業劇團面貌出現，不但是大膽嘗試，也是長遠計畫，打破過去臨時湊班子、找津貼，求補助的演出方式，為中國話劇職業化的先河。「中旅」曾在北平、天津、上海、南京、武漢及長沙、桂林等處演過。一齣「北京人」（曹禺作）演出於大江南北達十年之久。以後又演出「日出」及「蛻變」也有數年之多。造就出來名演員如：唐若菁、趙慧琛等男女演員數十人之多。可惜自抗戰初期在武漢演出後就輟演了。從此後，迄今再沒有一個像「中旅」的職業劇團。主辦人唐槐秋，湖南人，原是在法國學航空的，回國後加入「南國社」。「中旅」在武漢淪陷以前就停擺，非常可惜！

「中國劇藝社」。抗戰後在重慶，由老演員及資深舞臺工作者應雲衛所組織的「中國劇藝社」很想做照「中旅」成為職業劇團，但始終沒有像「中旅」那樣專業化與健全，因為內部演員流動性很高，不夠緊密；可是它在陪都也支持了幾達八年之久。常用劇場是柴家巷「國泰劇院」。趙丹、顧而已、金山、張瑞芳、舒綉文、白楊、耿震、沈楊等人都曾在該社名義下演出過。演出的劇目有「欽差大臣」、「李自成」等等。

「怒潮劇團」。也就是由「中國製片廠」同人所支持的劇團。演出的地方是渝市上半城神仙洞的「中國製片廠」的「抗建堂」。「中製」屬下演員當然更多，如朱梅仙、虞靜子、傅琦萍、秦怡、陳天國等都是較著名的演員。王瑞麟本是熊佛西的學生，但他進了「中製」以後，一直在做戲劇導演。

「青年劇團」。隸屬於青年部，導演是馬彥祥，公演的地方是柴家巷「青年館」，即「國泰劇院」的隔壁。

「劇專劇團」。「國立戲劇專科學校」自南京淪陷後，即遷往四川長江上流的江安縣文廟內。由於名教授萬家室（曹禺）及關祖光等授課，故戲劇活動仍甚多。除經常在校內作實習演出外，並不時組團到重慶國泰劇院去演。我記得最清楚的一次演出為「莫札爾特」。由曹禺自編自導，也自飾莫札爾特。他把莫札爾特一生的事業、生活及理想演得淋漓盡致，震驚了陪都各界，因一般人只知道曹禺是著名劇作家，卻不知他的演技也極為精湛。

以上是著名的幾個大劇團，其餘尚有不少。可知抗戰八年「話劇」仍是大多數市民精神生活所依賴。

國劇（平劇、皮簧劇）。有一個時期（自二十七—二十九年）「山東省立劇院」是重慶唯一演平劇的地方。該院院長乃河北人王泊生。這個劇院原在山東濟南，由山東省政府支持（韓復渠時代——也就是江青——李雲鶴上的學校），抗戰後移重慶蒼坪街為校。校內建有一座小劇場，可容三百人，每週末作實習演出，也對外售票。因轟炸關係，附近有防空洞。票上印好說明，敵機若來轟炸超過一小時即不再演，戲票下次有效；不超過一小時警報解除後即續演。

這樣維持了約兩年。沒想到，這種演出竟發生了安定人心作用。意思說：「小鬼子，你來轟炸吧，看我們還能笙歌不輟，你能怎麼樣？」這跟山藥旦（富少舫）等的京韻大鼓一樣發生了作用。

約三十二、三年該院經教育部改為「國立戲劇實驗劇院」，遷移至中一路，自建劇場，可容八百人。更發揮安定人心的力量。

該劇院除王泊生（他常演「打金磚」與「岳飛」等劇）外，並有名老師及演員趙榮琛（程派嫡傳）、鄭際生、王東良、鐵錚（花面）、林貴蔭（武旦）等，後來又增加了郎定一女士（青衣及花衫）（戚長誠夫人），陣容愈為堅強，迄抗戰勝利，它是唯一經常演出的平劇團體。

「夏聲劇團」。來自北平由國劇學會造就出來的劇人劉仲秋與郭建英（兩人均係北平「國劇學會」附設「戲劇傳習所」造就出來的）抗戰後在西安組織了一個「夏聲劇團」專演平劇，在西安成熟之後，於抗戰末期來到陪都。一齣「陸文龍」（王佐斷臂）竟能連演一個月之久，也震驚了渝市市民。可知其號召力之強，因該團都是未成年的孩子，演來活潑可愛，等於現在軍中劇團的學生。「詹家班」。這是一姓詹的在後方成立的劇團。因抗戰後，久在昆明、貴陽一帶演出，陪都人士不知道。在抗戰末期，也移節渝市，因團內擁有秦慧芬、詹慧敏、詹慧良等，也頗具號召力。如今秦慧芬女士是臺北各劇團劇校的得力老師。

「川劇」　川劇來自漢劇，是中國地方劇中有歷史性的一種。在下江人沒到以前，川劇就經常在蒼坪街一個劇院內演出，著名的女演員「小桐鳳」跟現在唱歌仔戲楊麗花的地位幾乎相等。她是川人市民的一尊偶像，我曾看過一二次，有些劇目，如平劇中的「桂英活捉王魁」就是由川劇而來。

㈤音樂　抗戰歌曲。如果說中國「抗戰歌曲」與「話劇」是贏得對日抗戰勝利宣傳最有力的兩項重要因素，絕不為過。因為至少這兩藝術自「九一八」事變起，宣傳抗日不遺餘力，它們的影響不只鑄造了全中國人民的堅毅意志，也塑成了中華人民的民族精神。「義勇軍進行曲」、「長城謠」、「松花江上」、「工農兵學商」、「大刀進行曲」、「八百壯士」，以及數百首雄壯哀婉動人的「抗戰歌曲」振奮了全國人心，也使人心因悲痛把仇恨深入骨髓。於是發揮了一種力量，淺言之，為「重慶精神」，擴大言之，為「中華民族魂」！

我為了應國人要求，自六十九年起至七十一年，曾接連三年中，於每年九月三日（軍人節）前後在「青年戰士報」上寫文章徵求「抗戰歌曲」及「大家唱」歌本，得到熱烈響應，已由有心人抄給我將近百首「抗戰歌曲」，曾刊於該報副刊中。我整日窮忙，無力無時，把它印出來，曾專函前政戰部主任王昇上將，請國防部或政戰學校音樂系把它印成單行本，以便廣為流傳，迄今無結果，甚為可惜。我盼望有心人有機會把這樁事完成，以為民族魂留下歷史性的紀念。

大歌劇「秋子」的演出。抗戰時期（約三十一年）大歌劇「秋子」的演出，為中國有史以來（平劇不算），是新興戲劇搬上舞臺，雖然比西洋大歌劇，晚了五十年，但畢竟在最艱辛的情況下搬上了舞臺。一看便知道這是描寫一個在日本軍閥壓迫下的一個善良少女犧牲的故事，作曲、指揮都是音專吳伯超（文大吳漪曼的父親），演員男主角莫桂新，女主角張權都是「音專」的老師。故事是由詩人臧雲遠編寫的。在當時的演出，可以說是相當轟動的。一直在國泰戲院演了三天。中央社李嘉兄曾為此事出了很大力量。前幾年，中廣公司把「田單復國」改編為「大歌劇」，曾在海報上宣傳該劇是「中國的一部空前大歌劇」，我去函更正，說「秋子」才是第一部。也難怪目前在臺灣主持音樂的人士，那時不是在淪陷區，即尚未出生。

歌詠隊　抗戰期間，至少已有十個戰區（第十一、十二戰區成立在戰後）。抗戰初起各戰區均有演劇隊，後來又有歌詠隊，都屬於文化工作隊。（名稱並不統一）這些隊中，不只有聲樂家，還有作曲家。漠北、太行山內、大別山內、岳麓山中、烏魯木齊河邊，及西藏高原均有民族歌手，在地方上，在任何一種場合，都可以唱出民族的心聲。這真是中國有史以來，音樂最發達的時刻。

音樂教育　抗戰時期最成功的教育之一，是音樂教育。「國立音專」設於青木關。執教的人士，多半從歐美留學歸來，聽過見過西洋人的音樂成就。學生雖不多，但均是有志而來，故成績優秀。各戰區的文化工作隊也埋沒著不少人才。如聶耳、冼星海、夏之秋、桂濤聲、張曙、劉雪庵等，都不是正規音樂教育所教出來的，但他們的成就無人否認。他們不但教，而且一面教、一面學，教學相長，成績斐然。

我認為抗戰時期兩大成就：一是話劇；二是音樂。

㈥美術　那時有名的美術名家幾乎都集中於沙坪壩中央大學。黃君璧、徐悲鴻與張書旂等。齊白石、溥心畬、黃賓虹等均在淪陷區。但新興美術如漫畫、時事畫則到處皆有，大都非出於名家之手（名家不肯從事現代化）。梁鼎銘，梁又銘及梁中銘昆仲三人被成都空軍方面請去，為戰士畫服務，他們出著畫報，又不時在刊物上出現他們的作品，對於民心士氣鼓勵不少。

又牛鼻子黃堯在重慶也畫了不少畫。尤其漫畫家高龍生因服務「新民晚報」關係，每天有一幅漫畫，影響讀者甚大。

徐悲鴻曾展覽過「馬」。張書旂給羅斯福總統繪製大幅「百鴿圖」為傳統畫家以畫實行國際文化交流之一例。其餘各戰區油印刊物中，常有漫畫作品刊登。

通俗讀物　抗戰一開始，文藝界就喊出「文藝下鄉」、「文藝入伍」兩種口號。因為那時全國文盲有百分之八十之多，受過學校教育的只有百分之二十，「掃除文盲」自民初喊出以來，到抗戰時期績效不彰，大多數農民都不識之無。像這麼多國民是文盲，對抗戰是有大妨害的。包括我們的士兵，因多係自民間徵來，以一個不識字的人拿槍與敵人對打，其勝敗可預知，故文藝界喊出這兩句口號，可謂切實應時。抗戰後，文藝界編了許多小唱本，以最通俗的文字，說明日寇侵略的事實。這是一種通俗文藝。顧頡剛先生在成都成立「通俗讀物編刊社」就是針對此種情形而來。

㈦民間藝術　一支民間藝術小團體，一直支持著陪都大眾茶餘飯後的精神生活，那便是由山藥旦（富少舫）、富貴花父女的京韻大鼓團體。這個團體來自北平，節目方面包括有山藥旦的「滑稽大鼓」、富貴花的「京韻大鼓」、董蓮芝的「西河大鼓」、小地梨與歐少九的「相聲」，還有耍罈子、兜空竹，及河南墜子等等。老舍、老向二人也曾為富貴花編過「新京韻大鼓」——「復興關上」。這些通俗而與抗戰有關的詞兒，也很能吸引觀眾。所以我常說：「藝術是多方面的，單看適合哪一階層。」王泊生的平劇與山藥旦的雜藝團，也是不可忽視的兩股抗日力量。

四川民間藝術，如唱「金錢板」「打蓮花」都是抗戰時期的民間藝術。

九、結語

中國自「五四」以後，文化傳統起了急劇變化，其主要原因起自內憂外患；文藝之發展，又因為整個文化的衝擊，也隨之變化。但無論怎麼變化，其方向是向前的。雖然摻雜了許多外來的影響，但萬變不離其宗，仍為中國化。只有像中共那樣接受馬克斯的教條，把中國文化弄得不倫不類。但是扭不過億萬人民根深柢固的傳統思想，遲早必走回頭路。到那時共匪政權，不敗自敗了！看中共近來的「傷感詩」「朦朧詩」，可以預料有朝一日，中共政權也必被中國傳統文化淹沒！

中華民國政府，自大陸播遷臺灣三十五年間，在文藝方面，已有多項成就，無論文學、美術、音樂與戲劇均有長足進步，但唯一可指摘的，因為經濟發達、社會安定，新出來的一輩，沒有經過抗戰時期的艱苦生活，故有驕奢淫佚的習慣，與種種違逆時代的思想與動作，誠為最可憂患者，且文藝寫作永遠不能達到巔峰，百尺竿頭，更進一步；隨時代之變遷，作文藝潮流中的中流砥柱，方是上策！

這篇小文，雖僅限於談文藝，但撫今憶昔，對世事、對國事，能不無動於衷！我盼望朝野上下，永遠記取抗戰八年的時候，更望年輕一輩熟溫抗戰歷史與生活，庶乎可得到若干啟示，有益於薪火相傳的教訓。所以我建議，把「九一八」與「七七」永遠列為國家的紀念日，豈僅關係「文藝」的一面?!

七十三年六月「近代中國」

抗戰時期文學之演變

●王聿均

一、抗戰文學之背景

民國時期文學的發展，大致可分為三個階段，一為民初時期，二為三十年代，三為抗戰時期。「文學革命」奠定了中國現代文學的基礎（註一）；「三十年代」的文藝運動，則由日本蓄意的侵略和全民因之而加強的民族自覺心理所引發（註二）。文學作品呼籲團結自強，奮起抗日，尤為國民一致的呼聲。然左翼文壇，卻乘機興起，操縱上海的文學界，間接助長了共黨的聲勢；外患內爭，交迭起伏，文學與政治交錯，嚴重的影響了作家的獨立性和作品的純粹性。「左翼作家聯盟」自民國十九年三月成立以來，黨同伐異，爭辯不休，首有「民族主義文學」論戰，次有「文藝自由」論辯，最後則有對「言志派文學」的抨擊（註三）。而左聯內部，亦逐漸暴露無可彌縫的裂痕，終於發生了「國防文學論戰」，規模之大，爭論之烈，為新文學誕生以來所未有。周起應、徐懋庸等提出「國防文學」的口號，魯迅、胡風等則以「民族革命戰爭的大眾文學」相對抗，雙方劍拔弩張，各不相讓（註四），「左聯」亦因此而瓦解。民國二十五年，為極具關鍵性的一年，由於日本對華北的加緊蠶食，情況日非，全國國民皆懷有切膚之痛，反日的情緒異常高漲，在此種情形下，文學界遂亦發生了極大的變化。部份左翼作家提出「國防文學」一詞，乃是中共「抗日統一戰線」政策之反映，因為要爭取與政府的合作，所如周起應事先未曾徵得魯迅同意，即行解散「左聯」，並主張號召一切作家，「不問他們所屬的階層、思想及流派，都來創造抗敵救國的文學作品」（註五）。經過數月的醞釀，六月七日「中國文藝家協會」成立，發表「宣言」，簽名者一百一十人，其中不乏文學界夙著盛名之士，宣稱「文藝上主張之不同，並不妨礙為民族利益而團結一致」（註六）。此一協會之幕後策劃者仍為周起應（註七）。七月一日，魯迅、胡風、巴金等七十七人，又在「文季月刊」發表「中國文藝工作者宣言」，宣稱「決不忽視或離開現實」，「從未放鬆爭取民族自由的奮鬥」（註八），與前者互相頡頏。十月間，全國著名作家二十一人發表了「中國文藝界同人為團結禦侮與言論自由宣言」，明確要求文學界不分新舊派別，為抗日救國而聯合。略稱：「其在作家個人或集團，平時對文學之見解、趣味與作風，新派與舊派不同，左派與右派亦各異，然而無論新舊左右，其為中國則一，其不願為亡國奴則一；各人抗日之動機，或有不同，抗日的立場，亦許各異，然而同為抗日則一，同為抗日的力量則一。在文學上，我們不強求其同，但在抗日救國上，我們應團結一致以求行動之更有力。……為民族利益計，我們又甚盼民族解放的文學或愛國文學，在全國各處風起雲湧，以鼓勵民氣；我們固甚盼全國從事文學者能急當前之所急，但救亡之道初非一端，其在作家亦然。故文學上我們寧主張各人各派之自由發展，與自由創作」（註九）。在宣言上的簽名者雖不多，但代表的面卻甚廣泛，像中間派的獨立作家夏丏尊、傅東華、葉紹鈞、豐子愷、黎烈文等，左翼作家魯迅，郭沫若、茅盾、鄭伯奇等，中間偏左的巴金、王統照等，言志派的林語堂，鴛鴦蝴蝶派的包天笑、周瘦鵑，女作家謝冰心等，都在其內。這代表著文學界在抗日禦侮的運動中空前的團結。而意義也是極為深遠的。

十月十八日，魯迅逝世（註十）後，「國防文學」和「大眾文學」的口號，也在無形中取銷，而以「抗戰文藝」代之。文學界的團結運動，配合著政治環境的幾件大事而展開。一為兩廣歸附中央，結束內爭；二為綏遠百靈廟大捷，鼓舞民心士氣；三為西安事變圓滿解決，蔣委員長平安脫險，中樞之領導鞏固（註十一）。到民國二十六年春，不僅政治上呈現團結奮鬥的氣象；文學界人士，不分新舊和派別，政府亦都加以照顧，一齊集合於「抗戰文藝」的旗幟之下。所謂抗戰文藝，即是以文學為武器，為抗日而服務。此種主題的作品，消極可揭發日人侵略的殘暴，積極可鼓舞民心，激勵士氣（註十二）。這便是抗戰時期文學發展的背景。及七七盧溝橋事變爆發，全民抗日戰爭開始，中國面臨一個激變的時代，大家都必須以全力投入戰爭，爭取勝利，文學界自不例外。文學乃時代的產物，其形式與內容也須適應時代的要求，不斷的變動和創新，像通俗文藝，報告文學，朗誦詩歌以及戰時戲劇等，都應時而生（註十三）。許多作家或親赴戰地，或轉徙後方，缺少潛心創作的環境和閒暇，故鮮能撰寫宏偉鉅構。戰時文學的特點，一為宣傳重於藝術，一為政治高於文學，作家受此種潮流的影響，作品尤以速成為多。而戰時文學之欲求急功，較文學革命時期為尤甚；其重視現實，無論為抗戰，為國防，或為大眾，均未脫離民初「文學研究會」時期「為人生而文學」的傳統。

二、戰爭初期對文壇的衝擊

盧溝橋事變擴大後，蔣委員長在廬山發表談話，申明立場，確定了對日肆應方針（註十四）。七月梢，平津棄守，八月十三日，滬戰爆發，中日戰事已全面展開。遍地的烽火煙硝，不僅急劇的改變著社會的常態，破壞了平時一切的均衡，跟著戰地的擴大和沿海大城市的失守，交通阻隔，營業蕭條，文藝活動和出版界一時都陷於停頓狀態。而迫使作家們紛紛內遷（註十五）。初期戰爭對中國文壇的衝擊，可說是非常猛烈的，作家們都為動盪的時代所驚詫，無論生活上、觀念上，甚至創作路線上，都感到莫大的徬徨，他們走出狹窄的生活圈子，開始向前線，向後方，向鄉村，向小城市等各種不同的領域分散（註十六），並不能一概以「逃難」視之。他們轉徙的路線有二：一為平津一帶的教授、作家、文化人、學生等於二十六年九月至十一月間由浦津及平漢兩路南下，集中漢口；以倡導文藝著稱的「大公報」員工，亦由張季鸞率領在漢口復刊（註十七）。華北作家老舍、沈從文、劉白羽、朱光潛、朱自清等，或隻身來武漢，或隨校南遷長沙、昆明等地（註十八）。二為京滬暨東南沿海一帶的作家、藝人等，於十月至十一月，或由南京繞道津浦、隴海西行，或由上海經杭州，繞道浙贛，而往武漢。此時，國府為因應戰局，已將重要機構遷往武漢或重慶，並由教育部將全國劇人整組為十二個演劇隊，分別派往各戰區，擔負文宣工作。有的即自上海轉往戰區，大部分則赴武漢待命（註十九）。其中兩隊，一由金山、王瑩率領，一由左明率領，其中不乏著名藝人及編劇，沿途迭遭日機轟炸，備歷艱辛，到武漢後，衣食無著，幸得市政府救濟（註二十）。此外，大批東北籍作家亦於此時分別自平津、河南及上海等地到達武漢，其中著名者有蕭軍、蕭紅、舒群、羅烽、李輝英、楊朔、孫陵、穆木天、端木蕻良等，由陳紀瀅、孔羅蓀予以協助安置（註二一）。

二十六年十一月十一日，國軍自上海南市撤退，上海全部陷落，十二月十三日，日軍陷南京，此後中日戰爭進入另一階段，武漢遂成為全國政治的中心，也成為文化的中心。平、津、京、滬及東北地區的作家藝人，既均匯集於此，然漫無組織，生活又復艱苦，作品的素質，受到環境的影響，自難望其提高。此時，國、共兩黨在表面上已恢復「合作」，緣自九月二十二日中共正式發表「團結禦侮宣言」（註二二）之後，其幹部人員及文藝作家，陸續湧入武漢，二十七年一月十一日，中共機關報「新華日報」在漢口創刊（註二三）。二月六日，國民政府軍事委員會「政訓處」改組，成立了政治部，陳誠任部長，周恩來任副部長，其下分設四廳，郭沫若任第三廳長，負責抗日宣傳工作，陽翰笙任第三廳主任祕書，田漢、洪深、郁達夫、胡愈之、馮乃超、孫陵等作家三十餘人，都參加了該廳的工作（註二四）。二、三月間，武漢的文學界醞釀籌組一個全國性的文藝組織，以凝結力量，為抗戰効命。而推動最力者為中宣部和政治部第三廳。中宣部的用意，是將左派作家納入此一組織，以免分歧；政治部第三廳陽翰笙的倡議，則是出自周恩來的授意（註二五），動機迥不相同。陽翰笙初與王平陵磋商（註二六），並先後與穆木天、馬彥祥、老舍、老向、胡風、胡秋原等多人交換意見，經過五次籌備會議，並起草「發起旨趣」、「簡章草案」、「致各地文藝界公函」，擬定「全國作家調查表格」（註二七），至此，統一的文藝組織，已略具雛型。三月二十七日「中華全國文藝界抗敵協會」（簡稱「文協」）假座漢口市商會禮堂召開大會，正式成立。確定了「文章入伍，文章下鄉」的文藝方針，對戰時文學發生了廣泛的影響（註二八）。大會由邵力子宣佈開會，王平陵報告籌備經過，宣讀各方賀電，方治和政治部部長陳誠的代表訓話，日本反戰作家鹿地亘及陳銘樞、馮玉祥等相繼演講（註二九）。午後通過大會宣言，並選舉理事。「宣言」係由老舍與吳組湘起草，指出中國作家「以筆為武器，爭先參加了抗敵工作，有些還到民間與軍隊裡，去服務，去宣傳，以便得到實際的觀察與體驗，充實寫作的能力，激發抗戰的精神」。並謂中國的文藝是「被壓迫的民族怒吼，在刀影血光中，以最深切的體驗，最嚴肅的態度，發出和平與人道的呼聲」（註三十）。又文協「發起旨趣」稱：「像前線將士用他們的槍一樣，用我們的筆，來發動民眾，捍衛祖國，粉碎寇敵，爭取勝利，民族的命運也將是文藝的命運」（註三一）。凡此都可看出抗戰文藝的道路和特色。大會共選出理事四十五人，監事九人，其中政府官員有邵力子、葉楚傖（中宣部部長）、張道藩（教育部常次）等，軍人有馮玉祥（軍委會副委員長）等，獨立作家有老舍、何容、郁達夫、朱自清、陳西瀅、朱光潛等，左翼作家有郭沫若、茅盾、巴金、胡風、田漢、洪深等，共黨作家有丁玲、馮乃超、陽翰笙、樓適夷等，國民黨作家有王平陵、華林等。並推定王平陵、胡風、樓適夷、姚蓬子、老向、華林、老舍、穆木天、馮乃超、盛成、胡秋原等十五人為常務理事（註三二）。「文協」之成立係抗戰時期中國文學界的大事，從會員的背景、職業、專長等來分析，有詩人、戲劇家、小說家、批評家、文藝史家、各種藝術部門從業員、新聞記者、雜誌編輯、教育家和教授、宗教家、官員、將軍等，不分派別，不分階層，不分新舊，都匯集於「文協」的旗幟下（註三三），但從另一方面觀之，「文協」成員過於複雜，後來連木刻家、音樂家、畫家、暨舊文學作者，都相繼加入，變成了一個文化協會或各界聯合的抗敵協會性質，並非純粹的文學組織了（註三四）。「文協」的組織，共分四部：一、總務部主任老舍，副主任華林。二、組織部主任王平陵，副主任樓適夷。三、出版部主任姚蓬子，副主任老向。四、研究部主任郁達夫，副主任胡風。另聘葉以群、趙清閣、謝守恆三人為幹事（註三五）。文協的總務主任等於主席或總幹事，此一人選幾經磋商始決定由老舍擔任，因其為獨立作家，在人望和個性方面，及當時的政治情勢方面，均適於出任斯職（註三六）。副主任華林（即張梅林）與組織部主任王平陵都係國民黨作家，葉楚傖、張道藩尤有相當的影響力，故當時「文協」，顯然可由政府加以掌握。但後來左派作家大量滲入，積極活動，「文協」逐漸變成左派操縱的工具（註三七）。「文協」的會刊為「抗戰文藝」，自二十七年五月四日在漢口創刊，至三十五年五月四日在重慶出版「終刊號」（第十卷第六期），整整發行八年，可說係貫串整個抗戰時期唯一的文學刊物。最初成立一編輯委員會，共有委員三十三人，王平陵、朱自清、朱光潛、老舍、郁達夫、胡風、胡秋原、茅盾、夏衍、陳西瀅、鄭振鐸、豐子愷等皆在內，包括各方面的代表作家，實際上的編務，則僅由孔羅蓀等三、四人負責（註三八）。當時武漢的文藝工作大為發展，「大公報」的文藝版「戰線」（陳紀瀅主編）、「武漢日報」（中宣部機關報）的副刊「鸚鵡洲」（段公爽主編）、「掃蕩報」的「掃蕩副刊」（程仲文主編）等，都刊載了不少文學作品（註三九）。文學期刊除「抗戰文藝」外，尚有「文藝半月刊」（王平陵、徐蔚南等主編）、「七月」（胡風主編）、「自由中國」月刊（孫陵主編，第二戰區司令長官閻錫山出資支持）、「大時代」周刊（孟十還主編，軍委會政治部第二廳所辦）、「抗到底」（老舍、何容主編，特色為以通俗形式宣傳抗日）等，極一時之盛（註四十）。

在上海方面，因為受到戰事的影響，大型的文學刊物先後停刊，如「文學」、「文叢」、「中流」、「譯文」、「作家」、「光明」等，都遭到同樣的命運，文學書籍的出版亦甚困難（註四一）。故部分作家，認為「文藝無用」，因而提倡「投筆從戎」，此種主張被稱作「前線主義」，上海「戰地服務團」的組織，就是具體的實踐。其一設在崑山，其一設在浦東，以歌咏、演劇及其他形式，在淞滬前線進行抗戰宣傳工作，後來隨軍轉移至武漢（註四二）。而另一部分作家，則肯定抗戰中文學有其本身的任務，不可偏廢，因而有小型日報和小型雜誌的出版（註四三），由文學社、文季社、中流社、譯文社合編的「吶喊」，其創刊號於二十六年八月二十五日出版，其啟事中稱：「四社同人當此非常時期，思竭棉薄，為我前方忠勇之將士，後方義憤之民眾，奮其禿筆，吶喊助威，爰集群力，合組此小小刊物」（註四四）。第二期後改名「烽火」，至十一月七日停刊，前後共出十二期。上海淪陷後，左翼作家巴金、夏衍等暨一部分獨立作家去廣州，上海出版的「救亡日報」和「宇宙風」半月刊都曾遷往廣州出版，另外「文摘」

戰時旬刊，亦在廣州發行（註四五）。

抗戰初期對文壇最大的衝擊，就是使作家由文化中心的大都市推向戰區、前後方的各城市和鄉村，寫作的體裁和內容亦有巨大的改變，與戰爭相配合。這個時期的作品主要有報告、短篇小說、街頭劇、小詩、抗戰歌曲和通訊等，戲劇運動也蓬勃的發展起來（註四六），以武漢為中心，向各地開展。二十七年八月，政治部第三廳以上海的救亡演劇隊為骨幹，組成九個抗敵演劇隊，四個抗敵宣傳隊，一個兒童劇團和電影放映隊，赴各地作巡迴演出（註四七）。作家則親往戰地，體驗戰爭的生活，並慰勞前方將士，赴第五戰區者尤多。二十七年四月，為慶祝台兒莊大捷，文協特派理事郁達夫、盛成到前線戰地勞軍（註四八）。徐州失陷後，第五戰區的中心移至河南潢川，李宗仁時任司令長官，廣結作家文士，臧克家、姚雪垠、孫陵、碧野等齊集該地（註四九）。武漢保衛戰中，第五戰區中心復後移至鄂東旗亭、浠水、宋埠一帶，九月中旬，馮乃超、盛成、錢俊瑞、陳北鷗等攜書報、藥品經浠水到宋埠，與臧克家等人暨金山、王瑩的戲劇隊會合，該地共有文藝人士百餘人。十月上旬，馮乃超復往旗亭前線，停留近旬（註五十）。山西之第二戰區司令長官閻錫山，亦重視文教，在臨汾設立「民族革命大學」，廿七年一月，邀作家蕭軍、蕭紅、田間、端木蕻良、聶紺弩、艾青、孔羅蓀等前往，田間擔任文藝輔導。此外楊朔、光未然、徐懋庸及劇作家左明等，悉被網羅。臨汾失陷後，遂各星散（註五一）。在其他戰區工作的作家也不少，如楊邨人往第四戰區，李輝英往第一戰區，擔任政治工作（註五二）。「文協」遷渝後，於二十八年五月推老舍、胡風、王平陵、姚蓬子參加全國慰勞總會慰勞團，前往南北兩路勞軍。六月，組成「作家戰地訪問團」，團長王禮錫，副團長宋之的，團員有葛一虹、葉以群等十三人，由重慶出發，往華北勞軍，兩個月後，團長王禮錫因積勞在洛陽病逝，為戰事初期作家為國盡瘁捐軀的典型（註五三）。

三、戰時文壇的空間分佈

自新文學運動以後，迄七七事變之前，中國文壇始終以北平和上海為中心。但抗戰開始，京派作家除周作人等極少數外，大都間關南下；上海陷敵，部分作家仍留於孤島，部分作家則西去武漢，南下廣州。及民國二十七年十月，武漢、廣州相繼淪陷（註五四），國府以重慶為陪都，「文協」亦隨之遷渝。然因交通和物質條件的限制，作家分散各地，難以集中，文壇缺乏固定之中心，因之便形成了臨時性的多元中心（註五五）。所謂「文壇」，主要係指一、作家之集中，二、作家之活動，三、文學團體的組織，四、作品發表之園地（分報紙副刊、文學期刊與書店、出版社），五、作家與政治社會的關聯等。依上述幾個標準來看，抗戰中期後之全國文壇，顯然分散為許多中心或據點，重慶自然是最大的一個中心，此外成都、昆明、桂林、延安、曲江、永安，以至香港和孤島上海，都成為或大或小的中心（註五六）。每一地都集中了一些作家，出版了一些書刊，更重要的，是各有其不同的政治關聯。茲依地區為單位，擇其要者，分述於次。

(1)重慶

重慶成為戰時首都後，軍政機關及教育文化團體暨公私立大學，陸續遷來，人口倍增，報紙與文學期刊也增加了不少，劇團的成立和話劇的演出，亦頗為山城生色。在報紙方面，重慶的重要報紙，約有十家，列表如下（註五七）：

報紙名稱	副刊名稱	副刊主編	備註
中央日報	文綜 平明	梁實秋 梁實秋	
大公報	戰線	陳紀瀅	
時事新報	學燈 青光	宗白華 徐仲年 崔萬秋	自上海移來，社長一度為崔唯吾，經濟由孔祥熙背後支持。
掃蕩報	掃蕩	劉以鬯	初期為南昌行營軍報，後遷漢口，再遷重慶，最初社長為丁文安，後期加入徐訏、雷嘯岑等。
新蜀報	蜀道	(1)金滿城 (2)姚蓬子 (3)王亞平	社長周欽岳，由川紳金融家劉航琛支持。
國民公報	文群 國民	章靳以 劉以鬯	康心之、康心如昆仲所辦，社長杜協民。
商務日報			未悉為何人所辦，有稱係陳銘德夫婦所辦者。
西南日報			社長曹先錕。
新民晚報	血潮	姚蘇鳳 （方奈何）	社長陳銘德及其夫人鄧季惺主辦，有張恨水等人參加。
新華日報	新華	沈起予	中共機關報。

根據表中所列，大公報「戰線」獨樹一幟，擁有眾多讀者，採稿亦頗為廣泛，包括沈從文、老舍、冰心、姚雪垠、李輝英、艾蕪、蕭軍及前線作家王西彥、沙汀、黎烈文（福建永安）、劉白羽（太行山）、臧克家、黃碧野（五戰區）等人的作品，而高蘭（郭德浩）的朗誦詩，尤膾炙人口（註五八）。新蜀報「蜀道」於二十九年元旦改由姚蓬子主編後，在稿約中稱：「篇幅不大，不用長文。文章雖好，倘與抗戰無關，決不刊登。倘與抗戰有關，無論說酒談夢，均極歡迎」（註五九）。表明其取稿標準，頗受歡迎，投稿者甚眾。周欽岳豪爽好客，姚蓬子來自上海，在文壇上又夙負盛名，皆極為活躍，故新蜀報儼然成為重慶文學界聚會之中心。四年以來為其撰稿者有老舍、羅烽、臧雲遠、胡愈之、宋之的、何容、梅林、王平陵、徐仲年、李輝英、常任俠、王亞平、吳組湘、光未然、趙清閣、胡風、柳亞子、田仲濟、葉以群、高蘭、吳稚暉、金滿城、向林冰、魯彥、洪深、徐中玉、路翎、艾青等數百人，這些作家包括不同黨派，不同路線，不同風格，不同職業和年齡，都一概予以容納，「蜀道」副刊在重慶文壇上，確實極一時之盛。至三十三年，王亞平接編以後，成為專門的詩歌副刊，無復以前的盛況了（註六十）。「新民晚報」副刊，頗富趣味性，因有張恨水參加之故，惹人注目。張著「大江東去」、「八十一夢」等長篇，一時傳誦，與張友鸞、張慧劍，時稱為新民報之「三張」（註六一）。

在文學期刊方面，首推「抗戰文藝」，為「文協」的會刊，從第二卷第五期起在重慶復刊，加聘謝冰瑩、沙雁、梅林等為編委，而由老舍總其成。他克勤克儉，任勞任怨，團結不同觀點不同黨派的作家，其基本原則，乃以抗戰為先。在會刊上經常披載文協總務部報告及會務報告、文藝簡報等，率皆出其手筆，由此可觀戰時文藝運動之輪廓（註六二）。獨立性綜合性的期刊有劉英士主編的「星期評論」，梁實秋的「雅舍小品」、宗白華的「世說新語與晉人的美」（註六三）等即在該刊發表。孫晉三主編之「時與潮文藝」，於民國三十一年在沙坪壩創刊（註六四）。左翼作家及中共出版的期刊有胡風之「七月」（由漢遷渝，民國三十年後停刊），茅盾之「文藝陣地」（創刊於廣州，繼遷上海，民國三十年移渝），孔羅蓀戈寶權之「文學月報」等（註六五）。政府方面的期刊，有「文藝月刊」（中宣部刊物，徐仲年主編，由武漢遷渝，不久停刊），「文化先鋒」（中宣部文化運動委員會的機關刊物，三十一年七月創刊，李辰冬主編），「文藝先鋒」（文運會於三十一年雙十節創刊，後由半月刊改為月刊，由王進珊、趙友培先後主編），後二者為姊妹刊物，與左翼相對壘。因為紙張儲備，經費預算，都有通盤籌劃，直至抗戰勝利，未曾脫期（註六六）。

在文藝團體和文宣機構方面，情形亦頗複雜。在名義上說，「文協」代表全國文藝界，但這個民間團體，經費既短絀，派系又紛歧，除了舉行一些座談會、紀念會、作家誕辰慶祝會等之外，甚難推動實際的工作。連會刊「抗戰文藝」，也以印刷費不足，經常脫刊（註六七）。二十八年「五三」「五四」大轟炸，山城精華焚毀近半，臨江門「文協」會所中彈，暫遷北碚，借用林語堂住宅（註六八），過後又遷回重慶。是年第二屆大會選出的四十五名新理事，計重慶本埠三十名，外埠十名，其中雖仍有葉楚傖、張道藩等政府官員，王平陵、華林等國民黨作家，老舍、宗白華、許地山等獨立作家，但「文協」的組織已逐漸落入左翼作家之手，淪為政治鬥爭的工具，大失初期宣傳抗戰之旨，文學氣息已蕩然無存（註六九）。「文協」除總會外，尚設有若干分會，廣州分會成立最早，廣州淪陷後，分會會員遂星散。至民國二十九年下半年為止，「文協」已在成都、昆明、香港、曲江、長沙、桂林、延安等地設立分會（註七十）。主持抗日文宣工作的政治部第三廳，於二十八年五月，重慶被轟炸後，遷往成渝公路金剛坡附近之賴家橋（註七一）。二十九年夏，第三廳廳長郭沫若及所屬的文化工作人員，以故紛紛提出辭呈，政府採取安撫政策，於九月改組政治部，張治中繼任部長，下設「文化工作委員會」，簡稱「文工會」，主任郭沫若，副主任陽翰笙、謝仁釗、李俠公，專任及兼任委員各十人，有沈雁冰、田漢、胡風、翦伯贊、姚蓬子（以上專任）、老舍、陶行知、張志讓、侯外廬、黎東方（以上兼任）等，除謝仁釗、黎東方等少數人外，悉為左派人士。「文工會」實為第三廳的繼續，名為「離廳不離部」，然性質已成了學術研究性團體，與第三廳之直接執行業務，迥不相同。「文工會」中的左翼作家、學者，利用合法地位，進行統戰工作，並出版歷史、哲學、文藝理論、戲劇等著作，同時還開了不少的座談會、演講會、美展及詩歌朗誦會，極為活躍（註七二）。三十四年二月，復策動文化界的知名人士，發表時局宣言，定名為「對時局進言」，於二月二十二日分別在新華日報與新蜀報發表，簽名者共三一二人，提出六點意見，除要求政府「廢除審查檢閱制度，使學術研究與文化運動之自由獲充分保障」外，遍涉及有關教育、軍事、經濟、外交、司法等各項問題，早已逾出文學藝術範圍之外，可說是達到統戰的最高峰。簽名者中若徐悲鴻、傅抱石、孫伏園、錢歌川等純粹之藝術家和作家，皆受其愚，列名宣言之內。此事使政府不得不下令解散「文工會」，該會自二十九年十月一日成立，至三十四年三月三十日，奉命解散，為期四年有半（註七三）。

戰事初起，國府全力籌劃戰守，未遑顧及文藝政策。二十七年三月廿九日，國民黨臨時全國代表大會在武昌舉行，通過多項要案，確定文化政策的議案，亦為其中之一。議案內容係根據「中央文化事業計劃委員會」所訂的「文化事業計劃綱要」，重新整理而成，張道藩為負責起草人之一，其中與文藝有關者五條，如「建立三民主義的文學」；「設立國家學會，選拔文學藝術的專家，以獎勵學術研究的深造」；以及「推廣新聞、廣播、電影、戲劇等事業，以發揚民族意識」等。這是國民黨在正式文件中提出有關文藝政策的首次（註七四），意義甚為重大，但僅限於原則方面，並未說明實施的具體方案。二十九年十二月，設立「中央文化運動委員會」，簡稱「文運會」，以與「文工會」相對抗。「文運會」最初屬於中央宣傳部，張道藩任主任委員，潘公展、洪蘭友任副主任委員，獲得中宣部長葉楚傖全力支持，借調該部專門委員林紫貴兼任秘書，會址初設曾家岩，後遷曹家庵，人員亦稍增加，任湯增　為指導科科長（後由丁伯騮升任），李辰冬為編譯科科長。「文運會」的主要任務，一為聯繫並羅致全國文藝界優秀作家暨音樂、美術、戲劇、電影等各方面的專才，先後聘為該會委員者一百三十餘人。二為聯繫已有成就之作家，不分黨派，一視同仁，以「特約撰述，預付稿費」的方式予以協助，沈雁冰、胡風、馮雪峰、田漢、舒舍予、王向辰等皆曾收到此種稿酬。三為展開「三民主義文化運動」，展開文藝工作（註七五）。三十一年九月一日，張道藩在「文化先鋒」創刊號上發表「我們所需要的文藝政策」，提出「六不」、「五要」的主張。「六不」為消極方面：一、不專寫社會的黑暗，二、不挑撥階級的仇恨，三、不帶悲觀的色彩，四、不表現浪漫的情調，五、不寫無意義的作品，六、不表現不正確的意識。「五要」為積極方面，一、要創造我們的民族文藝，二、要為最受痛苦的平民而寫作，三、要以民族的立場來寫作，四、要從理智裡產生作品，五、要用現實的形式。此文言外之意，是對左翼作家的忠告。但他係以個人名義發表，並非代表政府的文藝政策（註七六）。

(2)昆明

昆明的文壇，陣容相當強大。一因文協昆明分會的成立（約在總會成立後半年）。選出張克誠、劉惠之、楊季生等為常務理事，會刊為「文化崗位」半月刊（註七七）。初由朱自清、張克誠、楚圖南（即高寒，雲南大學教授）等負責。三十三年九月第四屆會員大會後，推徐夢麟（雲南大學文史系主任）為理事長。作家穆木天、施蟄存、馬子華、呂劍、光未然、李何林等皆為分會的理事和會員。二因「京派」作家大批來滇，他們多係北大、清華、南開的教授，隨校遷來後組成西南聯大。其中著名者有朱自清、聞一多、沈從文、顧頡剛、陳夢家、卞之琳、吳宓、柳無忌、吳晗等，皆為一時之選。最初，這些新來的大學教授，以人地生疏，與文協分會和雲南大學的作家，殊少往還；二十七年底，茅盾途經昆明，力勸朱自清等與校外加強聯繫，他們遂開始在當地刊物上發表作品（註七八）。昆明報紙有「雲南日報」的文藝周刊「南風」，「雲南晚報」的雜文副刊「夜鶯」，「正義報」的副刊「大千」，及「掃蕩報」副刊。期刊則有「新雲南」等，為數不多。文協分會出版詩歌月刊「戰歌」，為唯一的純文藝刊物，被譽為「閃耀在西南天角的詩星」（註七九）。三十一年七月，文協總會發起募捐救濟貧病作家，由老舍函「南風」主編李何林，加以倡導，響應熱烈。抗戰後期，昆明文協分會，突轉活躍，多次舉辦文藝報告會、演講會，和文藝晚會，並由馬思聰夫婦及昆明合唱團舉行演唱會，盛況尤屬空前。募捐運動捐款總數達法幣一百六十餘萬元，遠超過重慶總會所募之數（註八十）。

(3) **成都**

成都為深受傳統文化濡染的城市，自來文風甚盛，擅古詩文之宿儒尤多。八一三滬戰爆發後，在上海的作家馬宗融、曹葆華、沙汀、周文、任鈞等相繼來蓉，與先在成都的朱光潛、卞之琳、李劼人等相聯繫，共同推動抗戰文藝運動，先成立「文藝界聯誼會」，會刊為「文藝後防」。二十八年一月十四日，文協成都分會成立，係總會理事馮玉祥、老舍訪蓉時所促成。總務部主任周文，研究部主任羅念生，出版部主任蕭軍。其各部工作計劃有五，一、徵求會員，二、設文藝通訊站，三、組織文學各部門的研究會，四、籌劃文藝巡迴圖書館，五、出版會刊等。當時成都重要報紙，有「華西日報」的「華西副刊」，

「四川日報」的副刊「談鋒」、「文藝陣地」、「金箭」等八種，「捷報」的副刊「凱風」，「新民報」的副刊「新民談座」等。文學期刊有「四川風景」、「工作」（卞之琳主編，後改為「文藝後防」，改由周文主編）、「星芒」（星芒社主編）、「五月」等。「工作」為蓉垣最重要的文藝刊物，發表詩歌、小說、散文、評論、速寫、報告、地方通訊、雜文、翻譯、民歌等，內容廣泛，謝文炳、朱光潛、沙汀等均為其基本作者。「星芒」則為成都影響頗大的通俗文藝刊物，刊登川戲、唱本、山歌、小調、彈詞、章回小說等通俗作品（註八一）。

(4) **桂林**

桂林由於形勢、交通的便利和地方當局對作家的歡迎，自二十七年十月廣州、武漢相繼失陷後，兩地作家紛紛湧往桂林。二十八年初，寄居桂林的作家人數，幾與重慶相埒。計有魯彥、艾蕪、巴金、孫陵、聶紺弩、邵荃麟、何家槐、林憾盧、夏衍、田漢等近百人。他們大都暫住後即行他往，成為文藝界的候鳥，僅有少數作家在此定居。其特色有二，一為左翼作家居多數，二為戲劇運動發展迅速。是年，「文協」桂林分會由巴金、盛成等所組成，較昆明、成都等地為遲（註八二）。三十年十二月太平洋戰事爆發，留居上海租界孤島及香港的作家，紛逃桂林，出版業及文學期刊，亦集中於此，形成短期的繁榮。當時的文學期刊將近二十種，有文協桂林分會會刊之「抗戰文藝桂刊」，林憾盧主編之「宇宙風」，老舍、李長之、陳衡哲、袁昌英、杜衡、豐子愷等獨立作家，經常發表作品。封禾子主編之「人間世」，與其性質相近。孫陵主編之「筆部隊」（月刊）、「文學報」（週刊）及「自由中國」（月刊），暨其副刊「文藝研究」，前二者由李宗仁幕後出資支持，後二者由閻錫山出資支持，巴金、沈從文等皆為其撰稿。三十一年停刊。田漢主編之「戲劇春秋」，魯彥主編之「文藝雜誌」，熊佛西主編之「文學創作」，夏衍、宋雲彬主編之「野草」，亦擁有不少讀者（註八三）。其中「野草」係二十九年八月創刊，為左翼作家激進的刊物，幕後由中共支持。撰文者有茅盾、艾蕪、邵荃麟、葛琴、司馬文森等多人（註八四）。桂林的戲劇運動，倡導者為田漢、歐陽予倩、熊佛西等人，於三十三年二月在桂林舉行「西南第一屆劇展」，為時三個月，參加者有粵、桂、湘、黔、滇、贛、閩、鄂等省數十個劇團及曲江、長沙、柳州等地軍委會政治部劇宣大隊共千餘人，除戲劇演出外，尚有戲劇資料展覽等項，堪稱盛況空前。開幕禮於二月十五日在廣西省立藝術館舉行，會長黃旭初代表黃樸心致詞稱：「戲劇必須發揮人生意義，並使成三民主義之戲劇」。全國劇協常務理事長張道藩適抵桂林，亦出席致詞，谷正綱、潘公展等均有賀電。田漢並請張道藩「代傳呼籲之聲」，要求政府予戲劇工作者以愛護與便利（註八五）。演出劇目包括話劇、平劇、桂戲、傀儡戲、電影五類，話劇包括日出、杏花春雨江南、塞上風雲、大雷雨、茶花女、海戀等中外名劇三十餘種（註八六）。這時桂林已被譽為文化城，惜好景不常，是年十一月，日軍陷桂林，文壇的繁華，在戰火中瞬間便凋萎破碎，作家們再度顛沛流亡，分別奔向昆明、重慶。

(5)延安

延安為抗戰期間中共「邊區政府」的所在地，也集中了一部分作家，除了中共的老黨員周揚、成仿吾、徐懋庸、劉白羽、丁玲等之外，其他多為誤信中共的抗日宣傳而來，尤以東北作家為然，連蕭軍也不例外。延安設有「文協」分會，會刊為「大眾文藝」，由蕭三等主編。後又出版「大眾習作」，刊載青年作品。另設有「魯迅藝術文學院」，簡稱「魯藝」，院長吳玉章，實際主持者則為副院長周揚。有學生四、五百人，分文學、戲劇、美術、音樂四科，及實驗劇團（話劇團）和平劇團各一。民國二十九年夏，茅盾來延安時，即住此校中（註八七）。報紙方面，有「解放日報」，其文藝副刊編輯先後有林默涵、陳學昭、方紀、丁玲、陳企霞等十七、八人，三十一年五月，改由艾思奇擔任。凡有關所謂文藝路線、文藝批判一類的文章，都在這裡刊登，其政治性遠超過藝術性（註八八）。是年，中共揭開民主的假面具，展開「整風運動」，對異己者大肆迫害。最轟動的一次，即為「王實味事件」。王實味原名實薇，筆名叔翰，他對延安的政治措施，頗多不滿，因為在「解放日報」發表「政治家、藝術家」和「野百合花」兩文，採取雜文的形式，以辛辣的筆觸，對中共的上層分子，大肆批評。「野百合花」係模倣魯迅「無花的薔薇」，頗得其真傳。中共乃發動延安的文學界，加以「圍剿」。王實味文中的要點有五：一、肯定文藝上的人性論，二、肯定寫作上的自由主義，三、無產階級有它的政治文化，而沒有藝術文化。四、揭露中共的功利主義和個人間的矛盾。五、對延安現實的現象，加以針砭。指其「寂寞」、「單調」、「汙穢」、「冷淡」、「自私自利」，每一點均擊中了共黨的要害（註八九）。中共遂發動楊維哲、丁玲、周文、艾青、周揚、何其芳、蕭軍、荒煤等十餘人撰文嚴予批判，五、六月間延安文藝界召開座談會多次，從思想上加以「鬥爭」，舉出他的「罪狀」為：一、機械的小資產階級主觀主義。二、個人虛誇的英雄主義與不負責任的自由主義。三、將政治家與藝術家對立。四、在「民族形式」問題上鼓吹虛無主義。五、主張超階級的「人性論」。六、「歪曲」延安的現實。最後並誣其「散布細菌，傳染疾病」，誣其為「托派」（註九十）。實則這些「罪狀」，不僅說明了王實味的文學主張，而且反映出中共根本無創作的自由。何其芳的批評較為溫和，他認為文學有兩條路，一為從文學到文學，一為從生活到文學，「過早的從事文學很容易過早的脫離生活」（註九一）。其言詞頗為含蓄。從五月二日到二十三日，連續三個星期，中共舉行所謂「延安文藝座談會」，規定「無產階級革命文藝路線」及「文藝批評的標準」，認為「藝術需要政治領導」（註九二）。根據此種藝術服從政治的模式，何其芳、丁玲、蕭軍等都被批判，王實味始終不屈，終被殘害（註九三）。

⑹孤島上海

上海的公共租界和法租界，清末立憲和革命運動的志士，都曾利用其作為活動的據點。抗戰期間的作家們，亦在此表現了卓絕的奮鬥。二十六年十一月十二日，國軍自上海撤退，兩租界孤懸於日軍佔領區的包圍中，所以被稱作「孤島」，一部分作家留於此間，默默耕耘。文學期刊有「文藝陣地」（由廣州遷回）、「宇宙風」半月刊乙刊、「戲劇與文學」、「文藝長城」、「文藝界」和「魯迅風」等，其中「魯迅風」，以刊載雜文為主，筆鋒極潑辣，主編為馮夢雲，主要作家有景宋（許廣平）、唐弢（鳳子）、王任叔（巴人）、柯靈、蕭紅、孔另境、李輝英、鄭振鐸等，為孤島上頗負盛名的期刊，二十八年一月創刊，同年九月停刊，為期甚暫，其他期刊亦旋生旋滅，與當時上海的政治環境和經濟條件有關（註九四）。在報紙方面，孤島的重要報紙，約有十家，其中偽政府系統的一家，列表如下（註九五）：

報紙名稱	副刊名稱	副刊主編	備註
大美晚報	街頭 二十六年十二月至二十七年十一月		側重電影介紹和西洋文學翻譯
	剪影 二十九年四月歷時二年半		同上

文匯報	世紀風	二十七年二月，歷時一年三個月	柯靈	作家有鄭振鐸、王統照、李健吾、魏金枝、師陀、陸蠡等
大美報	淺草	二十八年十二月至二十九年四月	柯靈	作家有景宋、師陀、黎錦明、卞之琳、豐子愷等。並闢有「作家書信」欄
正言報	草原	二十九年九月至三十年十二月	柯靈（旋由師陀文宗山接編）	作家有孔另境、唐弢、楊帆、羅洪等
導報	文藝	二十七年四月至六月僅兩個月	胡山源	係中共操縱的報紙
每日譯報	爝火	二十七年僅兩個月	王任叔	專刊雜文，作家有王統照、丁西林、阿英等
大英夜報	七月			作家有李健吾、孔另境、鄭振鐸等。
中美日報	堡壘	二十九年二月至卅年三月	范泉	國府支持的報紙，作家有趙景深、范泉、呂思勉等，偏重雜文和學術性文章
申報	自由談	二十七年雙十節復刊	①王任叔②胡山源③黃嘉音	曾與「譯報」發生筆戰
	春秋			多刊掌故及包天笑等小說
新中國報	學藝			偽政權支持的報紙，有作家周作人等

從上表來看，孤島文壇的陣地，報紙副刊遠較文學期刊為重要。民國三十年十二月，日軍侵入上海的租界，正言、中美、大美等報相率停刊，編輯人員被捕，一部分作家輾轉逃往後方，未能離開的作家，則備受荼毒，首先被捕的有許廣平、朱維基二人，備受酷刑，接著柯靈被捕，陸蠡也被殘害而死。據鄭振鐸回憶說：「日本人來的第二天，許廣平就被捕，放出來時，頭髮全白了，路也走不動了，日人對她用了很多次電刑。柯靈被打的一塌糊塗，陸蠡也被抓後不見了」（註九六）。此外一度被捕者還有夏丏尊、李健吾、劉大杰、孔另境、章錫琛（開明書店總經理）、趙侃音（世界書局），及趙景深夫人李希同等共三十九人（註九七），日軍對作家之迫害，可見一斑。

除以上六處外，尚有西安、貴陽、樂山、曲江、永安及香港等地，皆有或多或少的作家集中，不及一一備述。惟大多數作家，並非固定居於一處，由於戰事影響、政治因素，和個人生活的關係，時常轉徙無定，今日由甲地往乙地，明日從丙地返甲地，形同流浪。出版業亦復如此。嚴重的影響了戰時文學的發展。

四、文藝路線的爭論與抗戰後期文學之衰落

抗戰時期的文藝路線之爭，嚴格說起來，很少涉及到文學本身之形式和內涵、風格和技巧、傳統和創新，以及發展的方向等問題，而卻具有濃烈的政治性，甚至主觀武斷，逞強使氣，以尖刻的諷嘲代替嚴肅的批評，尤以左翼作家為然。在抗戰前夕，朱光潛已看出左派作家的跋扈，認為目前文壇的出路是「不妨讓許多不同的學派思想同時在醞釀、生發」，「對文化思想運動的基本態度，用八個字概括起來，就是：自由生發，自由討論」。這是文學上的自由主義對左派的文藝主張，提出最有力的一次批評。茅盾為「文藝大眾化」的主張辯護，並責朱光潛對文壇的「實際」，缺乏理解，純是「無的放矢」（註九

八）。因為「七、七」事變不旋踵而發生，兩人的爭論未再繼續下去。

抗戰初期，多數作家都認識到文學必須反映抗戰現實，「抗戰文學」因而蓬勃生發，一時頗能鼓舞人心士氣。但由於「宣傳第一、藝術第二」的口號，普遍流行，因使抗戰文學逐漸顯出公式化的傾向，而減低其藝術性，亦為識者引以為憂。施蟄存即曾指出此種情形為「文學的貧困」。二十七年十二月一日，中央日報副刊「平明」發表了梁實秋「編者的話」，短短數百字，竟引起軒然大波。文中首稱：「我老實承認，我的交遊不廣，所謂『文壇』，我就根本不知其坐落何處，至於『文壇』上誰是盟主，誰是大將，我更是茫然。所以要想拉名家的稿子來給我撐場面，我未曾無此想，而實無此能力」。次稱：「文字的性質並不拘定。不過我有幾點意見。現在抗戰高於一切，所以有人一下筆就忘不了抗戰。我的意見稍微不同。於抗戰有關的材料，我們最為歡迎，但是與抗戰無關的材料，只要真實流暢，也是好的，不必勉強把抗戰截搭上去。至於空洞的『抗戰八股』，那是對誰都沒有益處的」（註九九）。這篇短文，便被攻擊為「與抗戰無關論」。平心而言，這篇短文的第一段，不無略帶諷刺，第二段雖批評「抗戰八股」，但並無惡意，亦並未反對抗戰文學。他的立意有二，一為不贊成抗戰文學的公式化，二為重視文學的純粹性和藝術性。在當時，連部分左翼作家，都不滿意於抗戰文學的過分強調政治和社會功能，逐漸趨於概念化；梁實秋的短文，又何以遭受如許多的抨擊呢？原因在於他被誤解為宣傳「藝術至上主義」，係受到政治上的暗示，左翼作家乃借題發揮，認為他的主張，會將文學引向「脫離抗戰現實的歧路」（註一〇〇）。十二月五日，孔羅蓀首先在大公報副刊戰線上發表「與抗戰無關」一文，批評的意見極為激烈。翌日，梁在「平明」上為文反駁。接著郭沫若、宋之的、張天翼、巴人等紛紛加入論戰，在新蜀報與國民公報副刊上連續發表文章多篇，形同圍攻。他們批評梁的觀點，缺乏實事求是的具體分析，集中攻擊「與抗戰無關」一點，致高唱題材一定要與抗戰有關，態度極為武斷（註一〇一）。此外，「文協」的負責人老舍，曾起草了一封致中央日報的公開信，表明文協立場，首稱「值此民族生死關頭，文藝者之天職在為真理而爭辯，在為激發士氣民氣而寫作，以共同爭取最後勝利」。次稱「目前一切，必須與抗戰有關，文藝為軍民精神食糧，斷難捨抗戰而從事瑣細之爭辯」。並對「玩弄筆墨之風氣」不滿（註一〇二）。經張道藩出面調解，信乃留中未發（註一〇三）。此次論爭也逐漸平息。

民國二十九年發生的「民族形式」問題的論爭，可以說完全是左翼作家內部的論爭，有其淵源與背景，更有濃厚的政治性，從背景上說，是左聯時期「文藝大眾化運動」的延續；從政治性上說，是中共所謂「新民主主義論」的直接反應（註一〇四）。二十九年三月，在「通俗讀物編刊社」的向林冰，首先於重慶大公報副刊「戰線」上，發表「論民族形式的中心源泉」一文，他的主要論點為：一、「民族形式」應該以「民間文藝形式」為其中心源泉。二、民間形式由於是口頭告白的文藝形式，故為大眾喜聞樂見。三、五四以來的新文藝形式，缺乏口頭告白性質，為畸形發展的都市產物。在創造民族形式的起點上，居於副次地位（註一〇五）。他的理論立刻遭到強烈的批判。首先發難者為葛一虹，他在「文學月報」發表「民族遺產與人類遺產」、在新蜀報「蜀道」發表「民族形式的中心源泉是在所謂民間形式嗎」等文，指出向林冰以民間形式為中心源泉之說為「新的國粹主義」，並說：「舊形式將必歸於死亡。……這種形式，習見常聞，可是並不新鮮活潑」（註一〇六）。此一論爭遂在新蜀報廣泛展開，並在重慶中蘇文化協會召開座談會，就「民族形式」問題進行討論，由孔羅蓀主持，葉以群、光未然、胡繩、潘梓年、葛一虹等左派理論家二十餘人參加。指出向林冰的錯誤為：一、否定五四以來新文學的成果。二、民間形式為舊形式，是歷史的產物，決非民族新形式產生的根基。三、過分強調舊形式，以致停止在舊文藝的階段，犯了「開倒車」的嚴重錯誤。四、文藝上的民族形式問題，應當是中國化問題，而不只是「舊瓶裝新酒」的問題。這場關於「民族形式」的論爭，在重慶、桂林等地持續年餘之久，在延安亦有激烈的討論（註一〇七）。在爭論的過程中，除葛一虹、艾思奇等與向林冰短兵相接外，部分的左翼作家採取折衷調和的態度，茅盾、何其芳等可為代表。茅盾認為無論民族文學遺產和世界文學的優秀傳統，都應該「接受而學習」，「民族形式的建立正是到達將來世界文學的必經階段」（一〇八）。這種意見，可算是折衷派的主要理論。「民族形式」的論爭，僅係注重宣傳效果的討論，乃中共利用文藝作政治滲透的手段，始終未獲得圓滿的結論，終於草草收場。然對向林冰的抨擊，尚另有一重要因素，即是他的觀點，反對毛澤東所提「中國作風與中國氣派」的「民族形式」的意見（註一〇九）。甚至若干年之後，仍被誣為「宣傳民族投降主義」及「復古倒退的文藝思想」（一一〇）。鬥爭之酷烈，於此可見！

對甚囂塵上的左派文藝理論，仍激起零星的反對聲浪，如沈從文「反對作家從政」，朱光潛曾發表「論文學的低級趣味」，以斥標語口號文學，但影響並不大（註一一一）。直到二十九年至三十一年之間，昆明西南聯大和雲南大學教授陳銓、林同濟、雷海宗、谷春帆等人，在昆明和重慶先後創辦了「戰國策」半月刊和大公報「戰國副刊」（每星期三出版一次），他們知識廣博，對文學、史學和哲學的修養甚深，以康德、叔本華、尼采的哲學思想為基礎，建立起他們的文學觀，否定文學對現實的依存關係，竭力鼓吹文學是「自我表現」和「內心創作」，與左翼現實主義的創作方法和道路，大相逕庭，無異對左翼作家形成嚴重的挑戰，他們被稱為「戰國策派」（註一一二）。何謂「戰國」？林同濟在三十年十二月三日於大公報「戰國副刊」第一期發表「從戰國重演到形態歷史觀」，指出在過去歷史上，凡是自成體系的文化，都形成封建、列國、大一統帝國等幾個大階段（註一一三），雷海宗發表「歷史的形態」

一文以和之，提出歷史的五個階段，一為封建時代，二為貴族國家時代，三為帝國主義時代，四為大一統時代，五為文化衰亡的末世。谷春帆又有「廣戰國義」，以釋戰國時代之特徵。用韓非子「爭於力」一語析戰國形勢，指出世界性的武力衝突為不可免，中國惟有提高生產力及民智，以在戰爭中圖存（註一一四）。他們從「歷史形態學」方面所作的分析，與依據唯物史觀所劃分的社會階段，全不相同。此為「戰國派」一名的由來。至於此派的文藝觀，林同濟以「獨及」為筆名，發表「寄語中國藝術人」，用形象來表現「自我」與「時間」進行搏鬥的過程。先是「自我」被時空的「無窮」所壓倒，陷入「恐怖」，繼而從時空的恐怖中奮起反抗，奪得來「自由」和「創造」，而達到了「狂歡」，最後終於發現「可以控制時空，也可以包羅自我」的「絕對體」的存在。在「絕對體」前面「屏息崇拜」，而達於「虔恪」。所以恐怖、狂歡、虔恪既是自我的精神歷程，又是自我與時間和「絕對體」之間關係的反映，亦文藝創作所表現的對象和內容。這樣說來，「自我」與「客觀世界」毫無關係，它是世界的唯一存在者，文藝的本原即在「自我」。林同濟的文學觀，對左翼現實主義的文藝觀點，可說是不能並容（註一一五）。陳銓則連續發表「論英雄崇拜」、「歐洲文學的四個階段」、「文學批評的新動向」和「民族文學運動試論」等文（註一一六）。他提出「心靈」創造說，以與林同濟相呼應，在其文中，也否定了文藝與現實生活一切的聯系，將文藝解釋為純主觀的產物。反對理性對創作的束縛，鼓吹直覺主義和神祕主義。此種文藝觀，正有其「權力意志論」之哲學基礎。陳銓並說明「民族文學運動」之意義有六，三破三立，三破為不是復古，不是排外，不是口號；三立為應發揚中華民族固有的精神，應培養民族意識，應有特殊的貢獻（即要用中國的題材，用中國的語言，給中國人看）（註一一七）。他的論點，與政府推動的「三民主義文學」，頗有相合之處。中共感受到「戰國策派」文藝思想上的壓力，於三十一年陸續在新華日報等報刊上發表批判文章，稱之為「非現實主義的唯心主義文藝觀」，甚至誣其「宣揚法西斯主義理論」，章漢夫的「戰國派的法西斯斯主義實質」和歐陽凡海的「什麼是戰國派文藝」等，從哲學思想方面加以批判，稱其宣傳康德、叔本華的唯心哲學及尼采的「超人哲學」，提倡英雄崇拜和「天才論」，為「反科學」的觀點（註一一八）。陳銓的劇本「野玫瑰」，其主題在表現人生的意義與價值，悉由於「權力意志的伸張」。也受到左派嚴厲的批判。因為「野玫瑰」劇本獲得教育部學術審議會獎勵，並於三十一年三月五日起，在重慶抗建堂上演，立即遭到由左派操縱的戲劇界人士二百餘人聯名致函「中華全國劇協」，要求教育部撤銷原獎勵案，顏翰彤等且為文抨擊，謂野玫瑰隱藏著戰國派的「思想毒素」，爭論甚久，始告平息（註一一九）。三十一年九月以後，由「文運會」策動，以「文化先鋒」為中心，經常進行文藝思潮的討論，參加者有王平陵、梁實秋、陳銓、易君左、羅敦偉、丁伯騮、王夢鷗、王集叢、趙友培等人。梁實秋在「文化先鋒」上發表「關於文藝政策」一文，略稱文學描寫對象為「人性」，至於「材料屬於哪一階級，在替哪一階級張目，這都無關宏旨。所以文學作品只有成功失敗之分，好壞之分，我們並無需問屬於哪個階級。人性是不分階級的」（註一二〇）。旨在強調文學的共通性和普遍性，以破左翼的階級性。李辰冬亦在「文藝先鋒」上倡導「民族文藝」，因鑒於中共積極利用文藝作品作政治的宣傳，因而慨嘆「作家的創作自由不是很少，而是自由太多」。亦受到「新華副刊」的回擊（註一二一）。

文學路線之爭，多以意氣始，復以意氣終，未曾真正涉及到文學的本質，亦未獲圓滿的結論，相反的，還增加了文學界的隔閡和摩擦。但抗戰後期文學之衰落，似與路線之爭，並無直接的關係。而另有其政治的、經濟的、心理的、戰事的各方面複雜原因。或稱：「一九四一年是文藝界消沉的一年」（註一二二）。不少的文藝史家，亦認為是年係戰時文學運動演變的一大關鍵，一個重要的分水嶺。從政治和文學的關聯上來看，確係如此。從民國三十年到三十一年，在政治上、軍事上發生了幾件重要的大事，都直接間接的影響到戰時文學的衰落。而經濟方面，由於抗戰已進入第四年，物價日益高漲，物資日益短缺，連年轉徙，使許多作家在顛沛流離中無法靜心寫作，為現實生活所迫，不得不放棄筆耕，從事其他職業，換取生活報酬（註一二三）。作家的生活既得不到保障，十分困窘，所以重慶的「文協」總會有為貧病作家發起募捐之舉，並召開座談會，商談「提高稿費，保障版稅」等問題（註一二四）。戰時交通困難，亦影響到書籍、雜誌的流通，白報紙的缺乏，尤使書刊出版陷於困境。四川、陝、甘出產的紙張極差，既粗又黃，僅略優於草紙，而價值高昂。故後方報紙，僅以對開一張為限，文藝副刊，已不被重視。印刷條件既差，銷行範圍不廣，是形成文學衰落的原因之一（註一二五）。即以「文協」的會刊「抗戰文藝」而論，若按年度來統計其出版冊數，即可發現其逐年下降之趨勢（註一二六）：

「抗戰文藝」出版冊數表

年度	出版冊數	備註
二十七年	三卷共二十七期另有武漢出版的特刊四期	刊行最多的一年
二十八年	十八期共十三本	其中五次合刊
二十九年	七期共六本	一次合刊
三十年	五期共三本	二次合刊
三十一年	三期共二本	一次合刊
三十二年	二期共二本	
三十三年	六期共三本	三次合刊
三十四年	三期共二本	一次合刊
三十五年	一期	終刊號

從此表中可以清楚的看出，從三十年起出版冊數急遽下降，其餘的文學刊物亦大率如此。

文藝的低潮，難免受到政治事件的影響。皖南事件（即新四軍事件）即為一個例子。三十年一月十二日，新編第四軍在皖南涇縣被第三戰區司令長官顧祝同包圍解散，其軍長葉挺被俘，五日後國府正式取消新四軍番號（註一二七）。國共破裂已無法彌補。抗戰初期各方在團結的原則下，一致禦侮，文藝是政治、軍事、社會生活的反映，所以表現得也差強人意。各派作家共同建立「文協」，尤為戰時文學界的盛事。可惜好景不常，中共包藏禍心，在各戰區積極擴充勢力，襲擊國軍，「摩擦」之事層出不窮。故「皖南事件」僅係一連串軍事摩擦的結果。但從此之後，國共互相公開抨擊，無復合作可能（註一二八）。這種政治情勢，也立即影響到文學界。左派作家紛紛逃離重慶，茅盾、夏衍、宋之的、葉以群等往香港，田漢、光未然、賀綠汀等去昆明，何其芳、劉白羽、林默涵、歐陽凡海等奔延安（註一二九）。而留在重慶的郭沫若、陽翰笙、馮乃超等，仍以「文工會」為據點，積極活動，為共黨宣傳，並以歷史劇「借古諷今」（註一三〇）。馮雪峰、駱賓基、楊潮（羊棗）等左派作家，則先後繫獄，歷時年餘，始被釋放（註一三一）。從此文藝界也形成了各行其是的局面，互相攻訐，文學反而成為餘事了。三十一年二月，延安的「文藝整風運動」，係為加緊控制文藝工作者，澄清「筆的陣線」，釐訂新的文藝政策，嚴厲推行（註一三二）。從此在共區的作家，完全失去自由與尊嚴。丁玲、羅烽、蕭軍、何其芳等都被批判。中共要求作家認清立場，不能在共區揭露黑暗，要求藝術服從政治（註一三三），皆是對文學最嚴重的傷害。

抗日戰事的防線內移之後，沿海及宜昌以東沿江的重要都市，幾全被日軍佔領。惟上海「孤島」及南天海隅的香港，仍有數年的安定，作家匯集，出版社林立，文學期刊如書籍，亦如雨後春筍。二十八年三月，「文協」成立「香港通訊處」，避免用「分會」名義，以防其人干預。翌年四月，始正式建立分會。會刊為「文協週刊」。留港作家有戴望舒、許地山、葉靈鳳、施蟄存、徐遲、袁水拍、蕭紅、端木蕻良等多人，極一時之盛（註一三四）。戴望舒主編的「星島日報」副刊「星辰」，發表的文學創作尤多。詎料三十年十二月八日，珍珠港事變突起，太平洋戰爭爆發，日軍旋即進佔上海租界，十二日佔九龍，十八日登陸香港（註一三五）。於是海外和敵後的兩大文藝運動據點，不旋踵而喪失。作家或紛紛避匿，或冒險返回內地，未及走避者則慘遭日人荼毒（註一三六）。由於兩地作家往桂林者眾，促成桂林短期的繁榮。三十三年十一月九日，柳州失陷，兩日後，桂林陷敵。十二月二日，日軍進佔貴州獨山，全國震動。幸賴國軍及時增援，戰局始轉危為安（註一三七）。此次日軍的孤軍深入，將桂林的文壇完全摧毀，文化教育界人士，包括作家及出版家在內，共有一千五百餘人，隨著難民的逃亡潮歷盡艱辛，經貴陽而至重慶，生活十分困窘、無法顧到寫作。張道藩、趙友培等曾在貴陽加以接待，妥為照料。對左派作家，亦一視同仁，決不挖苦刺諷，並資助其旅費，茅盾再返重慶後，且為「文藝先鋒」撰稿（註一三八）。

抗戰文藝中衰的另一因素，為心理的原因。抗戰後期，由於久戰困憊，生活艱苦，數年來的社會苦悶，形成心理的積鬱，終於藉著幽默文學和色情文學而宣洩出來，前者以插諢打趣、嘲諷調笑為能事，去溫柔敦厚之旨已遠；後者則誇大兩性歡愛，以畸戀、幻想、肉慾為主題，遠離常態之人生（註一三九）。影響所及，為了迎合低級趣味，很多態度嚴肅的作家有時也難以堅守其立場。此種作品，足以麋爛人性，增加社會的腐化和墮落。色情文學的興起，往往挾荒唐怪誕的武俠小說以俱來（註一四〇），反映出社會上潛萌暗孳的享樂主義。實為抗戰後期文學之逆流。

五、結論——戰時文學的特色及演變

本文主旨在探討抗戰時期文學之發展及演變，以明其脈絡，觀其遞嬗，析其特色，俾能鈎畫出這一時代文學的輪廓。惟八年的時間非短，而文藝界作家眾多，其黨派、思想、立場和對文學的認識各異，情形錯綜複雜；戰爭期間文壇分散，作家顛沛流離，聚散靡定，分合無常，不僅光影紛披，而且血淚交織，筆者所知所見的資料不廣，難免有掛一漏萬之弊。戰時的作品甚多，粗略估計，約有長、短篇小說三百餘種，散文二百餘種，詩歌二百餘種，文學理論與批評一百餘種，戲劇六百餘種，合計一千四百餘種（註一四一）。更難窺其全豹。關於戰時文學之形式和內容，當另為文論析，以補本文之不足。茲將戰時文學的特色及演變，略作說明，以為本文之結論。

一、自文學革命以來，中國的新文學受外來的影響甚深，西洋文學的不同思潮和藝術技巧，都移植於中國文壇，民族文學的風格，一時尚難形成。抗戰使中國全民遭遇到血和火的洗鍊，照理說，應該可以因此提高中國文學的品質，消化西洋文學的影響，而創建新的民族風格。但是戰爭一起，作家受到空前的衝擊，紛紛走出書齋和亭子間，走向戰地和鄉村，生活的圈子擴大，創作的成績反而銳減。在抗戰初起，文學和宣傳合一，所以產生了不少文藝的宣傳品，有的套用民間的舊形式，有的則為新形式，如「通俗文藝」、「報告文學」、「朗誦詩」、「街頭劇」等，都成為時代的寵兒（註一四二）。其優點在能深入民間，被稱作文藝的「輕騎兵」（註一四三），缺點則為終非文學的正宗。老舍、何容主編的「抗到底」，何容、老向主編的「人人看」，即為典型的通俗文藝，其原則為「須用民間的語言，說民間自己的事情」（註一四四）。報告文學包括特寫、通訊等，用簡潔的形式，通俗的語言，其目的為走向「文藝大眾化」的途徑，與朗誦詩、通俗文藝「異途同歸」（註一四五）。「街頭劇」的效果在宣傳，多為獨幕短劇。「朗誦詩」由牆頭詩、抗戰歌曲等蛻變而來，用流利的音節，通俗的語句，在群眾間朗誦，效果甚佳，著名作者有高蘭、臧雲遠等（註一四六）。這些容易收宣傳效果的小型作品，在抗戰前三年內，於各戰區頗為流行，朗誦詩也風靡大後方。時間一久，便難以饜足作家和讀者的希望。重慶的文藝界，在民國二十九年以後，已逐漸向自由體詩、敘事詩、長篇小說和多幕劇（包括歷史劇）各方面發展。在昆明方面，則向格律詩和純粹散文方面發展，以代替有強烈政治性的雜文。如李廣田的「灌木集」，馮至的「山水」，都晶瑩如玉，藝術造詣極高。這些作品充滿鄉土風情，並摒棄歐化的語法（註一四七）。

二、就新文學分佈的空間來說，民初實以北京和上海為兩個大中心，實則兩地互相影響，互為表裡（註一四八）。三十年代時期，上海已駸駸然凌駕北京之上，尤其「左聯」操縱文壇，驕縱跋扈，儼然以「盟主」自居，但「京派」作家仍具有深厚的新文學傳統，他們是新文學的倡導者和承傳者，仍有其廣大的影響力。由於抗戰浪潮的衝擊，京、滬兩地的大多數作家，都紛紛經由武漢，而重慶，或南下桂林、昆明，或西去成都、西安。上海「孤島」仍留有不少作家堅守崗位，香港、星加坡和印尼，都有中國作家的足跡。中國文壇從此化為無數的小中心，而不再有固定的中心。而這些小中心的作家，流動性甚大，自動的或被動的輾轉遷徙，影響了文學的創作。但若從另一角度來看，因為抗戰的關係，也將新文學的種籽傳播到廣大的西南、西北地區，甚至遠及海外。

三、從抗戰期間文藝團體和機構的變遷來看，亦可看出戰時文學的特色。戰事開始，烽火煙硝，震動了全國人心，對於整個文壇，尤為最大的衝擊。作家們由於民族情感和救亡意識的驅策，將一切都奉獻給抗戰，把宣傳置於文學之上的想法和做法，都是可以理解的。在政治方面，國府由於抗日形勢之需要，接納中共「團結禦侮」的呼籲，此時雙方都主張文學要為抗日服務，大多數的作家皆表贊同。二十七年武漢時期，全國文協的成立，就是這種政治形勢的反映。這個文學團體，聯合了左、右、新、舊各派的作家，共同為抗戰而盡力。可說為文學界空前的大聯合。其目的原在抗敵，文學只居次要的地位。其次，軍委會政治的第三廳，為政府編制下的第一個文藝機構，擔任文宣工作。從廳長郭沫若起，到秘書、科長等人員，幾乎是清一色的左派作家。如此編制，乃象徵一致對外。此種情況，到重慶時期，便逐漸改變。「文協」以經濟困難，難望其有卓越成績，後期逐漸為左翼作家掌握，變為對內抨擊時政，淪為政治工具。連獨立作家老舍等都不免受其影響。政治部第三廳的左派份子，亦異常活躍。政府乃不得不於二十九年改組政治部，將第三廳改為「文化工作委員會」，簡稱「文工會」，僅作研究，去其實權。同時，又成立「中央文化運動委員會」，簡稱「文運會」，任張道藩為主任委員，倡導「民族文藝」，以與左派相對抗。「皖南事件」後，爭論更為尖銳。左派利用「文工會」的合法地位，進行統戰工作。文學作品與政治罵戰混為一談，這種風氣，使抗戰文學整個變了質，直到「文工會」被解散，文壇上的攻訐之風，始稍平息，此時已離抗戰勝利之日不遠了。

四、中國的新文學自始就有濃厚的實用色彩，特別重視文學的社會功能，將其作為改革政治的手段（註一四九）。從三十年代到抗戰時期，文學與政治尤不可分。「抗戰文藝」一詞，本身就代表極顯明的救亡圖存的民族意識，置宣傳於藝術之上，尤具政治的意義。抗戰後期，中共的野心暴露無遺，政府不得不加以防範，雙方摩擦益烈，政治的風暴，有形無形的影響到文學界。已故的文學史家司馬長風稱：「左翼作家被政治巨龍拖累，文學已成了手杖；右翼作家多在文教機構做了官，與文學日益疏遠」（註一五〇）。這話實在深中肯綮。置政治於藝術之上，則文學創作受了局限，欲求戛戛獨造，就難乎其難了。抗戰時期的文學，因為與政治的關係太過密切，作家多在政治與文學之間徬徨，致影響到獨立的創作；益以戰時的轉徙流離，戰後的動盪不安，作家已無力經營表現一個時代的精心鉅製，這又豈僅是文學界的悲劇？總之，抗戰時期的文學，與政府糾纏交錯，致未能獲得豐收，是十分令人惋惜的！

註釋

註一：見拙作「民初文學的趨勢」（一九一三～一九二七），中研院近史所編「中華民國初期歷史研討會論文集」，七十三年四月出版。

註二：陳紀瀅「抗戰以前及抗戰時期的中國文藝發展述要」，「近代中國」雙月刊第四十一期，七十三年六月號頁一二九。

註三：劉心皇「現代中國文學史話」第三卷，三、「反抗左翼作家聯盟的運動」第五一一～五二三頁。正中書局出版。又「新文學史料季刊」，一九八〇年第一號，馮夏熊「馮雪峰談左聯」，北京人民文學出版社。按反對「左聯」的，民族主義文學派有黃震遐、范爭波、王平陵、邵洵美等。主張文藝創作自由者有胡秋原、杜衡、戴望舒、施蟄存等人。言志派則有周作人、林語堂等。

註四：尹雪曼「中華民國文藝史」，第二章第八節，頁五八～六〇，中華民國文藝史編纂委員會印行，正中版。司馬長風「中國新文學史」中卷，二六九～二七三頁，「國防文學論戰」。

註五：林淙選編「現階段的文學論戰」，上海「文藝科學研究會」刊行，光明書店二十五年十二月再版。

註六：「中國文藝家協會宣言」，見司馬長風「中國新文藝史」中卷第二十三章附錄二，頁二八四～二八六。簽名者有邵洵美、錢歌川、徐蔚南、曾虛白、郁達夫、朱自清、夏丏尊、豐子愷等，皆非左翼作家。協會成立經過，見「新文學史料季刊」，一九八三年第二期所載「茅盾回憶錄」第十九，「左聯的解散和兩個口號的論爭」。

註　七：司馬長風「中國新文藝史」中卷第二十三章「文學批評與論戰」。宣言簽名之左翼作家有茅盾、艾蕪、沙汀、郭沫若、徐懋庸、鄭伯奇、魏金枝、洪深、尤兢等，惟無周揚之簽名。

註　八：尹雪曼「中華民國文藝史」第二章第八節。又「中國文藝工作者宣言」發表於「文季月刊」，司馬長風前書錄於第二十三章附錄三，簽名者尚有黃源、曹禺、靳以、蕭軍、蕭紅、孟十還、陸蠡、黎烈文、張天翼等人。

註　九：尹雪曼「中華民國文藝史」第五九～六〇頁，轉載宣言全文。

註一〇：司馬長風記魯迅逝世為二十五年十月十八日，郭廷以「中華民國史事日誌」第三冊第六三四頁，記為十月十九日。

註一一：郭廷以「中華民國史事日誌」第三冊六二二頁，二十五年九月初，西南歸附中央，李、白接受新命。六四五頁，十一月廿四日，綏遠百靈廟大捷。六六一～六六二頁，蔣委員長於十二月二十五日飛離西安，經洛陽於翌日抵南京。

註一二：丁淼「中共文藝總批判」，頁八五。

註一三：戰時綜合叢書，「抗戰與藝術」卷頭語「戰時藝術」（李文釗）第一～二頁。獨立出版社編。

註一四：郭廷以著「中華民國史事日誌」第三冊，第七〇六頁。蔣委員長在廬山發表談話謂：「任何解決不得侵害中國主權與領土完整。中國希望和平而不求苟安，準備應戰而絕不求戰」。

註一五：藍海（田仲濟）：「中國抗戰文藝史」第三章「抗戰文藝的動態和動向」，第二三頁～三〇頁，山東文藝出版社，一九八四年，濟南版。（按此書初版係由上海「現代出版社」於民國三十六年出版）。

註一六：同前。

註一七：陳紀瀅「抗戰以前及抗戰時期的中國文藝發展述要」，「近代中國」雙月刊第四十一期，第一三二～一三五頁。

註一八：同前。

註一九：陳紀瀅「抗戰時期文藝界概況」，「幼獅文藝」第三七九期（七十四年七月號，抗戰勝利四十年專號）幼獅文化事業公司出版，臺北。

註二〇：同註一七。金山一隊中有袁牧之、陳波兒、顧而已、舒繡文、白楊、張瑞芳等。左明一隊中有趙丹、葉露西、宋之的、吳祖光、陳凝秋等。

註二一：同註一七。

註二二：郭廷以著「中華民國史事日誌」第三冊，第七二二頁，民國二十六年九月二十二日條，中共宣言的要點有四：一、中山先生之三民主義為中國今日之必須，願為其徹底的實現而奮鬥。二、取消暴動政策及赤化運動，停止以暴力沒收地主土地的政策。三、取消現在的蘇維埃政府，實行民權政治，以期全國政權之統一。四、取消紅軍名義及番號，改編為國民革命軍。受國民政府軍事委員會之統轄，並待命出動，擔任抗戰前線之職責。

註二三：藍海「中國抗戰文藝史」附錄「抗戰時期文藝大事記」，頁三八四。又陳紀瀅前文「抗戰時期文藝發展述要」，「近代中國」四十一期第一三六頁。「新華日報」社長潘梓年（浙江人），總編輯劉克堅（湖南人），副刊編輯樓適夷（浙江人），採訪范元珍（即范瑾），二十七年十月二十五日遷重慶出版。

註二四：陳紀瀅前文「抗戰時期文藝發展述要」。劉心皇「現代中國文學史話」第七四七頁。戈寶權「懷抗日戰爭期間的馮乃超」，新文學史料季刊，一九八四年第一期，六五頁。北京人民文學出版社編。

註二五：藍海「中國抗戰文藝史」第三章「抗戰文藝的動態和動向」，第三三頁。趙友培「文壇先進張道藩」第一四四頁，重光文藝出版社，六四年。陳紀瀅「抗戰時期文藝界概況」，幼獅文藝，七十四年七月號，頁一一～一二。

註二六：「抗戰文藝」四卷一期，二十八年四月十日重慶出版。文協「組織部報告」：「組織概況」。

註二七：司馬長風「中國新文學史」下卷，第一九頁。

註二八：同前書，第一三頁。

註二九：老舍「記文協成立大會」，載「宇宙風」半月刊第六八期。

註三〇：見「中華全國文藝界抗敵協會成立宣言」，司馬長風「中國新文學史」下卷第六八～七〇頁轉載，民國二十七年三月二十七日。

註三一：見「中華全國文藝界抗敵協會發起旨趣」，同前書六七頁。民國二十七年一月樓適夷起草。

註三二：「抗戰文藝」四卷一期，二十八年四月十日重慶出版，文協「組織部報告」：「組織概況」。

註三三：藍海，「中國抗戰文藝史」，第三二～三三頁。

註三四：司馬長風「中國新文學史」下卷第二三頁。

註三五：「文協」組織見「抗戰文藝」四卷一期。

註三六：陳紀瀅「抗戰時期文藝界概況」（幼獅文藝七十四年七月號）第一一～一二頁。

註三七：司馬長風「中國新文學史」下卷第二〇～二二頁。

註三八：羅蓀「關於『抗戰文藝』」，「新文學史料」季刊一九八〇年第二號，北京人民出版社出版。由香港生活、讀書、新知三聯書店香港分店重印。

註三九：陳紀瀅「抗戰時期中國文藝發展述要」「近代中國」四十一期，第一三六～一三七頁。

註四〇：司馬長風「中國新文學史」下卷第一六～一七頁。

註四一：藍海「中國抗戰文藝史」，第二五～二七頁。「現代文學」復刊第二十一期「抗戰文學專號」，姚一葦「編輯前記」，七十二年九月出版，臺北。

註四二：同前。又唐勛「戰地服務團」，「新文學史料」季刊一九八〇年第一號，頁二六六～二六七。按「投筆從戎」運動係八、一三戰事發生後，留滬作家孫陵、楊朔、孟十還等所發起。

註四三：「茅盾回憶錄」之二十一，「烽火連天的日子」，「新文學史料季刊」，一九八三年第四號，第七～一一頁。按小型日報有「救亡日報」，為「文化界救亡協會」的機關報。主編為夏衍。小型雜誌以「吶喊」與「七月」為代表，前者係沈雁冰邀約「文學」等四個刊物的主編王統照、黎烈文、章靳以、黃源等共同籌劃的，係三十二開薄薄一冊，售價二分。後者為周刊，後改半月刊、月刊，移至武漢、重慶續辦，至民國三十年停刊。

註四四：見「吶喊」創刊號「本刊啟事」，二十六年八月廿五日。

註四五：同註四四。又周錦「中國新文學史」頁五三，臺北長歌出版社，民國六十五年四月出版。

註四六：「現代文學」復刊第二十一期，「抗戰文學專題」，姚一葦「編輯前記」。劉心皇「現代中國文學史話」第七五一頁。

註四七：藍海「中國抗戰文藝史」，第三四頁。

註四八：郁達夫「平漢隴海津浦的一帶」，見「抗戰文藝」第一卷第二冊，「文協」於二十七年四月出版。按郁達夫曾多次從武漢到前線勞軍，親往臺兒莊戰地，此文是通訊體，報導臺兒莊大捷後的見聞。

註四九：司馬長風「中國新文學史」下卷第一八頁。

註五〇：馮乃超「武漢撤退前的文協」，載於「抗戰文藝武漢特刊」（民國二十七年十月），「新文學史料」季刊一九八四年第一號戈寶權「憶抗日戰爭期間的馮乃超」轉引。

註五一：「田間自述」㈢，載於「新文學史料季刊」，一九八四年第四號。

註五二：司馬長風「中國新文學史」下卷，第一八頁。按第四戰區司令長官為張發奎，防守任務為兩廣方面。第一戰區司令長官為衛立煌，防守任務為河南方面。

註五三：藍海「中國抗戰文藝史」附錄「抗戰時期文藝大事記」一九三九年五月及六月記事。頁四〇四～四〇七。

註五四：民國二十七年（一九三八）十月二十一日，廣州不守，十月二十五日，武漢陷敵。

註五五：司馬長風「中國新文學史」下卷第二頁。

註五六：劉心皇「近代中國文學史話」，第七四九頁。

註五七：陳紀瀅「抗戰時期的中國文藝發展述要」（近代中國第四十一期）「抗戰時期文藝界概況」（幼獅文藝七十四年七月號）司馬長風「中國新文學史」下卷第二六頁。陽翰笙「戰鬥在霧重慶」（新文學史料季刊，一九八四年第一號頁五〇）吳琦希「新蜀報副刊蜀道」目錄（抗戰文藝研究，一九八四年第一號，第一三七頁）。據以上資料，綜合製成此表。

註五八：陳紀瀅「抗戰時期的大公報」，第一〇九頁，第一四一～一四三頁，臺北黎明文化事業公司出版，民國七十年十二月。按高蘭原名郭德浩，戰時在四川威遠縣東北中學任教。

註五九：「新蜀報」副刊「蜀道」，二十九年一月一日，重慶版。

註六〇：吳琦希「新蜀報副刊蜀道目錄」，載「抗戰文藝研究」，一九八四年第一號，第一三七～一四五頁。

註六一：陳紀瀅「抗戰時期文藝界概況」，幼獅文藝七十四年七月號。按「新民報」與「新民晚報」實為一家。

註六二：羅蓀「關於『抗戰文藝』」，新文學史料，一九八〇年第二號，十月出版。第二〇四～二一五頁。王大明「介紹三種抗戰時期的刊物」（抗戰文藝、野草、魯迅風），見「抗戰文藝研究」，一九八四年第一號，第一三四～一三七頁。抗戰文藝研究編輯部編，四川社會科學院出版社出版（成都）。

註六三：見拙著「宗白華先生的思想和詩」，國立中央大學建校七十週年紀念特刊「中央大學七十年」，七十四年六月出版。又「星期評論週刊」第十期，三十年一月，重慶出版。

註六四：孫晉三為中央大學外文系教授，其所主編之「時與潮文藝」，係國民黨員齊世英支持出版。

註六五：司馬長風「中國新文學史」下卷二四～二六頁。

註六六：趙友培執筆「文壇先進張道藩」，第一七七頁，第一九三頁。重光文藝出版社，六十四年出版，臺北。

註六七：羅蓀「關於『抗戰文藝』」，見註六二，文協於二十九年十一月舉行「一九四一年文學趨向的展望」座談會，同年十月舉行「魯迅逝世四週年紀念會」等。「抗戰文藝」在民國三十年僅出版了三本，三十一年出版了兩本，三十二年出版了兩期，可見困難的情形。

註六八：戈寶權「憶抗日戰爭期間的馮乃超」，新文學史料季刊，一九八四年第一號，第六八頁。

註六九：司馬長風「中國新文學史」下卷二一～二二頁。按第二屆文協新理事，重慶本埠僅二十九名，尚缺一名，外埠十名，超過四名，合計四十三名。另有二人不詳。

註七〇：同前。成都分會周文主持，曲江分會李金髮主持，桂林分會巴金等主持，昆明分會朱自清等主持。香港分會戴望舒、許地山主持，延安分會周揚主持，長沙分會王亞平主持。

註七一：戈寶權「憶抗日戰爭期間的馮乃超」，新文學史料季刊，一九八四年第一號，頁六八。

註七二：陽翰笙「回憶文化工作委員會」，新文學史料季刊，一九八四年第一號，第三九～六三頁。又司馬長風「中國新文學史」下卷第二十五章「附錄」㈠「戰時戰後文壇大事記」，第五七頁，一九四〇年九月條。「文工會」出版的歷史書有侯外廬「中國古代思想學說史」，呂振羽「簡明中國通史」上冊，郭沫若「青銅時代」，哲學書有蔡儀「新美學」，文藝論集有郭沫若「天地玄黃」，劇本有沈雁冰的「清明前後」等。

註七三：「新蜀報」三十四年二月二十二日，曾刊有此宣言，三月三十一日，曾刊有解散「文工會」的消息。

註七四：趙友培「文壇先進張道藩」，第一四五頁，重光版。

註七五：同前書。第十五節「從政校到文運會」（上）頁一六二～一六七。

註七六：同前書。第十八節「文藝工作與宣傳業務」。頁一九三～一九四。張道藩文見「文化先鋒」創刊號。

批評寫實主義偏於黑暗的描寫。

註七七：司馬長風「中國新文學史」下卷第八頁及二三頁。

註七八：茅盾「回憶錄」之二十三，「從東南海濱到西北高原」，「新文學史料季刊」一九八四年第二號，第一至九頁。

註七九：同前。又李何林「回憶抗戰後期的昆明文協」，新文學史料季刊，一九八四年第一號，第七〇～七四頁。

註八〇：李何林前文。又三十四年五月五日昆明掃蕩報副刊轉載老舍「文協七歲」。

註八一：劉傳輝「成都抗戰初期的文藝運動」，「抗戰文藝研究」一九八四年第三號，頁八五～九四。

註八二：司馬長風「中國新文學史」下卷第八～九頁，第二七～二九頁。

註八三：同前，第二八～二九頁。

註八四：王大明「介紹三種抗戰時期的刊物」，「抗戰文藝研究」，一九八四年第一號。第一三四～一三六頁。
註八五：天鶴「劃時代的西南第一屆劇展」，「抗戰文藝研究」一九八四年第二號，頁一四一－一四六。
註八六：同前。
註八七：茅盾「回憶錄」之二十六「延安行」，新文學史料季刊，一九八五年第一號，第一三～一九頁。
註八八：艾克恩「延安時期文藝活動」，載「抗戰文藝研究」，一九八四年第一號，第三五～四四頁。
註八九：同前。又丁淼「中共文藝總批判」第九九～一〇二頁。
註九〇：同註八八。
註九一：同註八八。
註九二：同註八八。
註九三：司馬長風「中國新文學史」下卷，三八－三九頁。
註九四：藍海「中國抗戰文藝史」，頁五〇～五一，頁一三三～一三四。又王大明「介紹三種抗戰時期的刊物」，見「抗戰文藝研究」，一九八四年第一號，頁一三四－一三七。
註九五：應國靖「孤島時期報紙文藝副刊概述」，見「抗戰文藝研究」一九八四年第二號。第一二五～一三一頁。
註九六：鄭振鐸最後一次口述（四十七年十月八日），見「新文學史料季刊」，一九八三年第二號，頁一六四。
註九七：藍海「中國抗戰文藝史」，第一三五～一三六頁，轉引趙景深之回憶。
註九八：「第盾回憶錄」之二十，「抗戰前夕的文學活動」，見「新文學史料季刊」，一九八三年第三號，頁一六。
註九九：羅蓀「關於『抗戰文藝』」，新文學史料季刊，一九八〇年第二號，生活、讀書、新知三聯書店香港分店重印。第二一三～二一四頁。
註一〇〇：藍海「中國抗戰文藝史」，第三三六～三三七頁。
註一〇一：同註九九及一〇〇。
註一〇二：同註九九。

註一〇三：同前。

註一〇四：石西民、范劍涯編「新華日報的回憶」，四川人民出版社出版，一九八三年二月第一版。頁二五三～二五六。按所謂「新民主主義論」為二十九年一月，毛澤東在延安所發表。

註一〇五：向林冰之文，原載二十九年三月重慶大公報戰線，參見尹雪曼「中華民國文藝史」第六八頁，正中版。司馬長風「中國新文學史」下卷，第三五二頁，及藍海「中國抗戰文藝史」，第三五一～三五八頁。

註一〇六：葛一虹「民族形式的中心源泉是在所謂民間形式麼」？原載新蜀報「蜀道」副刊第九十二期，二十九年四月十日。

註一〇七：藍海「中國抗戰文藝史」，第三五一～三五八頁。

註一〇八：茅盾「舊形式、民間形式與民族形式」，登載於「中國文化」二卷一期，「茅盾回憶錄」之二十六轉引。見「新文學史料季刊」，一九八五年第一號二二一～二二三頁。

註一〇九：同註一〇四，按即指毛澤東所謂之「新民主主義」。

註一一〇：同註一〇四。

註一一一：司馬長風前書下卷，第三五一頁。

註一一二：同註一〇四及一一一。

註一一三：大公報「戰國」副刊第一期，三十年十二月三日，重慶版。

註一一四：雷海宗文見大公報「戰國」副刊第十期，三十一年二月四日，谷春帆文見「戰國」副刊第十八期，三十一年四月一日。

註一一五：林同濟「寄語中國藝術人」見「戰國」副刊第八期，三十一年一月二十一日。

註一一六：陳銓「論英雄崇拜」，見「戰國」第二十一期，三十一年四月二十一日，「歐洲文學的四個階段」，見「戰國」第六期，三十一年一月七日。「民族文學運動試論」，見「民族文學」第一卷第一期，三十二年七月。

註一一七：同前各文。

註一一八：石西民、范劍涯編「新華日報的回憶」續集，頁二五六～二五七。

註一一九：陳美英、季濱等「抗日戰爭時期大後方話劇活動大事記」（一九四二年），「抗戰文藝研究」，一九八四年第一號，頁五四～五五。

註一二〇：梁實秋文載於三十一年十月二十日「文化先鋒」第一卷第八期。又參見尹雪曼「中華民國文藝史」，第六九～七八頁。

註一二一：李辰冬文見於三十一年十月「文藝先鋒」，又參見「新華日報的回憶」續集，二五七～二五八頁。

註一二二：劉心皇「現代中國文學史話」，第七五三頁。司馬長風「中國新文學史」下卷，第三五頁。

註一二三：尹雪曼「中華民國文藝史」，第六九頁。

註一二四：藍海「中國抗戰文藝史」，第四二頁，第五一頁。

註一二五：曹聚仁「文壇五十年」續集，頁一二八～一二九。香港「新文化出版社」一九七一年二月版。

註一二六：羅蓀「關於抗戰文藝」，「新文學史料季刊」，一九八〇年第二號，第二〇六頁。

註一二七：郭廷以「中華民國史事日誌」第四冊，一五二頁。近史所，七十四年五月出版。

註一二八：劉心皇「現代中國文學史話」第四卷「抗戰時期文藝評述」，頁七五一～七五四。司馬長風「中國新文學史」下卷，第三四頁。

註一二九：陽翰笙「戰鬥在霧重慶——回憶文化工作委員會」，「新文學史料季刊」，一九八四年第一號，第四八～四九頁。

註一三〇：同前。郭沫若在此期間，寫的歷史劇有「棠棣之花」、「屈原」、「虎符」、「高漸離」（筑）、「孔雀膽」、「南冠草」六種。皆係借古諷今。

註一三一：司馬長風「中國新文學史」下卷，第三五頁。

註一三二：丁淼「中共文藝總批判」頁八七。中共之「整三風」，即「學風」上的主觀主義，「黨風」上的宗派主義，「文風」上的黨八股。

註一三三：同註八八。

註一三四：司馬長風「中國新文學史」下卷，第三三～三四頁。

註一三五：郭廷以「中華民國史事日誌」第四冊，一八七～一八九頁。

註一三六：見本文第三節第六目「孤島上海」。

註一三七：郭廷以「中華民國史事日誌」第四冊，第三一七～三二四頁。

註一三八：趙友培「文壇先進張道藩」，第二〇節「主持戰時服務督導」。第二三三～二三八頁。內稱「文化教育界的難民，由我另外成立小組來照料，經過登記，以前滯留貴陽和最近逃到貴陽的，共有一千五百多人。……其中有不少左傾作家，對於我們那樣熱心幫助他們，簡直感激零涕」。（二三五頁）

註一三九：沈從文「昆明冬景」中之「談保守」一篇。民國三十年版。

註一四〇：藍海「中國抗戰文藝史」，民國三十六年上海版，頁六一。

註一四一：筆者就所讀、所見及參閱各種圖書目錄資料，粗略估計而得之約數。

註一四二：藍海「中國抗戰文藝史」，第四章「通俗文藝與新型文藝」，頁七三～九〇。

註一四三：司馬長風「中國新文藝史」下卷七一頁。

註一四四：「抗戰與藝術」，獨立出版社，戰時綜合叢書轉載老舍「談通俗文藝」，原刊於「自由中國」第二號。

註一四五：「抗戰與藝術」轉載穆木天「關於報告文學」，原刊於「文藝月刊」戰時特刊第十一期。

註一四六：尹雪曼「中華民國文藝史」，一九九～二〇一頁。高蘭出版「朗誦詩集」，臧雲遠出版「雲遠詩草」和「靜默的雪山」。

註一四七：李廣田「灌木集」，馮至「山水」，均為文化生活出版社出版，結集已在抗戰勝利之後。

註一四八：見拙作「民初文學的趨勢」，五、「新文學之蔚興及其流派」。

註一四九：同前。四、「文學革命及其評價」。

註一五〇：司馬長風「中國新文學史」，下卷，第七三頁。

附錄：

評論

胡秋原

一、首先我想說到，王聿均先生的論文，由抗戰前一年左聯之分裂與瓦解，說到抗戰第二年中華全國文藝界抗敵協會在武漢成立，形成中國文藝界的空前大團結，然後說到以後幾個文藝中心重慶、昆明、成都、桂林、延安、孤島上海等地文藝界活動的情況，可供大家對抗戰時期文學之盛況有一廣大輪廓和深刻印象。此對抗戰時期文學之了解，是很有價值的。

二、其次，王先生說還要另寫一篇文章，我想有兩三點似乎還有補充之必要。一是王先生文中提到許多作家的名字，但最好還應該提出若干代表作品。其次，在地域上，太平洋戰爭前，香港這個地方應特別一提，此與兩廣和南洋的關係是很密切的。

三、還有一個問題值得討論。戰時是多種文學形式都在使用的時代。一方面，有山藥旦和富貴花父女的大鼓，另一方面，許多舊體詩不僅各地報紙雜誌上刊載上甚多，在重慶盧冀野和于右任還辦了一個刊物名曰「中興鼓吹」。新文人中，郭沫若回國第一首詩是次韵魯迅的七律。郁達夫也寫了文言的抗戰詩詞。我們應將他摒於抗戰文學之外嗎？

四、對王先生報告的第四節講文藝路線之爭與抗戰後期文學衰落，以及結論之第四點認為文學與政治之過於密切使文學未能豐收，我有不同的意見。我以為文藝路線不怕它爭，只要能夠論爭，不會造成文學之消沈。文學與政治關係過於密切是否有害於文學，要看所謂「政治」是什麼而定。此政治如指黨派門爭，歌功頌德，整人害人，那有害於文學。至於民族抗戰，是大政治，也是超政治，那不會有害於文學的。匈牙利的斐多菲，波蘭遲克微支就是顯著的例子。王先生所說的政治指國共摩擦或雙方對文學控制，或毛澤東在延安的文藝整風而言。但當時政府治下圖書審查還是很寬大的，新四軍事件也未影響抗戰文學之消沈。老實說，抗戰文學大題目亦還不是國共兩黨所能完全控制的。王先生所引或稱「一九四一年是文藝界消沈的一年」，也許是根據共區出版的藍烈的「中國抗戰文藝史」而言，但藍烈的話是就他們共黨作家說的，而他也只說「一九四一年是重慶文藝界消沈的一年。」而藍烈立刻又說：「直到一九四二年春季，情形才漸漸地好轉」；「一九四二年以至一九四三年，內地文藝界空前繁榮。」（四九頁～五三頁。）不過有一種政治不僅將抗戰文學毀了，也將抗戰毀了，這是我想在最後說到的。

五、我以為王先生研究的這個題目還值得大家更進一步研究。因為我們政治上人物對當代歷史常誤會甚多。例如，我們怕紀念五四稱之為「文藝節」。五四與新文藝有何關係？又如直至今日，還禁止三十年代文學。其實三十年代如由王先生之文可以看出，是由左聯之解散到中華全國文藝抗敵協會成立時期，也就是由左右對立到民族主義時期。我以為抗戰時期的文學在中國文學史或新文學史上是應該大書特書的。新文學運動以來，雖然豐富了中國文學的內容，而且在知識界取得「正統」的地位，然實際上新文學讀者還是學校出身的知識份子為主。廣大的農民工人商人看的是三國、水滸、七俠五義、施公案、平劇、地方劇、歌仔戲、山歌、民謠，年紀大一點的人物還是看舊詩、寫舊詩甚至新文學家到了晚年，如魯迅、郭沫若、郁達夫仍寫舊詩。直到今日臺灣還是如此。這現象，是文學之分裂而不是國民文學，不能造成文學之大發展的。以詩而論，「春風不度玉門關」、「西出陽關無故人」、「黃河之水天上來」、「朱門酒肉臭，路有凍死骨」、皆千秋傳誦，但我們新詩人的作品各位記得的能有多少？可是，「我的家在松花江上」、「起來！不願做奴隸的人們」，是幾萬萬人都唱的詩歌，也是鼓勵幾萬萬人戰鬥的詩歌，不僅老嫗能唱或有井水處皆能歌柳詞了。新文學到抗戰才有國民文學的成就。

但是，抗戰文學並未結出更光華碩大的花果是事實。這不是因為政治與文學太接近，使抗戰文學衰落，老實說，在中國偉大民氣伸張起來之後，國共兩黨也還不能使他消沉。那是二十世紀兩大巨靈的合作，三個帝國主義者，或者一個惡魔，兩個呆瓜的合作。即是日昨馮啟人先生所說的雅爾達密約使抗戰功敗垂成所造成的。沒有雅爾達的布置，毛澤東的任何統戰也沒有用，而在雅爾達機器中活動的，又何僅左派？豈僅抗戰文學衰落，全體而論，四十年來中國人是在浩劫之中啊。這不是抗戰文學之內的問題了。

主講人答覆

王聿均：承蒙胡秋原前輩惠予指正，俾將來修訂補充時，有所遵循，至為感謝。惟在座的各位女士、先生，皆吝於賜教，則又不無失望之感。實則，拙文雖談文學，而所表達者乃整個抗戰時代思潮之輪廓，其波濤起伏，變化萬千，與整個抗戰均有息息相關之處，其重要性並不亞於軍、政大事也。謹將胡秋公指教各點，敬答於下：

一、拙文提到很多作家，但並未舉出他們的代表作，誠為缺陷。擬另撰「抗戰時期文學之形式和內容」一文，再加論析，以補本文之不足。惟抗戰期間之文學作品，散軼者多，蒐尋尤為不易，故難期於短時內竣事也。

二、戰時文壇，香港一地，甚為重要，確實應加特別介紹，謝謝胡先生的指教，當於修訂時補述。

三、大鼓書等類的通俗文學和舊體詩，如于右任之「中興鼓吹」和郁達夫的「古體詩」等，自然亦為抗戰文學的一部分。「通俗文學」因田仲濟「中國抗戰文藝史」中敘述甚詳，為避免重複，故未曾細述。至於舊體詩及舊文學部分，當依胡先生的意見，加以補充。「抗戰歌曲」對民心士氣影響極大，確為事實。現在臺北有些文藝界前輩和朋友，正從事抗戰歌曲之蒐集，為極有意義的事，拙文修訂時當酌予補述。

四、拙文論及抗戰後期文學的衰落時，曾引用某些文藝史家之言，如「一九四一年是文藝界消沈的一年」等。胡先生提出不同的看法，認為此種論調，係藍海等一偏之見；實則「皖南事件」之後，文學仍在繼續不斷的發展。個人淺見與秋公略異。若單從表面來看，抗戰文學從未中斷；但從政治的、經濟的、心理和戰局轉移各方面的因素來分析，我仍確認民國三十年是抗戰文學由盛而衰的關鍵之年；政治情勢直接影響到文藝界的分裂，政治罵戰代替了文學創作，即為文學衰落的主因之一。

五、胡先生所論：1.「三十年代」的文藝，實在是由馬列而至民族主義，大家一致起來救亡圖存，文學早已無分左右，馬列也早被拋棄，而終於形成民族主義的文學。2.文學與政治的關係密切，並無害於文學的發展的。文學路線和方向的論爭只要不禁止別人不同意見的論爭，是可以促進文學的發展的。3.超政治的爭論，對文學是無害的，不會導致文學的衰落。而抗戰文學之不能得到更大的成就者，由於「外有更大的惡魔，內有自己的不成熟」，有以致之。胡先生的高論，可謂語重心長，令我十分敬佩。我的看法，實際上與秋公並無不同。文學無法離開生活，故亦無法離開政治。文學家從事愛國文學之創作，喚起民眾，捍衛國家，其忠勇奮發，無異戰士，此非政治而何？我所謂與「政治關係太過密切」者，是指作家被迫捲入現實的政治漩渦，不克自拔，此種例證，不勝枚舉，對文學之損傷，莫此為甚也。

抗戰時期南方、華北偽組織的文學活動

●劉心皇

當時，投靠敵偽的文藝界，是起自汪精衛逃離重慶，從事反對抗戰的所謂「和平運動」之時，汪精衛在向日本軍閥投靠之後，便向文化界及文藝界招降納叛，遂有所謂配合偽「和平運動」的「和平文學」出現。楊之華在「新文藝思潮的起源及其流變」（註一）一文中，首先反對「抗戰文學」：

「一九三七年七月七日，『蘆溝橋事變』發生，繼則上海之戰（八・一三）也隨著爆發了，一時『抗日』的空氣，彌漫全國，而戰時的刊物也紛紛出現，其反映在文藝方面的，便是『抗戰文學』、『中流』、『光明』、『吶喊』（後改名『烽火』）、『文叢』等，均為當時的代表刊物，惟限於戰時出版物質條件的困難，都相繼改為三十二開的小冊子……作主要的戰時文藝點綴品。一九三七年冬，上海失守，而一般作家也隨著軍隊的西退而奔流內地，過其戰時的文藝生涯，由於作家群的由集中上海以至分流內地的結果，也使得『抗戰文學』的刊物突然分散。……一九三八年冬，由於郭沫若，老舍等爬上了政治舞臺，一時感到『抗戰文藝』作家群在政治上的力量十分薄弱，為鞏固其個人的地位計，乃聯名各地作家，組織『文藝作家協會』，設總會於重慶；武漢、延安、廣州、桂林、昆明、香港等地均設立分會，以為拉攏各地作家之所。然而，為了『文人相輕』的本然特質，故雖有其『協會』之表，而卻沒有相互聯繫之實。而這時所產生出來的『抗戰文學』，也起了質的變化，由實質的變為空泛的濫語，其後更變為懷念家鄉的『反戰文學』了。總而言之，『抗戰文藝』在中國近代文壇上的過程，正如『抗戰』在中國政治上所有著的命運一樣，一天天地在消沉下去了。」

他這一段反對「抗戰文學」的話裡，既歪曲事實，又厚誣「抗戰文學」，更為「文藝界抗敵協會」造謠，完全暴露了說謊的漢奸作家的嘴臉。接著，他又為所謂的「和平文學」鼓吹——

「為更生中國的『豔電』發表以後，中國的國民革命運動又有了另一個新的出發，緊隨著我們最高領袖汪先生的指示，『和平運動』於一九三九年末一九四〇年初，先後發動於香港和上海兩地，而作為配合於這一運動的『和平文學』也就為了時代的需要而產生了。關於和平文學理論的出發點，乃始自香港的『南華日報』，而這一理論的建立，則為上海的『中華日報』。沿著這個高潮而上，國民政府還都南京後，『和平文學』便奠下一個石基，而於作為『和平文學』的初期幹部作家，計有穆時英、劉吶鷗、傅彥長、張資平、章克標、汪馥泉、丁丁、陳大悲等等，其中最為努力的要算穆時英，『中華日報』復刊後的『文藝週刊』及『華風』等，即為穆時英所主持；此外並兼主編『國民新聞』，於該報的『文藝版』上鼓吹『和平文學』。其後（一九四一年）丁丁等於南京組織『中國作家聯誼會』，發刊『作家』純文藝月刊，繼續從事『和平文學』的開發。一九四一年冬，留於上海的一部分藝人，深感到上海文藝界的寂寞，遂聯合了藝術界各部門的同志，組織『上海藝術學會』，並發行『上海藝術月刊』，為該刊執筆的作家，計有趙景深、楊樺、路易士、徐訏、胡金人、黃覺寺、陳抱一、顧文樑、汪亞塵等人。此外，另以閒逸的姿態出現於現階段的上海文藝界的，計有鴛鴦蝴蝶派所主持的『小說月報』及『萬象』等，惟以此等刊物內容的空虛無味，都不能引起讀者的重視，且有令人忽略其存在之勢。」

從這一段所謂的「和平文學」立論的話裡，不僅可以清楚地看出他的荒謬的漢奸文學理論，還可以知道他們從事漢奸文學的經過。

到民國三十年（一九四一）十二月八日，日本所謂的「大東亞戰爭」爆發後，在上海原有的報紙，於十二月九日悉數皆陷於停頓的狀況，計有「申報」、「新聞報」、「正言報」、「中美日報」、「神州日報」、「大美晚報」、「華美夜報」、「大英夜報」、「大晚報」、英文「字林西報」、「泰晤士報」等。其中「申報」和「新聞報」至十四日復刊，受日本海軍管理，日出一張。不久「泰晤士報」與「上海晚報」（舊「大美晚報」）亦在海軍的管理下復刊。至於日方所辦華文「新申報」，日文「大陸新報」與「上海每日新聞」以及幾種偽組織的報紙如「中華日報」、「中國商報」、「國民新聞」、「平報」、「中報」、「新中國報」等，則因此關係，銷數頗有增加。而且讀者在公共場所公然披閱，也毫不介意了。另有華文的軸心報，乘此期間又新出了幾種，最重要的是「新中國晚報」和「新申報夕刊」於十二月九日創刊，填補了其他停刊晚報的地位。還有德商於同月八日，即日、美開戰的那一天，創刊了一種「政彙報」，但該報不數月即停刊。自此以後，上海的各報就充滿了反英美性的電訊、報導、和言論。

茲將華文報紙的概況敘述於後：

「申報」：自改組後，由陳彬龢任社長兼主編，當時除恢復副刊「自由談」外，每週並出純文藝週刊「白茅」一種。該報自改組後，為一極端親日並為日本利益而宣傳的報紙。該報社長並自稱漢奸，便可知其態度了。

「新聞報」：改組後，由吳蘊齋任董事長，李浩然任主編。副刊「茶話」，仍保持著向來的風格，「三言兩語」短小精悍，在趣味中帶著諷刺。惟態度方面已改變成「為日本服務」的漢奸文藝。

「中華日報」：社長林柏生，代社長許力求，主編褚保衛。最初日出一張半。有「中華副刊」，載純文藝作品，後復闢「海風」，刊海派文字，該報特別致力所謂「和平文學」的提倡。副刊，且曾大事討論新文學的文壇史料，後由該刊編者楊之華，編輯一冊「文壇史料」，執筆者有陶晶孫、姚克、周越然、柳雨生、馮三昧、路易士、周作人、陶亢德、胡蘭成、紀果庵、何若、楊之華等。

「國民新聞」：原為對開半張的小型報，於民國二十九年（一九四〇）創刊，由穆時英主辦，後由劉吶鷗接辦，不久即告停刊。過了數月，胡蘭成與李士群等出面主持復刊，日出一大張，副刊「縱橫」，偏重於國內外風俗人情之介紹和科學探險故事，這是與其他各報副刊不同之點。

「平報」：它的後台主持人為周佛海，金雄白擔任社長。向無社論。副刊「新天地」，多載游藝、劇評，和舊式的小說詩文，多鴛鴦蝴蝶派作品，足供消遣。

「新中國報」：社長袁殊，主編魯風。日出一張。副刊有兩種：「學藝」是新文藝副刊；「趣味」係製造笑料專講趣味的通俗副刊。

「新申報」：為日文「大陸新報」的華文版，言論與日本軍部意見相符。副刊「千葉」偏重文藝。

「新申報夕刊」：為對開半張的晚報，副刊「北斗」，內容較為輕鬆。

另外，小型報有：

「社會日報」（陳聽潮——發、編。）

「東方日報」（鄭光——發、編。）

「力報」（胡力更——發；金剛——編。）

「吉報」（易連發——發、編。）

「海報」（鄒祥——發；湯修梅——編。）

「繁華報」（梅雙——發、編。）

「經濟日報」（許自強——發；劉雲舫——編。）

其他還有「羅賓漢」、「浙東日報」、「寧波公報」、「戲劇日報」等（註二）。其中的「海報」，是金雄白所創辦，這個報紙在偽組織文藝方面，是盡了力。金雄白曾說：

「我之所創刊這一張『海報』，雖然只憑一時的心血來潮，但也有極其複雜的內幕。……無意中捲入政治漩渦，一九三九年起，先後在南京與上海，創辦了兩張半官性的大報——『中報』與『平報』，……忽然想到有『平報』現成的基礎，一切人力物力，都不必外求，辦一張只談風月的小型報，大可用以自娛娛人，于是『海報』就在我這樣的心理狀態下問世了。……于是延聘了湯修梅主持編務，吳崇文編電影版，請名書法家馬公愚寫了海報的報眉。為『海報』長期撰稿的，可謂人才鼎盛，幾乎已網羅了上海所有的健筆，計有王小逸、平襟亞、唐大郎、陳定山、徐卓呆、鄭過宜、蔡夷白、吳綺緣、范烟橋、謝啼紅、朱鳳蔚、陳蝶衣、盧一方、馮蘅、柳絮、葦窗等，連以後貴為中共華東區宣傳部長『解放日報』社長的惲逸群，也在因風閣上于烟霞笑傲之餘，為中共作地上工作以外，兼為『海報』撰稿。女作家有周鍊霞、陳小翠、潘柳黛等。湯修梅這個人，到今天我還在懷念他。他顯得有些迂謹、固執，而且蓬首垢面，不修邊幅，又染有很深的烟癖，但不能否認他是編小型報的能手，版面編得既活潑又美麗，一掃過去呆滯的編排方法。『海報』能有那麼多作家，他們不以一張小型報而有所鄙棄，也應該完全歸功于他的拉攏之力。但他也不是沒有弱點，因為有嗜好，經濟方面就常常陷于左支右絀之境，而不時來向我有所要索，雖然我已儘量設法使他滿足，但無饜之求，當然有時也會使他失望，也許烟癮發作時會變得歇斯底里，他會用不遜的語言來與我爭吵，但一吵完，又回上他的桌子，好像完全忘記了剛才不愉快的爭論，伏案埋頭，一字一句又如常繼續工作。我相信他的愛護『海報』還遠在我之上，前後五年之間，我們，始終精誠合作，從未有過真正芥蒂。」（註三）

鄒祥又在「一紙風行兩小報」一文中，說到「海報」曾發行「七萬餘份」時道：

「對這一張小報而有如此成績，我完全不敢居功。主編的湯修梅，創造了新穎的版面，安排了活潑的內容，拉攏了在上海所有第一流的作家，他確是以全副的精力來從事這一張四開的蚊報編輯。加以現在猶活躍在文藝界的黃也白、陳蝶衣、吳崇文諸兄，都曾先後擔任過各版的編輯，使這一張報，表現得生氣勃勃，並耳目一新。到今天我猶念念不忘為『海報』執筆的人才薈萃，聚集了前輩與新秀，以及各種黨派的人士。老一輩的如包天笑、徐凌霄（為當年北京四大名記者之一）；潛伏的共黨份子如惲逸群（共軍佔滬後，貴為『解放日報』社長）；所謂民主人士如柯靈；女作家有周鍊霞、潘柳黛；馳譽文壇的則有趙叔雍、王小逸（即捉刀人）、桑弧（即共片『梁山伯與祝英台』的導演），唐大郎、范烟橋、馮鳳三、沈葦窗、陳定山、盧一方、平襟亞、蔡夷白、陳靈犀、朱鳳蔚等的健筆。」（註四）

這些人自然屬於落水作家。

雜誌方面，在所謂「大東亞戰爭」爆發時，表現抗戰意識的有「中美週刊」、「正言週刊」、「華美週刊」、「正言文藝」、「文林」、「文綜」、「奔流」、「文藝叢刊」，以及最風行的「上海週報」和英文「密勒氏評論週報」等，至少二十種以上，全部停刊。所剩下來的只有「為敵偽服務」的雜誌。現在分述於次：

「經綸月刊」：綜合性質，頗具「東方雜誌」的風格，六期一卷。鄭翰主編，不曾出齊第四卷，便停刊了。

「東方文化」：主辦人馮節，內容偏重學術性，宣揚所謂的「和平運動」。六期一卷，不曾出滿二卷，便停刊了。

「中國與東亞」：陳孚木主辦，偏重國際與政治經濟方面的討論，當然是為敵人張目的東西。共出八期，停刊。

「國際兩週報」：本為週報，樊仲雲主持，歐戰時期創刊，一年一卷，出至五卷二期，因經費困難而停刊。

「上海藝術」月刊：胡金人主編，係專門藝術的文藝雜誌，出版似無定期，只出數期，未見繼續。

「人間」月刊：是胡堅主辦，吳易生主編的一種純文藝雜誌，撰稿者有：

胡蘭成　吳一琴　紀果庵　譚惟翰　遂　子　柳雨生　蕭劍青　楊鴻烈　路易士　楊靜盦　陳烟帆

陳大悲　譚正璧　龔持平　楊　樺　吳易生

「天下半月刊」：葉勁風主編，是小品散文雜誌，也只出了四、五期。

「東西月刊」：陶亢德主編，古今社出版。撰稿人有：新渡戶稻造、周作人、小泉八雲等中日作家，它標榜著：「評論東西文化，介紹世界知識。」多係譯文。但也只出版兩期，便自動停刊。

「萬歲半月刊」：陳東白主辦，周楞伽和文載道二人編輯，多文藝與雜文，亦尚趣味，六期一卷，出到二卷二期光景停辦。

「中藝月刊」：穆尼等編，係偽「中國藝術學院」出版，特別注重戲劇，但不過出了三、四期。

「中華週刊」：「中華日報館」出版，綜合性質，亦鼓吹所謂「和平文學」，後來改為「中華月報」。

「太平洋週報」：江洪主編。綜合性偏重游藝評論，也是出版未久，而停刊的。停刊五個月之後，改為「現代週報」而出現。

「全面半月刊」：馮節主持，秦瘦鷗編輯，為所謂的「和平運動」宣傳。未久，停刊。

「文藝生活」：幾個青年主辦，只出一期。

「小說月報」：顧冷觀主編，係鴛鴦蝴蝶派的刊物，原係月刊，後來陷於無定期的狀態。

「紫羅蘭」：周瘦鵑主編，曾發表張愛玲的小說。原為月刊，後來變為無定期。這便證明鴛鴦蝴蝶派的時代，確實是過去了。

「申報月刊」：係陳彬龢任社長後復刊的。每期廿五開，二百面左右，內有「自由談」一欄專載短篇散文。

「中華月報」：係「中華週刊」的擴大，風格和「申報月刊」相仿，內容偏重於學術、文藝等方面。

「雜誌」：係月刊，為「新中國報社」社長袁殊主辦，吳江楓主編。該刊在上海戰事之初已出版，中間停刊，於民國三十年恢復。其特點是無政治外交等硬性文章外，包括各類文字。其中現地報告與人物評述，以及不時有特輯與座談會的記錄。撰稿者為蘇青、予且、黃果夫、文載道、張愛玲、柳雨生等。

「新中國週報」：本來附屬於「新中國報」發行，後來獨立，每期八版，內容通俗。

「政治月刊」：亦為袁殊所辦，至民國三十三年，已有四、五年的歷史，內容雖重於國內外政治經濟軍事外交各方面的評論分析，而學術思想文藝等，亦有刊載：

「文友」半月刊：民國三十年，「大阪每日」與「東京日日」兩新聞社在上海創刊「華文每日」，因其中文字有不利於當局之處，僅出二、三期即停刊。後經改組，乃出「文友」，由鄭吾山主編。內容有詩論、專著、隨筆、小說等，各體文章俱備。該刊推銷於南北各地，達五、六萬份之多（註五）。

「古今」散文半月刊：社長朱樸，主編周黎庵，上海古今出版社發行。民國三十一年三月創刊。該刊經常執筆人有：

汪精衛　周佛海　陳公博　梁鴻志　周作人　瞿兌之　徐一士　徐凌霄　謝剛主　吳湖帆　朱樸之

吳翼公　樊仲雲　趙叔雍　陳乃乾　沈啟旡　謝興堯　周越然　紀果庵　文載道　沈爾喬　朱劍心

鄭秉珊　馮和儀　龍沐勛　金雄白　予　且　袁　殊　南　冠　白　銜　小　魯　笠　堪　楮　冠

銖　庵　左　筆　心　民　識　因　經　堂　微　言　何　淑　黃　冑　拙　鳩　夏　曼　蘆　公
何　心　何　戡　南　山　白　水　志　雄　蘇　青　蕘　公　堪　隱　周黎庵　周幼海　諸青來
李宣倜　柳雨生　金息侯　汪向榮　何海鳴　陳寥士　胡詠唐　周樂山　楊鴻烈　陳旭輪　石順淵
葉雲君　趙正平　江亢虎　楊靜盦　錢希平　周炎虎　陳耿民　張素民　李耕青　姜賜蓉
魯昔達　周夢莊（註六）顧鳳城（註七）張愛玲（註八）

「風雨談」月刊：柳雨生主辦。民國三十二年四月創刊。太平書局出版。該刊執筆者有：

予　且　文載道　包天笑　田　尾　朱肇洛　沈啟旡　沈　鳳　李道靜　吳易生　周作人　周越然
周黎庵　阿　茨　泥　蓮　林　榕　南　星　馬博良　紀果庵　陶亢德　胡金人　班　公　秦瘦鷗
柳雨生　康　民　陶　秦　郭夢鷗　馮和儀　狄　崖　莊損衣　華　子　路易士　張葉舟　實　齋
聞　青　楊　樺　楊光政　錢公俠　葉夢雨　衛友靜　龍沐勛　羅　明　譚正璧　譚惟翰　蘇　青
武者小路實篤　片岡鐵兵　谷崎潤一郎　草野心平　橫利光一（註九）應寸照　穆　穆（註十）
楊丙辰　周幼海（註十一）

「文潮」：社長鄭兆年，主編馬博良。綜合性的文藝月刊。

「天地」：散文小說月刊，馮和儀主編。撰稿人有：

陳公博　周楊淑慧　撞　庵　朱　樸　趙叔雍　紀果庵　文載道　秦瘦鷗　譚惟翰　何　若　班
公　予　且　張愛玲　傅彥長　胡詠唐　吳易生　蘇　青　譚正璧。

「詩領土」：路易士等私人創辦，為無定期純詩刊。

「同聲」月刊：龍沐勛主編，在南京出版。撰稿人有：

映　庵　俞陛雲　夏敬觀　周作人　錢稻孫　瞿兌之。

「求是」月刊：為龍沐勛、紀果庵等創辦。

「作品」月刊：南京野草書屋出版。

「新流」月刊：南京新流社出版。

「作家」季刊：丁丁在蘇州主辦。

「創作」半月刊：蘇州創作社出版。

「古黃河」月刊：徐州古黃河社出版。

關於鴛鴦蝴蝶派的刊物，亦在敵偽卵翼之下，紛紛出現：

「萬象」：平襟亞主辦，柯靈主編。

「大眾」：錢芥塵主辦，錢公俠主編。

「春秋」：陳蝶衣主編。

「小說月報」：顧冷觀主編。

「紫羅蘭」：周瘦鵑主編。

以上都是綜合性的文藝月刊，並且有時也刊載不屬於文藝的文字。它們曾被人指為鴛鴦蝴蝶派，事實上它們是比過去的「禮拜六」派為進步，而且正向著新文藝的創作方法發展。尤其「萬象」銷行最廣，自經柯靈主編後，新文藝的氣息更為濃厚，雜文與長篇小說更為其特色。「大眾」和「春秋」也有萬份以上，內容較為通俗。「小說月報」和「紫羅蘭」的出版，前面已有談及，已變為無定期的刊物了（註十二）。

綜合南方偽組織的文學，約有以下幾項特徵：

㈠關於所謂的「和平文藝」，在理論方面，不能自圓其說，理不直而氣亦不壯。明知在日本軍閥槍刺之下，只有投降，只有被宰割，那有「和平」可言。敵人所說的「和平」，就是「招降」。汪偽組織所說的「和平」，就是「投降」後過著被奴役的生活，汪精衛也不過是一名「奴隸總管」而已。所以，在這種殘酷的事實真相之下，有什麼好說的呢？

㈡利用色情來蠱惑青年，所以說敵偽的文藝是色情文藝，在淪陷區裡到處是色情刊物，就是他們所說的文藝刊物，也不能脫離色情。因為色情是敵偽的統制手段之一；據報載，陶行知給友人的信裡，曾對敵偽這種統制手段，改古人的話，作為格言道：

甲、仁者不憂，智者不惑，勇者不懼，達者不戀。

乙、富貴不能淫，貧賤不能移，威武不能屈，美人不能動。

他加上「達者不戀」、「美人不能動」、這兩句話，便是針對著淪陷區的「色情氾濫」來說的。

㈢掌故、軼事、傳記、密史之類的文字特別多，特別走運：原因是現實的問題，在敵人槍刺之下，敵人的「特務機關」監視之下，不敢談，不敢寫，只有逃避現實，玩弄掌故軼事了。

㈣用個人過去的歷史，來掩蓋醜惡的現實。例如梁鴻志的回憶錄之類的文字，周佛海「往矣集」的文字，朱樸的「四十自述」，陳公博的「我與共產黨」等等，這種企圖用過去的經歷，取得讀者的同情，以減輕作漢奸活動的阻力。

㈤「報銷文化」盛行：那些向敵偽領了津貼，出幾百本雜誌或書籍，內容八股，文詞不通者，比比皆是。

● 華北偽組織的文藝活動

北平淪陷後，在日本軍閥的槍刺之下，成立了偽組織，其作用在最初的時間裡，僅僅是維持治安和搜刮物資，在文化方面的活動，多是日本軍閥的宣傳，不值識者一笑。直至民國廿九年（一九四〇），華北的偽出版界方面，「在整個茫無頭緒中，也僅是表面上的繁榮。這在一年來華北出版界期刊雜誌的彼傾此繼，停刊的大量相繼，出版的延期與合刊，一兩月刊物的壽命，正適表現著艱難的掙扎與刊物本身的缺乏健全性，故談華北出版界，也是仍在極其慘淡中。」（註十三）茲將在華北出版的期刊列後：

「文苑」（文藝・北京），「三六九畫報」（游藝戲劇），「力行月刊」（政治經濟文化・濟南），「文教月刊」（文化教育・山東），「中外經濟統計會報」（經濟・北京），「中和」（學術・北京），「中原新潮」（政治經濟・河南），「中國文藝」（文藝・北京），「中國公論」（政治經濟文藝・北京）「中國青年」（青年問題・北京），「中國醫學月刊」（醫學・北京），「中國醫藥月刊」（醫學・北京），「中華法令旬刊」（法律・北京），「中德學誌」（介紹中德文化・北京），「反共戰線」（綜合・北京），「立言畫刊」（戲劇・北京），「古學叢刊」（古物・北京），「民治月刊」（政治經濟・天津），「民眾畫刊」（畫刊・北京），「民教月刊」（民眾教育・天津），「東亞道德月刊」（文化・北京），「北京新聞協會會報」（新聞・北京），「北京醫藥月刊」（醫學・北京），「再建旬刊」（綜合・北京），「回教」（宗教・北京），「回教周報」（宗教・北京），「同願半月刊」（佛教・北京），「合作半月刊」（合作問題・保定），「全家福」（游藝・北京），「社會統計月報」（經濟・北京），「沙漠」（藝術・北京），「好朋友」（綜合・北京），「改造」（政治經濟・北京），「佛學月刊」（宗教・北京），「青年」（青年問題・北京），「青年呼聲」（青年問題・北京），「青島教育半月刊」（教育・青島），「長城」（藝術・北京），「東亞聯盟」（綜合・北京），「新民教育月刊」（教育・天津），「首都旬刊」（報導・北京），「軍事月刊」（軍事・北京），「建設旬刊」（綜合・北京），「唐山新民教育月刊」（教育・河北），「朔風半月刊」（綜合・北京），「時代婦女半月刊」（婦女問題・北京），「時事畫報」（藝術・北京），「商業旬刊」（商業・北京），「開封教育月刊」（教育・河南），「教育學報」（教育・北京燕大），「教育學報」（教育・北京教育總會），「國醫衛生半月刊」（醫學・北京），「梨園七日刊」（戲劇・北京），「游藝畫刊」（戲劇・天津），「師資月刊」（教育・北京），「婦女新都會」（畫刊・天津），「婦女雜誌」（婦女問題・北京），「婦女家庭」（婦女問題・北京），「雅言」（文化・北京），「華光」（文藝・北京），「義風旬刊」（文化・北京），「新民印書館館報」（印刷報導・北京），「新民報半月刊」（綜合・北京），「新民會報」（報導・北京），「新光月刊」（婦女問題・北京），「新光郵票錢幣雜誌」（古物・北京），「新良卿」（報導・河北），「新婦女月刊」（婦女問題・北京），「新輪月刊」（鐵路・北京），「農學月刊」（農學・北京），「微妙聲」（宗教・北京），「彙報」（報導・北京），「榮耀」（文化・北京），「僑聲月刊」（報導・北京），「震宗月刊」（宗教・北京），「燕京學報」（學術・北京），「學文」（文藝・北京），「靜海青年月刊」（青年問題・河北），「冀東新民青年旬報」（青年問題・唐山），「覆瓿月刊」（文藝・北京），「藝術與生活」（藝術・北京），「警聲」（警政問題・北京），「體育月刊」（體育・天津）等（註十四），這是屬於出版界全體的期刊。而屬於文藝者，則有「中國文藝」等，再說明於次：

「中國文藝」，是一本大型的文藝刊物。它創刊於民國二十八年九月，由張深切主編，各種形式的文藝作品，都有刊載，而最大的支持者則為周作人。它主要的目的是在宣揚和平。這裡所說的和平，是在日本軍閥槍刺之下的和平，也就是投降的和平。這是日本軍閥在侵略中國的戰爭中，所夢想的不戰而屈人之兵的一種戰略。張深切在這個雜誌上便是宣傳這種日本軍閥的戰略，並且他自承是福建人。這個刊物，在第二卷第六期之後，便是從第三卷第一期起，改由張鐵笙主編，偏重於翻譯日本作家的作品，奴化性更重。

「輔仁文苑」到民國廿九年，已出版四期，它的「態度較為嚴肅」（註十五）。

「學文月刊」、「朔風半月刊」兩種刊物，是純散文的刊物，在華北的出版界中，較有聲望。

「藝術與生活」，這個刊物，曾對文藝與藝術，提供過很多的作品。

「中國公論」，是一種綜合性的刊物，但它對文藝方面亦頗注重，每期有一萬五千字，容納文藝作品。

「新民報半月刊」，有新民報的支援，出版的條件較一般刊物為佳。文藝方面亦頗注意。惟對奴化的宣傳，是不遺餘力的。

「華文大阪每日」半月刊，係日人所辦，對於文藝的提倡以及文藝運動的推動，非常積極，並且經常舉辦徵文，對華北的青年頗有影響。

至於報紙方面，值得一談的如次：

「北京新民報」，除去國學周刊、回教、學生生活、社會服務、小學生、佛教、幾個周刊以外，尚且有一版文藝副葉。

「天津庸報」、曾一度發刊每日文藝，但因印刷原料的缺乏，而流為不定期刊。

「北京晨報」，每天容納一個不同的週刊。

「北京實報」，原係小實報，是小型報紙雜誌化的報紙，是管翼賢主辦的。在「七七事變」前，擁有眾多的讀者。「事變」後，態度轉變為極度親日，甘為日本軍閥的應聲蟲。

關於民國廿九年「北京的漫畫界」，曾由朋弟、席與承、陳震、張振仕、竇宗淦、梁津、牛作周等組織偽「北京漫畫協會」。並有下列各種刊物，對漫畫竭力提倡，分述如下：

「立言畫刊」：這是一本從創刊始，便盡量介紹漫畫的刊物，它每期要登載漫畫兩頁，除朋弟作「老夫子」連續漫畫外，尚有七八幅諷刺的漫畫，更有黃冠廉君畫的「情歌」。

「中國文藝」：闢有「漫畫」欄，有牛作周的「小聰明」連續漫畫，及孫特哥之「小陳」連續漫畫，除此之外，尚有何紹君、季淮、傅嵩楣等新的漫畫作者。

「藝術與生活」：漫畫欄中，刊有「胖太太」連續漫畫，是袁宜厂畫的，惟其取材太狹窄。在平津的漫畫作者都有作品在這個刊物發表。

「三六九」：亦有漫畫刊載。

「全家福」：是若素公司的對外宣傳刊物，漫畫欄很豐富，執筆者有鄭嘉全、黃冠簾、季淮、何紹君、高風、趙行道等。

「新中國」：儘量介紹漫畫外，並出過漫畫專號，執筆者有黃兵君、何紹君、張慶鴻、韓若適、馮慶閣、江風等。

「新秩序」：亦闢有漫畫欄。

「時事畫報」：和「新中國」一樣的注重漫畫。

「北京漫畫」二十九年六月出版創刊號，是純漫畫的刊物，每期固定的介紹歐美及日本的漫畫外，另有八頁彩色的漫畫版，所載漫畫有諷刺、戰爭、幽默、女人及漫畫講座諸欄。執筆者是漫畫協會的許多人，及孫特哥、野薰、何紹君、江風、胡應子、張瑗、竇騫、秦碧、木巳、王仲、傅莓、李銀鳴、季淮諸君。

除上述的刊物之外，登載漫畫的報紙，尚有以下數種：

「英文時事日報」：每日刊載牛作周之「牛鼻子」一幅。

「實報」：刊有「星期漫畫」，每週可發表七八幅，執筆者有前「毛三爺」的作者席君、江風、金子、雨辰、黃河、張瑗、小尹等。

「東亞新報」：雖係一日文報紙，但有漫畫一欄，完全由漫畫協會會員執筆，說明亦譯成日文，是日本報紙提倡中日漫畫家合作，以便於為日本軍閥作宣傳。

至於本年度漫畫作者的動態，除上面所述的發表作品之外，尚有記載必要的，譬如由天津來北平工作的有陳金錕、張泰元、何紹君三人；由北平到南京工作的有張慶鴻、趙璇二人（註十六）；可見當時的漫畫作者，都另有為偽組織工作的偽職。

在天津方面，說是一九四〇年是一個文藝復興的年頭，在報紙方面，都有了文藝專刊，如「庸報」上的「文藝」、「東亞晨報」的「藝林」，都是專門刊載文藝作品的地方（註十七）。

以上是民國卅一年以前的情形，出版界雖有很多的刊物和報紙在出版，但在文藝方面是微不足道的。他們曾經自我批評說：

「事變以後，這個東亞上僅有的文化之都的北京文藝界，實在是在一個極不景氣的過度時代裡。尤其在最近的一年間，這貧弱的現象更為明顯。當時所謂文藝，沒有一篇是現實的東西，報紙的文藝版所刊載的全是筆記和考證一類的文字，甚至連用白話寫成的作品都少見得很。在本年以前的華北文藝界，除了少數的幾個雜誌附有文藝篇幅和報紙的文藝副刊以外，簡直可以說是沒有新文藝發表的機會，雖然有些，也是極其貧乏得可憐的東西。其次，再如出版的單行本，更是少見而又少見了。」（註十八）

這原因是什麼呢？他們也有說明：

「自從七七事變以後一直到現在，在華北可以說是沒有什麼顯著的文化運動。雖然多數的文化人因為事變的關係都逃到南方去了，可是事實上仍有不少的文化人滯留於北京。這些滯留於北京的文化人，五年來他們只是蟄居在書齋裡，一向是沉默的。文化人的生命，是生存在從事於文化活動的裡頭，恰如牡丹的生命，是存在於開放美麗的花朵，……所以文化人從事於熾烈的文化活動才可以把它作為是文化人真正的生命，文化人若是停止了文化活動，就等於文化人生命的停止，也就是等於死亡。可是在事變後的中國文化人，保存著死一樣的沉默，竟至五年之久。這究竟是因為什麼緣故呢？是對於避走南方的朋友，有所顧慮麼？或是對於日方當局的意向，有所忌憚麼？再不然就是因為社會的情勢，不適於文化運動，才深門閉戶的高臥寡居起來，一向保守著沉默的罷。」（註十九）

我想，這些文化人，是基於國家民族的思想，不甘為敵人的奴隸。不甘落水為文化漢奸，才能沉默五年的罷。

到了民國卅一和卅二年，情形便迥然不同了，他們對此種不同的情形，亦有述及。

——「民三十一，已經是事變後第五年了，說起來，華北的文藝界，尤其是北京，總算有一番崢嶸蓬勃的氣象。」（註二十）

——「然而到了今年，文化界之活動，竟急遽的呈現了旺盛的狀態，這可以說是一般周知的事實。中國生活文化協會成立後，緊隨著中國新文化建設協會也誕生了。藝文雜誌發刊後，最近又有日本研究也創刊了。而一般新聞界，也對於文化、文藝，顯示出了熱心的態度，尤其是庸報，更以十日為一期，對於文藝特別增闢了相當的篇幅。還有日文報的東亞新報，也竟至增設了學藝欄，這固然是為了適應日本人的要求，但是一面也可以想到是由於受到中國方面的刺激所使然的。文化活動像這樣的急遽興盛，畢竟是為了什麼緣故呢？也許是受了本年初時日本對於中國實行新方針的影響，或者是由於五年來保守沉默的文化人，抑制不住他們的熱情，而終於爆發出來的結果。」（註二一）

這些保守沉默的文化人又活動起來，當然是受日本軍閥及偽組織的威迫或利誘，但是，不論是什麼原因，一經落水，便為文化漢奸。玆將他們的活動分述於次：

偽華北作家協會成立

偽「華北作家協會」於民國卅一年九月十三日，假北京飯店舉行成立典禮，並召開第一次全體會員大會。

關於該協會之組織及人選為：

㈠評議會員：周作人（主席）、錢稻孫、俞平伯、林文龍、喻熙傑、管翼賢、陳幸平、沈啟旡、尤炳圻、楊丙辰、陳綿、畢樹棠。

㈡幹事會：柳龍光（幹事長）、張鐵笙（副幹事長）、黃道明（副幹事長）、張域寧、徐白林、王則、顧湛、王石子、張星槎、洪偉明。

關於該協會所辦理之事業為：

㈠對於作家之援護，指導與推進。

㈡對於著作印行之獎勵與援助。

㈢對於雜誌徵稿及作品發表之仲介斡旋。

㈣對於職業作家之援助（稿費與版稅之協議規定）。

㈤對於後進作家之引導。

㈥優秀作者與雜誌之表彰（設立文藝獎勵金與雜誌獎金）。

㈦文化界之資料、情報之蒐集，並向會員供給（發行月報及出版年鑑，製作作家名簿）。

㈧與國外作家（尤其中日滿間）並其團體之連絡及意見之交換，作品之介紹與翻譯。

㈨著作權、發行權、翻譯權之保障（限制翻印）。

關於該協會之目標問題，該協會以「華北文化之再建，及五四運動後文化界光華燦爛歷史之再呈為前提」確定其目標如次：

㈠求文藝學術的發展，與大東亞建設的進展一致。

㈡謀文藝學術的作品，普遍的產生與鑑賞。

㈢提高作家在社會上的地位。

㈣養成職業作家（註二二）。

這個目標的第一項，便充分表現出為日本軍閥服務的漢奸面目，他們要求「文藝學術的發展，與大東亞建設的進展一致」，便是為日本軍閥侵略本質的「大東亞建設」而努力的證明。

作家翼贊治運工作

偽華北作家協會成立後，即開始其本身的工作。接著便為「翼贊第五次治安強化運動」，派遣作家六人，「深入民間視察各地治運工作情況，以視察所得或著為文，或召開講演會公開發表，用以啟發並促進文化人及一般民眾對治運之認識與協力，以為完成五次治運工作之一助。」這個所謂的「治安強化運動」，便是敵偽在淪陷區打擊抗日的武裝組織，為這個工作而宣傳，倒是道道地地的漢奸工作。其工作情況就是：「各作家於（卅一年）十月十八日分途就道，於華北各省市鄉村勾留一週至十日間，對民間生活實況，以及治運工作實施情況，作更深一層之考察、體驗，並於各大都市舉行小規模之講演會，並歸來後于新民會中央總會之後援下，十一月二日在北京飯店舉行盛大治運講演會。」被派的六位作家人選及視察路線如次：

㈠馬秋英（筆名馬驪）（所屬「中國公論」）北京—濟南—德縣間（津浦線）。

㈡張金壽（國民雜誌）北京—保定—開封間（京漢線）。

㈢王石子（中國文藝）北京—大同—運城間（同蒲線）。

㈣李羽沈（新進月刊）北京—唐山—山海關間（京山線）。

㈤陳松齡（筆名辛嘉）（編審會，文園）北京—德縣—石門間（石德線）。

㈥郝慶崧（筆名吳明世）（武德報社）北京—濟南—青島間（膠濟線）（註一三三）。

中滿文藝作品交驩

偽華北作家協會成立之始，即進行「中」「滿」交換作品事宜，是一項國外作品介紹的文化交流工作，於卅一年三月，曾由偽滿洲文藝協會與偽華北作家協會兩方連絡結果，決定舉辦「中滿文藝交驩」的聯驩事業。當時，華北方面由華北作家協會幹事長柳龍光（武德報社編輯部長）、副幹事長張鐵笙（中國文藝主編）兩人於此仲介斡旋，擔任筆者銓衡及作品人選事宜。滿洲方面由偽滿洲文藝家協會委託常會委員古丁、吳郎兩人進行聯絡。自三月下旬至五月上旬，方始完成，於是互相送出各方面作家的作品。於華北唯一巨型純文藝雜誌「中國文藝」及滿洲權威刊物「新滿洲」，各作成華北、滿洲作品交驩特輯，各以所擁一流寫作八人執筆，互相交換於上述兩刊物，各分上下兩輯刊出。

中滿交換作品筆者及發表之作品如下：

滿洲方面，在「中國文藝」六、七兩月號中分上下兩輯發表：㈠金音：都麗娜的悲哀；㈡遲疑：不歸鳥；㈢小松：老屠夫與其妻；㈣勵行健：少男少女；㈤爵青：賭博；㈥劉漢：野豬河的喜劇；㈦杜白雨：青春的氣流；㈧吳瑛：墟園。

華北方面，在「新滿洲」七、八兩月號中分上下兩輯發表：㈠麥靜：風沙夜；㈡慕容慧文：初春散記；㈢幼鷗：我的童年；（以上散文）㈣程心枌：靴感；㈤公孫嬿：未綉完的牡丹；㈥蕭菱：哨吶；㈦張金壽：匡超人；㈧東方雋：養子（以上小說）（註二四）。

向「華文每日」推薦文藝作品

大阪「華文每日」，日人所辦，他們自詡「為東亞中文雜誌之翹楚，發行之鉅，銷售之廣，甲于全國。」該社為擴大奴化起見，特別請偽華北作協介紹華北青年作家之文藝作品，發表「華北文藝特輯」。其作家及作品如次：㈠蕭艾：熱與冷；㈡吳明世：槐花篇；㈢璇玲：霜；㈣共鳴：未完成的傑作；㈤歐陽斐亞：赤心淚；㈥司空彥：韋馱菩薩的故事；㈦沙里：唐吉；（以上短篇小說）。㈧蕭菱：蝸牛；㈨艾玲：夢；㈩宇文古易：過客語；㈪楊子江：晨；㈫王真夫：鄉景；㈬東方雋：感；㈭張金壽：婚後；（以上隨筆）㈮白林：燕；（詩）。共計十五篇。而璇玲、艾玲、東方雋、歐陽斐亞、楊子江等五人，俱屬女性（註二五）。

「色情文學」論戰

民國卅一年，偽華北文藝界曾發生一場文藝論戰，即「色情文學」的論戰。起因於公孫嬿一篇「流線型的嘴」，在偽北京文藝界引起色情的大風潮，為了這個「色情」問題，國民雜誌五、六兩月號曾發

表：「關于色情的文學」特輯，以「色情文學」為其課題，向各文藝家徵答。在這個特輯下集裡，有公孫嬿一篇——「我和色情文藝」，文中他首先說明從事寫作「色情文學」的經過，次之「性的描述有時候是技巧增加以後文章的力量」，「男女之性生活是生命的潤澤」，「純粹由于我抑止不住情感的迸流」三點為該文組織的經緯而寫出。紙陣墨兵，論戰頗為激烈（註二六）。

華北文藝座談會

大阪「華文每日」半月刊，是日人所辦。負責人為：石川（該社北京支局長）。係日人所受日本軍閥指揮，在淪陷區推行奴化政策之刊物。曾於卅二年三月初，舉辦「華北文藝座談會」，邀約偽華北作家協會的作家座談。在座談中陳漪堃（華文每日編輯，座談主席）談道：「華文每日自創刊以來，與華北之關係，最為密切。在這四年之間，亦屢蒙華北文化界各位之愛護協助，謹表謝意。回憶三四年前，華北文壇，還未有如今日之興盛。那時敝刊曾一再致力，期能有對華北文壇之推進上，略有幫助，此點想來尚在華北人士記憶之中。惟後因敝刊注力於南方開拓，致把大半力量，分到華中華南方面，故似覺與華北方面，略顯疏遠。但於昨年十一月，敝刊創刊四週年紀念號起，因敝刊一部在上海編輯發行，故大阪版之華每，對象仍是華北滿洲蒙疆方面，因之與華北方面，仍有密切之關係。現在華北文壇已勃然振興，華北作家協會亦已誕生，敝刊同人數年來之理想，亦見之實現。華北作協之事業在推進發展華北的文藝工作，此亦正與敝刊數年來之工作旨趣相互一致，故極樂與攜手，共同前進。並且敝刊亦願意提供發表地方，集團發刊華北文藝特輯，此由華北作協推薦，已先後有過兩次。……敝刊在分布範圍，比較廣些，所謂『放射力』，亦當較地方刊物大一些。對於華北作協之與華中、華南以及友邦日本、滿洲之讀者間之連絡上，今後敝刊亦願效勞。」

這一段話，便是說明華北的文藝運動是日人推動的，並且要使華北的作家與華中、華南、日本、滿洲都連繫在一起。所以，這個華北作家協會，絕對是為日本軍閥的利益而服務的，絕對是是屬於偽組織。

出席這個座談會的有石川（大阪每日新聞社北京支局長）、陳漪筌（司會）、鍾凌如（紀錄）（以上「華每」方面）。以及陳綿、柳龍光、聞國新、李景慈、梅娘、徐白林、陳松齡、郝慶松、陳邦直等。

關於座談的主題是：

㈠話劇大眾化問題：⑴戲劇必須有多數觀眾，與普通藝術不同，故劇本必需合乎大眾口味。⑵要有好的演員。⑶要有職業化的劇團。⑷要提倡「放送劇」（即廣播劇）。

㈡新詩的前途問題：⑴詩以朗誦詩、敘事詩、歷史詩，容易使一般人接受，所以如求之量方面的發展，非鼓起這方面的創作不可。⑵新詩興起之十餘年間，已漸成熟，但總未十分普遍，這原因雖然很多，而「不能唱」和「不能吟」，總為其主因之一，今後希望詩作家們，要能夠推進到「能唱」、「能吟」才好。⑶從中國的活語言中，產生新鮮的詩形。這前途應從活的語言中去找，也一定能找得到。今日的中國應是產生大詩人的大時代。

㈢關於文藝批評的問題：⑴有文藝作品才有文藝批評。⑵純正嚴肅的評論，對寫作者是很好的鼓舞。⑶批評家不要戕害幼稚的天才。

㈣關於報告文學的問題：⑴報告文學是進步的形式，就大時代的一瞬加以把握，迅速報告，節省作者與讀者的精力與時間，而能收到巨大的文學效果，完成文學作品的時代意義。⑵「日本的文壇，自從大東亞戰爭開始之後，報告文學益顯其重要性，滿洲的文壇，近來對於日系作家的報告文學也捲起了翻譯的狂潮。華北、華中、地大物博，報告文學，當然是一個亟待推進的前題。」「華每徵求報告文學，在旨趣上都是相同。」這些話就證明華北、華中、東北即所謂滿洲者，都是在日本軍閥的指揮之下，作文藝活動的。

㈤關於翻譯問題：要多介紹些日本文學（註二七）。

這倒是「華每」座談的目的，因為他們是要在文藝上從事侵略工作。

總之，偽華北的文藝界，是受日本軍閥的指揮，在侵略中國的大前提下，組織文藝團體，為敵偽的利益服務，並且要日本、「滿洲國」和華北的文藝交流，以完成他們中、日、滿合一的目的，也就是所謂的「大東亞共榮圈」的「共存共榮」運動。日本軍閥的這種野心，在文藝方面表現的，也是非常的露骨。

註釋

註一：該文作於一九四二年六月十二日，發表於「東方文化」創刊號，後又收在「文藝論叢」一書中，頁一五一—一六。該書為「太平洋書局」三十三年六月出版。

註二：楊壽清：「上海淪陷後兩年來的出版界」。此文刊載於「文藝春秋」叢刊之二「兩年」，民國三十三年永祥刊。後又收在「中國出版界史料補編」頁三七六—四〇〇。

註三：朱子家（即金雄白）：「海報的開場與收場」。刊「大人」雜誌第一期。

註四：朱子家：「黃埔江的濁浪」頁一九六—一九七。

註五：同註二。

註六：此項八十一人名單，刊於該刊（古今）第二十期封面，並有一對聯云：「三千餘歲上下古，八十一家文字奇」。

註七：此人見於「古今」第三十五期。

註　八：此人見於「古今」第三十四及三十六期。

註　九：此項名單，刊於「風雨談」第三期封面。

註　十：此二人，見「風雨談」第六期。

註十一：此二人見「風雨談」第六期。

註十二：同註二。

註十三：蕭菱：「一年來中國的出版界」。刊「華文大阪每日」半月刊第六卷第一期。

註十四：同註十三。

註十五：同註十三。

註十六：季風：「一九四〇年的北京漫畫界」，刊「華文大阪每日」半月刊第六卷第一期。

註十七：吳如倫：「文藝在天津」，此文刊在「中國文藝」第二卷第四期。

註十八：羅特：「一年來的華北文藝界」，此文刊「華文每日」半月刊第十卷第一期。該刊為日本每日新聞社發行。

註十九：志智嘉：「文藝雜談」，此文刊「藝文雜誌」第二卷第一期。

註二十：同註十八。

註二一：志智嘉：「文藝雜談」，此文刊「藝文雜誌」第二卷第一期。

註二二、二三、二四、二五、二六：均同註十八。

註二七：「華北文藝座談會」：刊「華文每日」半月刊第十卷第六期。

「抗戰時期淪陷區文學史」（臺北，成文，民國六十九年）

抗戰時期的東北文壇

● 紀剛

徐訏為「夢回青河」寫序，曾有「要談到中國現代文學史，敵偽時期淪陷區的文學的一章，則幾乎是要交白卷」的慨嘆。實則抗戰時期，廣大淪陷區並不都是不長水草的沙漠地帶。無論任何地區，任何時代都不會沒有作家，也不會沒有作品；正所謂有煙的地方必有火，有人生的地方就有文藝。文藝本是人類生活的反映和思想的表現，但在受異民族侵略統治地區，一切不能自由反映表現時，有關文藝活動，勢將分途發展。所以要研究敵偽時期東北地區的文藝，必須從公開的和地下的兩方面來着眼，始得其全。前者包括所謂「偽滿」作家及其作品，後者則涉及我愛國志士所從事的文化抗敵活動。這兩方面，本來都有成就，可是勝利之後，全被人加一個「偽」字給抹消了！時至今日，非其人不知其事者不能寫，知其事而身為其人者又不便寫或不屑寫，因而形成了一段文化真空。筆者僅就所知，略將敵偽時期東北地區之文藝狀況，作一素描，用以證明至少在東北不是一張白卷，更進一步希能抛磚引玉，以補大遺。惟玆事體大，非此短篇幅所能網羅盡致。此處所述者，祇置重點於文藝作品本身：至於繪畫、音樂、戲劇、電影等皆略而不談；但為增加了解，對當時敵偽軍政文教背景，亦不能不略加陳述。

日據東北，成立偽滿洲國，歷時十四年。文藝工作的推移可分為三個階段：「九一八」事變至「七七」抗戰為第一期；「七七」至太平洋戰爭為第二期；太平洋戰爭至抗戰勝利為第三期。

第一階段：（民國二〇—二五）地上荒涼，地下混沌

東北易幟，響應革命，河山一統，人心振奮，文藝活動亦驟有一番蓬勃奮發之朝氣。不幸，為時不久，日軍製造柳條溝事件，北大營首遭砲火，東北旋即淪陷，我軍政黨務機構，相斷內透。因九一八事變激盪而起的各形各色抗日義勇軍，亦次第瓦解或撤離入關。人們的國家思想，民族意識，敵愾情緒，祇有留存在心裡，甚或朋友間的談話，以及私人的書信往還和日記上，即此亦難免顧忌，文化活動遂自形斂跡。當時在文壇上已露頭角稍有名聲的文化人，有者次第入關，有者封筆轉業。報章雜誌上，除了敵偽的宣傳文字外，所謂「文藝」，內容則多是炒冷飯，賣古董，日文翻譯品以及無是無非的閒情雜趣稿件；報紙又少，刊物也不多，人們在大難臨頭的時候，也就不遑習文了。所以這個時期的東北文壇就和東北地理環境一樣，由初春跳入深秋，繼而冰封雪掩，一片荒涼，進入東北地區中國文藝的冬眠期。

日本侵略東北，先是軍事佔領，次為政治控制，其目的在經濟搾取與擴大殖民，原無意於鼓吹文化與普及教育。在此軍政高壓時期所僅存的幾份中文報紙，亦均有日人主持。如大連的泰東日報，瀋陽的盛京時報，早即為日人侵略之喉舌；哈爾濱之大北新報，吉林之吉林日報，齊齊哈爾之黑龍江民報，營口之營商日報，至此也均受日人控制；至長春之大同報，創刊於偽都，則為偽滿政府之機關報，更不待言。中文雜誌方面，則有明明（撫順）、善鄰（大連）、斯民半月刊（長春）、興滿文化月報、新青年、鳳凰、文選（瀋陽）等，顧名思義，當可瞭解其內容亦不外是鼓吹日滿一德一心一套的濫調。

在此時有的所謂作家們，其出走內地者，有蕭軍夫婦、端木等人，因係來自東北淪陷區。物以稀為貴，且有左翼為之捧場，都輕易竄紅於上海。留在東北新生的一群，則仍在爬行階段，還沒有任何成就。若舉一二例足以代表那灰色年代的，當首推盛京時報的正宗漢奸穆儒丐（六田），他寫了一部滿洲歷史小說「福昭創業記」以謳歌偽朝、又復譯了一部雨果的「悲慘世界」，以「哀史」之譯名連載於該報，其次便都是些談茶經、花道、鬼狐神仙等類文字。總之，若不是歌頌敵偽，便祇有逃避現實了。

第二階段：（民國二六—三〇）上下並流，百花齊放

日本文藝理論家廚川白村曾說：「文藝是苦悶的象徵」。作亡國奴該是東北人民最大的苦悶了。所以九一八之後，方始入學的一代青年，許多人很自然地走上了這條文藝之路：他們讀，他們寫，他們嚮往自由，他們有限度地接觸現實，表現現實，大部份都抑制苦悶於胸中，而代之以摸索焦灼與等待。

敵偽統治第一期中，在教育制度上，暫仍沿用中國舊制。初小四年，高小二年，初高中各三年。東大、交大、馮庸大學均已關閉，祇餘以滿鐵為背景之滿洲醫大、旅順工大及英國教會之遼寧醫學院；並未新設任何大學。在「新京」（長春）成立的大同學院，乃是作為統治工具的敵偽官吏訓練所，算不上是教育機關。這一時期的敵偽教育，可以說是以「愚民」政策為主。

敵偽統治進入第二期，為了適應其所謂「產業開發」以攫奪東北資源，需用大量技術人員，乃公佈「大學令」；改革學制。初小稱國民級，高小稱國民優級，年制依舊。初高中並縮為四年，改稱國民高等。另外突然設立了十八所四年制專科程度的單科「大學」。綜觀這些大學中，除了吉林「師大」，長春「法大」分別造就教師與法官外，其餘均為農、工、醫、畜產等應用科學範圍。不僅如此，就連中學

教育的國民高等，也都分為農、工、商等科。總之敵偽目的在訓練產業技工，避免培育文化思想，所以這一時期的敵偽教育，可以說是以「役民」政策為主，也就是實施奴化教育。

可是「教育」「文化」這東西是有其本身自發的功能的。不拘統治者的目的何在，方式為何，它都能使接受教育的人，睜開眼睛，運用思考。你讓他注目紅日，他可以遙望青天。所以這些敵偽以役民為目的所創立的教育機關，都自然而然地成了反滿抗日的副產工廠。此是後語，暫且不提。

之外，日本為了鞏固其侵略東北的果實，進而發動蘆溝橋事變，期以「速戰速決」戰略，逼使我政府承認「滿洲」的現實，退出華北，以遂行其滿蒙大陸政策，卻不料一觸竟引燃了中國長期抗戰的聖火。

抗戰軍興，舉國歡騰，東北同胞，更形雀躍，大有敵偽政府指口傾覆，滿天鬱雲驟然開散之感。當代東北青年，基於國家觀念民族意識而自動覺醒躍躍欲試，中央亦增派黨務人員，加強抗日地下工作。當時，羅大愚先生首倡以推廣文化運動，為喚起民眾的張本；以深入文教工作，為立黨起義的階梯。一時我許多同志打入教育界，滲透文化界，並爭取已成名的「文化人」加入活動。除公開設立書局、出版社和雜誌社外，更祕密組織東北通訊社刊行東北公論，由社長高士嘉主其事，於是興起了對敵偽的文化鬥爭，也展開了地下的文藝活動。

當時，經過十年來的寫作磨練，在「滿洲文壇」上已成名的作家，計有：古丁、石軍、爵青、小松、疑遲、山丁、吳瑛、秋螢、田兵、勵行健、沫南、也麗、金音、吳郎、杜白羽等約有百餘人，都有創作單行本問世。

這些作家們，有的躲在象牙之塔裡，孤芳自賞；有的內心抗敵卻行動踟躕。我同志躋身文化界直接作戰者，則有姚彭齡設博智書局於瀋陽，以掩護印製祕密書刊。陳蕪、駝子打入營商日報，擴大宣傳。

王覺於長春創立「新時代出版社」，出版忠義叢書及畫刊。詩人楊野於瀋陽創辦「作風刊行會」，發行以詩、翻譯及木刻為主的「作風」月刊。張輔三、王天穆滲入偽「協和會中央本部」，參與「青少年指導者」編務。季風以鋒利的雜文及精湛的文藝理論，奪得長春大同報副刊主編的據點。楊野、陳蕪會同范紫於吉林出版詩歌叢刊。不知發表了多少篇有戰鬥性的文藝作品，鼓勵了多少的抗敵意識，一時風雲際會，蔚為壯觀。

當時筆者也曾心血來潮，寫了一篇「出埃及外記」，未具投寄地址，化名投稿於長春的「新滿洲」上。這篇小說取材聖經故事，描寫被壓迫民族在異民族統治下爭生存爭自由的壯烈行動。革命抗敵意識十分露骨。「新滿洲」與「麒麟」二雜誌同為偽「國務院弘報處」（相當今之新聞局）直接經營之綜合性月刊，編者劉某並非我地工人員，竟能一字不易大膽付印，人心思漢，可見一斑。

統治者也是有眼睛的，這種文壇現象不會為敵偽所忽視，更不會為敵偽所容忍。敵偽的教育政策已如前述，在文化語言方面，最初曾推行語學獎助政策，每年舉辦日文能力之「語學檢定測驗」，分三、二、一、特四等，合格者不論在校學生或服務之公務人員，均按月發給優厚的「語學津貼」，以資利誘。此時日語仍稱日語，中文仍稱國文。其後在教科書的編訂上，乾脆將日語稱為「國語」，以中文為「滿文」；授課時數比例，中文倒成了「外文」。對日本的稱謂關係，也由「友邦」改稱「親邦」了。同時成立「滿洲書籍配給會社」，低價大量配銷各種日文書刊，以杜塞中文書籍之流傳，作為其文化戰的一項對策。又組織「日滿文化協會」，集在東北之「日滿」作家於統一組織之中，公佈「藝文指導綱要」，期使「日滿」作家，在欽定政策下，共同創造新的「滿洲國文學」，要求中國人都用日文寫作，藉以遏止中國語文的傳播，枯萎中華民族文化的活動。這一惡毒政策，終以時間關係，未能達到其預期效果，在當時祇做到「日滿」文作品互譯的地步。

太平洋戰爭前夕，日本軍事政策，曾有南進北進之爭，東北局勢日緊，我反攻前線遙遠，東北文壇所醞釀的濃厚敵愾氣氛，不能有起義行動與之相配合，明眼人一看便知行將肇禍。於是我地工組織透過季風等人，先後在「大同報」，「華文大阪每日半月刊」上發出「沉默是黃金」的警號；因當時正有一番文藝上的論戰。這警號，一方面勸戒那些有血氣的文藝工作或文藝愛好者，最好是提高警覺，沉默地工作；一方面斥責那些御用文藝家，時機到了，別再歌功頌德，為敵張目。

真是時機到了！不過，天亮之前最黑；有些人還沒有看到黎明的曙光，卻先遭到了敵人的魔掌，於是結束了這一階段燦爛的文藝全盛時代。

在這文藝活動全盛時期，名作家之代表作，計有：古丁（徐長吉）之「奮飛」、「原野」、「平沙」，爵青（劉佩）之「青服民族」、「廢墟之書」、「黃金的窄門」，小松（趙孟原）之「蒲公英」、「鐵艦」、「洪流的蔭影」，疑遲（劉玉章）之「拓荒者」，山丁（梁孟廣）之「山風」，吳瑛之「兩極」，王秋螢之「礦坑」、「河流的底層」，季風（李磊、又名季瘋）之「雜感之感」、「婚前婚後」，楊野（楊維興）之「夢與裝飾」，均擁有甚多讀者。其中古丁任職為「國務院」，以「平沙」一書獲偽「民生部大臣」文藝賞，為當時文壇禁酒；小松任職「滿映」，出身文會書院，歐化較深，文多浪漫彩色；爵青有鬼才之稱；季風之雜文比其小說更為人推崇；楊野初以呢喃燕筆名發表詩作，語多故國之思；吳瑛並非靠「女性作家」而揚名，實則其作品及為人皆在其夫吳郎之上。至於也麗色小品，金音（馬驤弟）之散文，勵行健之科學寓言，黃曼秋之通俗小說，楊慈燈之鄉土文學，陳沙、張羅之文藝批評等，均多佳作。

當時受日本軍部支持的「華文大阪每日新聞半月刊」，行銷中國整個淪陷區及其後南洋日軍佔領地帶。「華每」的篇幅，除了宣傳品外，以一半的地位刊登文藝作品，曾網羅了不少「滿洲」及「新中國」作家的稿件。其中因徵文入選而成名的，有田瑯（干明仁）所作長篇連載「大地的波動」，但娣（女，為田瑯之密友，二人均為留日攻讀的東北籍學生。）所作中篇「完狄和馬華」；就文談文，都是很可讀的。看這些作品要用一點採礦學的眼光，才能發掘出；何者已說出，何者未說出；何者為真話，何者為假話。同時在社會風物的描寫上，這些作品都能給那個時代刻劃出明朗的線條，供人研究參考。

另有一位沒有文藝作品的文化人姜興（姜學潛）等，原於瀋陽主編「新青年」月刊，後轉職長春偽「協和會中央本部文化部長」，主持該部「青少年指導者」的編務。這個刊物其後改稱「青年文化」，原是侵略者地道的文化工具，但由姜興繼任後，其所編出的東西，卻處處使讀者興起愛民族的情緒，所以對當時文化界與青年層很有影響。當時日本憲兵隊也曾數度傳詢，他則以為推行「日滿協和」及「大東亞共榮團」政策，不能否定當地民族的存在，與日人爭辯，因之仍能安於其位。姜雖未直接參加地下工作，但是一位有力的同情者，這當然是受我張輔三、王天穆等同志參與編務的影響。

平心而論，其未直接參加文化作戰的文藝工作者，姑不論其在「偽戰」上的言行如何，但在敵偽統治下，透過種種環境上的限制，仍能寫出許多被人爭誦的作品來，有意無意地，在敵偽摧殘消滅中國文化政策下，作了中華民族本位文化的守衛等，了作中國新文學的播種耕耘者，使東北青年，在殖民地的教育中，仍能接受純正國語文的薰陶，這不能不說是他們最低限度的貢獻。尤其是在他們的作品中，雖不時引用些日語名詞和句法，但由於是吸收再創造的關係，並未造成不倫不類的「協和語」，反倒豐富了中國文學寫作上的詞藻與語彙。

這些作品能夠被容許「寫」與「印」，因為它們的作者當時都以「純文藝」相標榜。他們得獎由於此，它們被人購閱亦由於此。

嚴格說起來，「純文藝」這東西是不存在的。文藝離不開人生，人生離不開現實，而政治是現實生活中最現實的部分。他們的作品儘管在這一點上力圖逃避。但豈又能永遠脫離這現實生活的核心？況文藝又是心靈的活動，從事心靈活動的人，也必時時觸及良知。他們寫人生修養，寫愛情婚姻，寫經濟生活，稍一深究也必觸及社會現狀和政治背景，也就是立即碰到國家民族的問題。所以當時地上文藝茁生成長到了這一階段，便無法也不能再發展下去了。他們若不喪心病狂甘作文化漢奸，則祇有兩條路可走——參加戰鬥行列或沉默。

第三階段：（民國三一——三四）地上枯萎，地下蓬生

民國三十年十二月，太平洋戰爭爆發（日人稱之為大東亞戰爭），敵偽為安定後方，肅清內部，於三十日起，在東北各地各階層發動廣範圍的檢舉，造成一次重大的「一二、三〇」事件。在「一二、三〇」事件中，我文藝工作者多遭不幸，刊物均告停息。陳蕪、范紫脫走入關，楊野、季風相繼被捕，新時代社封閉了，王覺、張輔三、王天穆刑死獄中，一般文化人也都如驚弓之鳥，噤若寒蟬，地上的文藝活動如遭大風雪，又跌入了一個冬天。

伴隨戰爭的物力消耗，紙張缺乏，加之集中控制，加強管理；敵偽將各地中文報紙，統一改組為「康德新聞」，幾乎造成了「一國一報」的奇聞。當然這份報紙裡，乾脆將滋生是非的副刊給免掉了。所以這個時期的東北文壇，在表面上成了文化死滅狀態。

然日本為配合其「大東亞共榮圈」政策，又不能不借重文藝宣傳，籠絡文化人為其役用，乃於東京

召開「大東亞文學者大會」，指選古丁、爵青、小松、吳瑛為「滿洲」代表。這個有政治性代表的頭銜，反倒貶損了他們在文藝上的地位。從此他們也就再沒有新的作品產生。其後古丁辭去偽職，與小松在長春開設藝文書房，從事出版事業，刊印藝文叢書，快讀文庫等，倒也不失為一個文人無文時的正當下場。

有的人實在不甘沉默，如山丁在此時期寫了一部「綠色的谷」，內容以自然風光為主，採取了白俄作家拜克夫的路線。拜以大興安嶺狩獵為題材，寫了一部「虎」的山林小說，涉入動物界生活的內面，有四種以上的譯文，負盛名於一時。這些作家筆下不敢再觸及人生社會，衹好針對大自然，乃不免有「逃向原野」之譏。

在「一二、三〇」事件中，我地工組織也遭受到嚴重的破壞，尤以青年工作部門為甚。以長春一地而言，偽滿各大學即有二百餘名學生遭受株連，有者被捕，有者逃亡。審判時候，偽法政大學校長柴田健太郎曾自動為此一群被捕青年出庭辯護。他說這一群「九一八」時期的兒童，未受過中國教育，在接受完全的「日滿」教育後，卻起來「反滿抗日」，為甚麼？按著他的解釋是：㈠民族意識是天生的，自然的。㈡滿洲建國最初是由於日本軍事行動；建國後，在滿工作的日人又常以征服者的態度，造成反感與敵視，因而不能樹立「日滿協和」的建國理想。㈢因此這群青年的罪行，大部分應由在滿工作的日人負責；他以日本人的立場，對不起天皇，以教育者的立場，對不起學生。所以他請求庭上：「量刑從輕」。言時聲淚俱下，聽者動容。話雖如此說，楊野等人，仍各被判處十五年有期徒刑或無期徒刑。

其後，民國三十三年冬，敵偽特務機關，將歷年與我地工組織鬥爭經驗，寫了一部長達百二十萬言的研究報告，書名：「重慶派國民黨之對滿攻勢」。其結論認為這些地下工作人員，不能單純地看做是重慶的間諜，或是一般的政治犯；他們可以說是一群民族文化運動工作者，所以愈捕愈旺，越殺越多。

事實上也正是如此。地工組織受了幾次事件的教訓，一切工作都採取更嚴謹更祕密的方式。文化部門以東北通訊社為主，高士嘉、趙岳山、張一正、史惟亮、季風等數十同志參加工作；出版綜合性雜誌「東北公論」月刊及時事週報，抗建文庫。並發行文藝性的黑白叢刊，其單行本計有：火舌集、夜行人、三女性、霓虹、如是我想等等。此外各地方亦有文藝性刊物，如瀋陽之「拓光」、「公理」、「大地」，營口之「渤海潮音」，長春之「新血輪」，哈爾濱之「江流」，康平之「柳邊」，通遼之「駝鈴」，齊齊哈爾之「先鋒」等。（當時地下刊物均用薄紙油印之袖珍本。東北公論於勝利後公開出版，且增出副刊。）總之，此一時期的東北文壇，地上的重歸枯萎，地下的卻滋生茁壯堅強起來。

文藝雖貴乎象徵，但前一時期能公開發表的有「保衛祖國文化，爭取民族自由」思想的作品，因行文有所顧忌，影射又加隱喻，使人讀起來總嫌有些吞吞吐吐；而今東北公論等書，是地工組織的對內刊物，流傳在同志或半公開的外圍團體中，因之其所刊載的稿件，明示作品的個性，讀時大有淋漓痛快之感。例如火舌集是筆者所輯一冊書簡，其中最能代表當代青年思想的，是一位地工青年向其戀人告別的短信。有云：

「而今啊——是如此的時代；將愛一位人的心，分散給大眾吧！……」

這些話，在平時，不免有「高調」之譏，但出於一個真正放棄小我感情，從事革命實踐的青年之筆，則真摯而又感人。所以社長高士嘉為此集作跋時，評曰：

「在這些信札裡面，發信人那種純厚的天性，豐盛的熱情，清明的理智，於無形中暗示著一種人格的典型。這個新典型，即使說是大時代的產物也無不可。在這鐵血大鬥爭中，那些緬懷牧歌情緒的詩人，崇拜外國的洋癖者，因循泄沓的樂天派，確是沒有用武之地了。這個時代，就是將愛一個人的心分散給大眾的新典型的天下。」

至於季風新作：「風吹著，我們走；風不吹著，我們也走！」是一部中篇小說，這個書名較長，原是取自書中女主角的兩句話；這兩句話，也正代表了這支文化隊伍，孤軍奮鬥時期的誓言。當時楊野自獄中寫出一首詩，題為：「我是王」。他自喻為一頭猛虎，最後兩句：「虎入牢檻，虎仍是虎！」最足以吼出他被囚時的奮鬥心聲，也振作了檻外同志的工作勇氣。假若有所謂戰鬥文學的話，這些作品，可以說是真正的戰鬥文藝了。

民國三十四年五月二十三日，敵偽發動最後一次但空前的大檢舉，地工組織又一次遭受破壞，各地文藝工作者亦大部入獄，此即震驚整個東北社會敲起勝利血鐘的「五、二三」事件。

東北公論社同人，在長春監獄中，曾集體創作一首五二三紀念歌，每日晨夕吟唱，最能表現此次蒙難人士的堅貞信仰與革命氣慨。（此歌詞在本文集中已有刊載，於此從略。）

這歌聲曾獲得敵特們衷心的讚佩；作戰如賽球，雙方都是勁旅，打來才有興趣！

總之，敵偽時期之東北文壇是一個用生命寫歷史，用血寫詩的時代。地下文藝工作者均因參與實際抗敵鬥爭，未得在文藝上多所造就；可是當時所播的種子，在勝利後開花結實的，仍有「熬煉」、「太子河畔」（均為香港亞洲版）等書。

「熬煉」作者陳一塵同志，原就讀於長春工業大學，「一二、三〇」事件發生時，脫走入關。熬煉故事內容為其本身之經歷，前數章即記述其在東北從事地下工作之情形。書中之韋先生即當時化名魏中誠之大愚先生；協助其出走的醫師即為筆者。讀時如溫舊夢，當年情景，依稀如昨。

「太子河畔」作者裴有明同志，遼陽人，亦係「五、二三」事件蒙難者，十年以前「我來自東北奴工營」一書，報導當時匪區內幕而名噪港臺。「太子河畔」一書，係描寫東北農村歷史敵偽壓搾與匪禍燒殺，以及愛國家愛民族的當地青年被日本視為「敵人」被共匪視為「罪人」的悲慘命運。可稱之為一個時代的寫照。其文字率用遼南地區之方言，在研究鄉土文學時，自亦有其價值。

至於曾參與東北公論編務的李季風，勝利出獄後，不幸遭共匪殺害；史惟亮則專攻音樂，五年前西遊歐陸，在作曲方面已有很大成就，今已返國服務。自彼主張發揚民族本位音樂為中國音樂之正當出路一點觀之，其擇善固執的精神，不能不說是深受地下工作時期文藝思潮的影響。

文壇興衰，關乎國運。研究一個特殊時地的文藝活動，可以由地上的文藝，辨識一個時代的風貌；由地下的文藝，窺測一個民族的生機。而今東北，又陷鐵幕，鑑往知來，必更有一番可歌可泣的史實。惟筆者現在流亡海外，不得親歷與聞，僅對此二十年前的一段文壇往事，略事報導，尚祈今日關心中國文藝的史學家與高唱戰鬥文藝的工作者有所教正。

編案：本文原題「文壇滄桑外一章」，以「季剛」筆名發表於五十四年九月「文壇」六十三期，作者後改爲「敵僞時期東北文壇概誌」，收入「滾滾遼河」附錄，「文學思潮」轉載時易題爲「抗戰時期的東北文壇」，本書用此。

六十九年十月「文學思潮」第八期

戰爭期的臺灣新文學

●葉石濤

一九三七年四月一日台灣總督府禁用漢文，這也是楊逵所主編的「台灣新文學」之所以廢刊的主要原因。那麼，從此之後，台灣就完全沒有漢文刊物了嗎？並不是。不知為了什麼緣故，一隻漏網之魚，苟延殘喘，奇蹟似地僥倖生存下來。這是一本一九三七年創刊的「風月報」。「風月報」是中、日文並刊的雜誌，是一本吟風咏月，鼓吹風雅，文言語體並重的刊物，最後一任主編是作家吳漫沙，張文環曾擔任日文編輯。一九四一年，「風月報」改稱「南方」，直到台灣光復才停刊。

一九四〇年，由黃宗葵成立「台灣藝術社」刊行，這是一本日文的通俗文藝雜誌。

一九三九年，日本在台作家西川滿、北原政吉、中山侑等人籌備成立「台灣詩人協會」；成員還包括有台灣作家楊雲萍、黃得時、龍瑛宗等人。同年九月九日成立以後，以設置文藝協會為其前提，決定會則細節，並舉行各詩人的演講會。同年十二月，「台灣詩人協會」的機關雜誌「華麗島」，由西川滿、北原政吉主編共發行了一期。「華麗島」共收有六十三人之作品，卷頭言由日本右翼作家火野葦平所執筆（註一）。

同年十二月四日，「台灣詩人協會」改組，組成「台灣文藝協會」會員共有台、日作家共六十二人，由黃得時、西川滿為籌備委員。台灣作家參加的是王育霖、王碧蕉、郭水潭、邱淳洸、邱永漢、黃得時、吳新榮、周金波、莊培初、張文環、水蔭萍、楊雲萍、藍蔭鼎、龍瑛宗、林精鏐（芳年）、林夢龍等人。

一九四〇年一月一日，「台灣文藝家協會」機關雜誌「文藝台灣」創刊，由日本作家西川滿擔任主編兼發行人。

一九四一年二月，「台灣文藝家協會」為了配合日本帝國主義的侵略體制和響應皇民化運動而改組，會長為台北帝大教授矢野峰人，事務組長為西川滿。矢野峰人為象徵派詩人，譯詩甚多，與西川滿一樣帶有濃厚的殖民者統治意識。矢野曾以「文藝報國的使命」為題演講，可見「台灣文藝家協會」的局部改組有政治上的某種壓力存在。

一九四一年三月，「文藝台灣」改由「文藝台灣社」發行，似乎脫離了「台灣文藝家協會」的控制，由日人作家西川滿另外組織了「文藝台灣社」，從此「文藝台灣」也就變成西川滿一手控制的雜誌。他以浪漫、耽美的藝術至上主義，把雜誌塑造為日本人外地文學的象徵了。

一九四一年八月，日軍偷襲夏威夷珍珠港，掀起太平洋戰爭。

一九四三年十一月十三日，由隸屬於「皇民奉公會」的「台灣文學奉公會」主辦，總督府情報課奉中央本部「日本文學報國會」之命令協辦，在台北市公會堂召開「台灣決戰文學會議」。中心研討問題為本島文學決戰態勢之確立以及文學者的戰爭協力。西川滿當場提議「撤廢結社」而決定「文藝台灣」的廢刊，遭池魚之殃的是張文環等的「台灣文學」，就這樣不得不壽終正寢。

「文藝台灣」到停刊為止，共刊行三十八期，在台灣所有正派的純文藝性刊物中，是壽命最長的刊物，至於其影響力如何，則令人懷疑。它是屬於統治階級的刊物，大多數台灣民眾都不諳日文的狀態下，它可能由一部分台灣知識份子所接受。

「文藝台灣」以「台灣文藝家協會」機關雜誌的名義共刊行六期。在這六期中張文環、楊雲萍、黃得時、龍瑛宗、邱永漢、林芳年、黃鳳姿、邱淳洸、王育霖等台灣作家都有作品發表。雖然以日人作家為主，台灣作家是點綴性的存在，但總算是初次台、日作家共同耕耘的園地。台灣作家作品之發表少，可能台灣作家不願意淪為日本作家的附庸，謳歌侵略戰爭的關係吧？改組為「文藝台灣社」同仁雜誌後，楊雲萍、黃得時、龍瑛宗、周金波、水蔭萍等作家仍然列為同仁。雖名曰同仁雜誌，其實是由西川滿個人出資、編輯、發刊的雜誌。其中值得一提的是龍瑛宗較重要的小說如「村姑逝矣！」、「白色的山脈」、「不被知道的幸福」都是在「文藝台灣」發表。

「文藝台灣」是外地文學傾向的以異國情趣（exoticism）為特色的日人文學雜誌，代表殖民者的意識形態，對台灣民眾的現實生活毫無關心，自然其作品都是象牙塔裡的產物。

一九四一年，張文環脫離「文藝台灣」成立啟文社，刊行「台灣文學」共十一期。「台灣文學」雖有一部分日人作家參加，但大致上是承繼台灣新文學運動反日民族解放運動的精神，力求反映台灣民眾在殖民者皇民化運動下的苦悶和抵抗，同時也刻劃戰爭期台灣民眾苦難的歲月。因此，這本雜誌所刊出的作品，都屬於寫實主義的作品，有時暴露了日人推動皇民化運動企圖剷除台人民族意識過程中遭受的各種反抗和批判。「台灣文學」刊登張文環、呂赫若、楊逵等日文台灣作家的力作，充分發揮了台灣作家的良知。

一九四一年，東部書籍株式會社台北支店發行「民俗台灣」。第一期到第八期由末次保主編，第九期到四十三期由金關丈夫主編，至一九四五年停刊。實際的編輯任務，可能由池田敏雄負責。這本刊物雖然是探討台灣民俗為主的刊物，但不乏有許多鄉土色彩濃厚的文學作品發表，台灣作家寫稿的很多。一九四三年，「台灣文學」和「文藝台灣」同時廢刊。旋即從一九四四年開始由「文學奉公會」刊行「台灣文藝」共八期，編輯委員包括有張文環、西川滿等台日作家。

在太平洋戰爭的戰鼓笳聲中，日本文學報國會為了幫助日本帝國主義者完成侵略戰爭，共舉行三次「大東亞文學者大會」。其第一次大會一九四二年在東京召開，第二次大會一九四三年仍在東京召開，第三次大會一九四四年在南京舉行。第一次大會有台灣作家張文環和龍瑛宗參加。第二次大會有楊雲萍和周金波參加。「大東亞文學者大會」其開會目的，為「在大東亞戰爭下，擔負文化建設底共同任務的共榮圈各地的文學者會聚一堂，互相溝通抱負，互相打開胸襟傾訴」，其實是日本軍部的統戰工具，要求日本統治下的被壓迫民族——亞洲各國知識份子認同「大東亞共榮圈」的妄想，幫助日本軍國主義者完成征霸全世界的野心（註二）。

在這樣惡劣的政治體制下，台灣作家不是被迫沉默，就是期待日本帝國主義侵略全面潰敗，台灣能早日獲得解放。因此，像楊逵這樣的作家就想盡方法，在作品中力求抵抗精神的表現，而吳濁流卻在暗地裡寫作「亞細亞的孤兒」，以紀錄台灣人悲慘的命運，等待著黑暗逝去，光明來臨的日子。

張文環是日據時代日文作家中的翹楚。一九〇九年生於嘉義縣梅山鄉，曾在日本東洋大學文學部就讀，一九七八年去世。一九三三年，張文環在日本東京參加台灣藝術研究會，同時在「福爾摩沙」發表第一篇小說「落蕾」，在「福爾摩沙」第二期發表「貞操」。一九三五年一月「父親的顏面」入選日本「中央公論」小說徵文第四名。從此創作不輟，在「台灣文藝」、「台灣新文學」、「風月報」等雜誌發表作品。然而他的創作顛峰期當是一九四一年，他脫離台灣文藝組織「啟文社」創辦「台灣文學」開始。他的重要作品有「辣薤罐」（台灣藝術一九四〇）、「藝旦之家」（台灣文學一九四一）、「論語與雞」（台灣文學一九四一）、「夜猿」（台灣文學一九四二）、「閹雞」（台灣文學一九四二）等作品，此外有長篇小說「在地上爬的人」（在日本出版一九七五）。其中「閹雞」在一九四三年由林博秋改編為閩南語話劇，由厚生演劇會在台北永樂座（戲院）公演，在台灣話劇史上是劃時代的活動。「夜猿」同年獲得皇民奉公會第一屆「台灣文學賞」。

張文環的畢生大作，當是長篇日文小說「在地上爬的人」，這是以梅山鄉為舞台描寫日本統治台灣五十年間的台灣民眾的真實生活，特別注重台灣農民，在「沒有做人條件」的殖民地統治下的被虐待的生活。張文環的文學最接近十九世紀寫實主義的文學巨匠托爾斯泰或巴爾扎克的風格，透過台灣民眾四季的風俗習慣的描寫，來刻劃台灣民眾的民族性傳統生活，同時用深厚的人道主義胸懷擁抱了他們。

呂赫若一九一四年生於豐原，大約在一九五〇年前後死亡。呂赫若的死至今仍是一個謎。畢業台中師範後曾赴日學習聲樂，為一個男中音歌手。曾擔任公學校教師及興南新聞編輯等職位。一九三四年他的處女作「山川草木」發表於「台灣文藝」創刊號，次年「牛車」發表在日本「文學評論」上，因而聲名大噪。一九四四年呂赫若刊行了唯一的短篇小說集「清秋」共收錄了「鄰居」、「柘榴」、「財子壽」、「合家平安」、「廟庭」、「月夜」、「清秋」等七篇。「財子壽」於一九四三年獲得「台灣文學」的台灣文學賞。

呂赫若是很徹底的寫實主義者，他描寫殖民統治下台灣家庭的各種變遷，他刻劃封建性大家庭制度下的頹廢和拮抗，記錄了大家族制度的興起和衰亡。同時他在「牛車」一篇上，透過沒有土地的農民楊添丁，在「日本天年」下的悲慘生活。呂赫若的小說技巧卓拔，充分吸收了現代西方作家的表現技巧，因此意象鮮明，人物的刻劃真實而實際不流於類型化，在日據時代作家中是文學成就最高的一位。光復後，呂赫若用中文在「新新」等刊物發表了四篇小說，然後因參加政治活動，死於非命。

龍瑛宗一九一一年生於新竹北埔庄。一九三〇年台灣商工學校畢業，歷任台灣銀行雇員，「日日新報」編輯，光復後曾主編過中華日報日文文藝欄，嗣後任職合作金庫，至一九七六年退休。一九四〇年加入「台灣文藝家協會」為「文藝台灣」編輯委員之一。同時又參與日本「文藝首都」的編務。

他的處女作「植有木瓜的小鎮」，入選一九三七年「改造」第九回小說徵文「佳作推荐獎」。他是多產的日文作家，戰前共發表了二十四篇小說。其中較著名的有前述的「植有木瓜的小鎮」（日本改造一九三七）、「黃家」（日本文藝一九四〇）、「黃昏月」（日本文藝首都一九四〇）、「白色的山脈」（文藝台灣一九四一）、「貘」（日本風俗雜誌一九二九）、「一個女人的記錄」（台灣鐵道一九四二）、「不被知道的幸福」（文藝台灣一九四二）等。其中，「白色的山脈」曾被上海「文藝春秋」譯載。

龍瑛宗跟翁鬧一樣，較具有世紀末蒼白的知識份子的傷感性。他的作品主要以寫主義的手法，描寫日據時代屬於小資產階級的知識份子的苦悶和彷徨。作者透過知識份子的灰色生活，連帶地刻劃日本黑暗的殖民統治和台灣民眾的困苦生活。龍瑛宗描寫了這些台灣知識份子的動搖、抵抗和妥協，而成功地呈現了他們精神結構的荒蕪（註三）。

從七七事變到太平洋戰爭的這一段「戰爭期」裡，一般說來，台灣作家因各自的意識形態不同，遭遇不同，資質不同而分別走上了四條途徑；其一是輟筆不寫，做沉默的抗議。這類作家大多數為中文作家，既已失去了發表的園地，又被禁用漢文寫作，當然他們都無法從事文藝工作了。不過，台灣作家之中既能用日文又能用中文的人也不少，可是面對剷除民族的根為目的的皇民化運動汹汹勢力，他們寧願保持沉默。賴和在一九四一年被捕入獄，備受虐待之後，一九四三年一月三十一日去世。中文作家失去了精神領袖，這給中文作家帶來的影響很大（註四）。也有王錦江這樣的作家兩度被繫獄，心灰意冷，抗戰期間赴大陸直到光復才返台。其二是始終堅決地擁護反帝反封建的路線不妥協、不屈服的作家。像楊逵這種作家雖表面上虛為委蛇，其實骨子裡頭仍反對侵略戰爭的，他在戰爭時期中所寫的「剿天狗」，藉著撲滅惡性瘧疾的主題，其實寫的是反日反封建的故事。其次有吳濁流，他在一九四三年至一九四五年寫成「亞細亞的孤兒」，光復後才得發表。吳濁流在日據時代作品發表的並不多，一九三六年以「泥沼中的金鯉魚」入選「台灣新文學」小說佳作獎，「水月」發表於「台灣新文學」一九三六年三月號，他的大部分小說都在戰後陸續付梓。

戰爭期中出現的日文新作家寥寥無幾。這些年歲二十歲左右的作家涉世未深，受日本帝國主義教育的影響很大，縱令對民族的歷史有些認識，但缺乏堅強的抵抗精神，因此他們的作品都是耽美的，逃避現實的。如楊千鶴的「花開時節」（台灣文學一九四二）、葉石濤的「林君寄來的信」（文藝台灣一九四三）、「春怨」（文藝台灣一九四三）等。

戰爭的黑暗愈來愈加深，皇民化運動的浪潮越來越洶湧的時候，有些作家在理念上認同了殖民地政府的政策，走向親日的路。如周金波的「志願兵」（文藝台灣一九四一）、「水癌」（文藝台灣一九四〇）等。王昶雄的小說「奔流」發表於台灣文學一九四三年七月號。「是一篇站在台灣人的立場，傾訴皇民化苦悶心聲的寫實小說。」（註五）同樣的情形也許可適用陳火泉的「道」；「道」曾為日本芥川獎候補。

吳新榮雖沒有寫過小說，但有一篇散文「亡妻記」刊登於「台灣文學」一九四二年十月號，及若干詩作發表。他是鹽分地帶文學集團的領導者，有關台灣史、民俗、掌故的研究多刊登於「民俗台灣」。一九〇七年生於台南縣將軍鄉，一九六七年去世。其著作的校訂、刊行，由後嗣吳南圖及張良澤整理，甚為齊備，為台灣作家中罕見的例子（註六）。

台灣新文學運動的「戰爭期」從一九三七年禁止使用漢文到一九四五年日本無條件投降為止。

從一九三七年七月盧溝橋事變開始，日本帝國主義者為了完成侵略戰爭，在殖民地朝鮮、台灣加緊言論統制，推動皇民化運動，以期確立積極的戰時體制。一九三七年「台灣自治同盟」解散，同年十二月日軍佔領南京發生大屠殺事件。一九三八年台灣總督小林宣佈，將要實施台灣人志願兵制度。一九三九年九月第二次世界大戰開始，次年台灣掀起改姓名運動，以及「寺廟神昇天」，殖民者進一步地從根要挖掉台灣人的民族意識，一九四一年皇民奉公會成立，積極加強台灣人的「日本化」。同年十二月太平洋戰爭發生。一九四二年「大東亞文學者大會」在東京舉行，一九四三年「日本文學報國會台灣支部」成立。一九四三年徵兵制度實施，使台灣青年充當日本侵略軍的砲灰。一九四五年四月沖繩本島被美軍攻占，同年廣島、長崎遭受原子彈攻擊，夷為平地。八月十五日，日本接受波茨坦宣言，無條件投降。

黑暗的五十多年的漫長日子終於過去，台灣獲得解放。台灣新文學運動完成了光榮的歷史性使命，結束了它多災多難的坎坷歷程，充分顯示台灣作家為真理而奮鬥不已的堅強抵抗精神。

註　釋

註　一：近藤正己「西川滿札記」一九八〇年九月、十二月，「台灣風物」第三十卷三、四期。

註　二：尾崎秀樹「舊殖民地文學の研究」一九七一年六月日本勁草書局。「大東亞文學者大會について」，第十八—五八頁。

註　三：羅成純「龍瑛宗研究」一九八三年度日本筑波大學修士論文，未出版。

註　四：楊逵、朱石峰、守愚等「賴和先生追悼特輯」一九四三年四月「台灣文學」第三卷第二號。

註　五：張恆豪、林梵、羊子喬「光復前台灣文學全集8」一九七九年七月遠象出版社，第二五七頁。

註　六：鄭喜夫「吳新榮先生年譜初稿」一九七七年九月　琅山房刊行，非賣品。

「台灣文學史綱」第二章第三節

下篇

關於「抗戰文學」的討論

這樣的創痛，還要沉默？

●趙滋蕃

七七抗戰已屆四十二周年。在中華民族五千年歷史文化傳統中，人無分老幼男女，地無分東西南北，一致奮起抗禦外侮，這是頭一次。用劣勢裝備抵抗日本軍閥的優勢裝備，以空間換取時間，軍民死傷數以千萬計，一寸山河一寸血，終於打得敵人無條件投降，這也是頭一次。然而，極目此一歷史舞臺，蕭條寂寞。當年領導抗戰的人物，絕大多數已經作古；次要的角色，也大半到了坐七望八的高齡；參戰的龍套，少說點已在花甲左右。戲已散，演員和觀眾猶在，但深感時不我待！

當年浴血苦戰的將士若不留下苦戰的第一手紀錄，死生之際的獨特經驗；當年飽受日寇蹂躪，嘗盡國破家亡，顛沛流離之苦的民眾，若不留下刻骨銘心的慘痛回憶，則八年抗戰，在歷史長流中依舊是過眼煙雲。一代人的奮鬥、犧牲和努力，結果都成了時間和空間的附屬物。時過境遷，後世子孫在模糊的史影中所能找到的，只是一堆篡改歷史者的謊言，只是一連串生命財產損失的統計數字，只是一代之去，寂寞無聲；而一代人的努力未留痕跡的浩歎而已。

人入老境，越來越相信人是歷史的動物。我們誰都活在歷史之中。離開了人所歸屬的歷史，我們畢竟無法了解我們的存在意義，同時也找不到我們在文化層創遞進中的位分。假如我們這一代人不僅是時空附屬物，甘願隨時空崩解，要證明我們在創造價值、傳遞價值與保存價值上，確曾有所致力，要證明這一代人在有限的歲月裡，確實勇敢地伸出手來，向無限索取過一點什麼，證明這一代有人！因為我們留下的，除了骨骼化石外，還有精神的創造物，我們的存在，斷然不是動物性存在。那麼，我抱病延年的深心大願是：一就健在的穿草鞋朋友之中，鼓舞他們的創造活力與歷史使命感，集中心力完成一部或若干部類似「西線無戰事」的作品，讓八年抗戰的歷史活在後代人的心靈裡邊。二集合我們這代人的記憶力，在可見的範圍以內把事實的真相弄明白，讓未來的大作手完成一部類似「戰爭與和平」那樣的雄偉高遠之作，突出於一切時代之上，使這場仗不致白打，使這一代人的血不致白流。

這是一項大工程。此刻動手稍遲，但比不動手要強得多，時間將成熟一切。

為什麼在八年抗戰之中，沒有類似雷馬克「西線無戰事」之流的作品出現？分析個中原因，約有兩端。真正的歷史性大作品，很少是在火辣辣事件中寫成的。因為在事件中寫該事件，態度過於主觀，精確、客觀、合理、有效的觀察，不容易出現；設身處地去想，推己及人去思，機會也不多。這時的情緒經驗往往未經淳化，感情過於粗糙，作抒情表現時也嫌口號標語化，感人不深；而且往往還有思慮未周，推論過遠，視界狹窄，片面理解的毛病。此所以「戰爭與和平」成書於一八六二年到一八六九年之間，上距拿破崙侵俄戰爭半個世紀出頭；而「西線無戰事」成書於一九二九年，也在第一次大戰之後十一年，描繪一場歷史大事件，若要激發讀者群同情的了解，有共同參與的樂趣，收到感覺效果、情緒效果與理性效果，敘述客觀性是必要的條件之一。而這是需要時間的。

其次，藝術就是經驗，經驗的累積是一切文藝創作頭等重要之事。

八年抗戰是偉大的時代，必有陽剛之筆為之表裡襯映，必有一手持槍一手執筆的雙重戰士作大氣魄的揮灑，方能有名世之作留傳後世」。

譬如說：雷馬克在火線上曾數度掛彩，出生入死，饒實戰經驗，且深通「兵性」。他纔真正曉得將軍們高貴的回憶錄，跟火線上野獸般困鬥大兵的實際感受全不一樣。因此他就有能耐集合這些戰鬥列兵的個別經驗，以一個連隊的戰鬥活動，複製出第一次大戰的慘況。可惜這種一手持槍一手執筆的雙重戰士，在八年抗戰的當時，卻是十分之罕見的。當然，從八一三到武江撤守前後，作家上前線曾經蔚為時尚。而筆部隊上前線，慰勞團代表上前線也時有所聞。可是這種走馬看花式的體驗戰鬥生活，對真正的經驗累積，收效不大。此種情形，反映在作品的永久性和普遍性上，也最為清楚。當時劇作家們集體創作的三幕劇「保衛盧溝橋」，在抗戰中期已隨風而逝；當時廣為演出的劇目，如「三江好」、「最後一計」、「放下你的鞭子」、「八百壯士」、「警號」、「打鬼子去」、「死亡線上」、「烙痕」、「榮譽大隊」與「民族公敵」等，也早被時間所淘汰，戲劇方面我們並沒有留下這偉大的時代。

報告文學方面，像「行進太行山」、「黃河北岸」、「軍民之間」、「中華兒女」、「北運河上」、「凱歌」、「長子風景線」等，試問四十二年之後，有誰能記得一點毛譜？還活在誰的記憶之中？由此可以看出大概是繳了白卷。

跟抗戰有關的小說，如「戎馬戀」、「春暖花開的時候」，如「山洪」，如「夜襲」、「火花」（短篇），如「奴隸的花朵」、「風砂之戀」，如「火葬」、「四世同堂」，如「荷花碇」、「新兒女英雄傳」、「呂梁英雄傳」等，哪一部書有半個時間單位的存在價值？而以戰鬥題材直接寫成的小說，如「李勇大擺地雷陣」、「平原烈火」、「洋鐵桶的故事」，以及「腹地」等，情況更糟。我們在痛定思痛之餘，期望真有實際經驗，又有能耐駕馭文字，把人物寫活，把空氣帶進故事現場的作家，為八年抗戰留下不朽的紀錄。

為什麼集合大家的心血，可以完成一部或若干部劃時代的作品，使八年抗戰永遠活在後代子孫的記憶之中？

「戰爭與和平」雖是托爾斯泰獨力完成的大作品，是天才、耐力與深心大願的結晶，然而有關三帝會戰，有關尼古拉一世、庫圖索夫，乃至當年將校士兵的紀錄成噸，且有翔實的法俄戰爭史料足資取材。集眾人的心力成為作家筆底下不竭的泉源，方寫下這部不朽的作品，使成為一切時代戰爭小說的典範。托氏於一八五一年即置身軍旅，在克里米亞戰爭中取得類似的實戰經驗，佈置經營大戰場面，有實生活作底子，一點都不顯得外行。而下筆之先，沿奧斯特里茲到莫斯科四次大會戰的戰場，又往復踏勘測量，致「戰爭與和平」寫得那麼具體、生動而深刻，任何歷史的黑手，都無法把它遮掩。

我相信江山代有才人出。我也相信中華民族的創作活力，終究會逼出具深心大願的作家，秉持其歷史文化責任感，秉持其對苦難同胞的偉大同情，寫下類似「戰爭與和平」那種夠份量的作品。

因為，我們若用永恆者的眼光來看歷史，我們會真切地體認到：歷史上還沒有誰真正打過勝仗！誰取得紀錄歷史、描繪歷史的權力，誰才算勝利者。我們也會真的體認到：

歷史越多變化，越像是沒有變化。我們今天所面對的，確像這種情境。

天下無難事，只怕有心人。假如此刻開始，我們就下定決心，著手進行有關八年抗戰戰場小故事的寫作，將軍有將軍的寫法，小兵有小兵的寫法，各人留下一生中只此一次，以後永遠不再重複的回憶，單篇刊載之後，結集成書，對未來的大作手，也許大有幫助。而抗戰戰史、專史等的編撰，使我們對這場全民戰爭，有通識通觀，有整體觀照的機會，也希望史家能積極著手進行，而且多多益善。小說家能取精用宏，大作品纔能涵蓋廣遠。我們這一代人，有幫助一部不朽作品誕生的責任。

六十八年七月七日「中國時報」副刊

整理抗戰文學

●端木野

「七七」對日抗戰已屆滿四十二年了，最近有許多文壇知名之士，主張把抗戰文學整理出來，有的報刊，甚至已開始重刊當年抗戰文學作品，供人鑑賞。

卅年來，儘管復興基地台灣的文學創作旺盛，在各方面都有豐碩收穫，但是令人遺憾的是：在近代文學史上佔有重要地位的抗戰文學，卻是一片空白，非但無人去整理，甚而大家忌諱談到它，其實，這是很大的缺失，假如讓抗戰文學留一空白，試問一部近代的中國文學史該如何寫下去？對歷史作一交代，對文學作一回顧，整理抗戰文學，讓年輕的一代有所認知，實為一意義重大的工作。

為何大家避談抗戰文學呢？一談到抗戰文學，就難免涉及卅年代文學及作家，一提到卅年代文學及作家，就感覺到有如燙手的山芋，總認為那是「左傾文學」，那是被共產主義強姦過的文學。實則這是「因噎廢食」的不智之舉，卅年代的文學作品與作家，許多是純正的，而不是左傾的，不是含有赤色毒素的。例如最近成為新聞人物的巴金，就不是左傾作家，他的「愛情三部曲」、「激流三部曲」等，其中找不出赤色成分；老舍、鄭振鐸、曹禺、豐子愷、郁達夫等人的作品都與「馬列主義」無關，又如北大「漢園」三詩人何其芳、卞之琳、李廣田，他們的詩與散文都十分優美，境界超逸，完全不同於共產八股。抗戰期間，臧克家寫的詩，許多都是以國軍浴血抗戰的事蹟為題材，姚雪垠風行一時的長篇小說「春暖花開的時候」，寫的也是國軍陣地中的人與事。抗戰期間好的文學作品，多得不可勝數，無論質與量，都在我國文學創作史上聳現出空前未有的高峰，而今天我們竟忽視其存在價值，甚至避而不談它，這真是匪夷所思了。

特別是在共匪妄稱抗戰是他們完成的事業的今天，連帶地，也妄稱抗戰文學也是他們搞出來的，這真是一大謊言。我們應有計劃地把抗戰文學整理出來，讓全世界的人看看，究竟是誰在抗戰？誰在叛亂？什麼是卅年代真正的中華民族的抗戰文學？什麼是繼承中華傳統文化的真正抗戰文學？

六十八年七月十二日「臺灣新聞報」副刊

抗戰文學的整理與再創作

● 墨人

今年七七是抗戰四十二周年，報紙副刊多有特刊談論抗戰文學，大家還沒有忘記中華民族這一歷史災難，總是好事。事先我也參加過一次座談會，談起抗戰文學，不少人都認為繳了白卷。如果認為抗戰文學只是戰爭文學甚至是戰場文學，可以說是繳了白卷；如果不限於戰場，不限於軍事行為，擴而充之到敵人轟炸後方，以及全民同仇敵愾，毀家紓難，同舟共濟，包括整個士氣民心，那我們的文學作品並沒有繳白卷，只是還沒有一部像「西線無戰事」那樣描寫戰爭行為和戰場心理的作品而已，但不能說我們沒有抗戰文學。

抗日戰爭是全民戰爭，而不是一個單獨的戰役。當時的國策是焦土抗戰，長期抗戰，全面抗戰，這樣一個以全中華民族對抗日本侵略者的戰爭，其可歌可泣的事跡自不限於戰場。中華民族是用一點一滴的血汗匯成抗日戰爭的洪流，後方老百姓死於日機轟炸之下的比前方將士還多，全家罹難的更不在少數。二十七年武昌大轟炸是我親身經歷的事，每天幾十架飛機作地毯式的轟炸，最多的一次是八十三架，武昌大朝街、小朝街、蛇山一帶幾成火海，到處斷垣殘壁，屍橫遍地，大熱天人死了幾個鐘頭就發臭，我是武昌大轟炸之下倖存者之一，那種慘痛的情形我曾經寫在我的一個抗日長篇「火樹銀花」裡（立志出版社出版）。其他各種形式各種角度的抗日文學作品更不在少數。（即以當時武昌街頭的情形而言，轟炸之後除了立即清理死傷，撲滅火頭之外，抗敵宣傳隊也馬上在瓦礫堆上高唱「八百壯士」、「淞花江上」、「打回老家去」……並在街頭演出抗日短劇。這些文藝活動也不能說與文學完全無關。）可惜手邊缺少資料，不能列一份抗日文學作品清單。幸而周錦先生是位有心人，他以個人力量蒐集了抗戰的詩和散文，編為「中國新文學創作叢刊」的第二集「中國的怒吼」、第三集「中國的奮鬥」、第四集「中國的勝利」，這三集中的詩和散文，全是從各種角度，描寫抗日戰爭，描寫中國人的戰爭感受的抗日文學。可惜他個人力量有限，我想不然他一定會把抗日的長短篇小說、獨幕劇、多幕劇蒐集編印出來，對抗戰歷史、抗戰文學作一個完整交代。

三十八年政府遷臺之後，大陸來臺作家有三大創作主題：一是抗日；二是反共；三是既抗日又同時反共。其實這三者息息相關，在性質上不易截然劃分清楚，因為抗日戰爭是一體兩面的事，如果沒有抗日戰爭，就沒有共黨的坐大，大陸也不致完全赤化。因此從時間上劃分，作斷代描寫，自七七盧溝橋事變，至抗戰勝利這八年期間，以這段時間內的史實，作為描寫的重點，自然理所當然地應稱之為抗戰文學；如果時間向前推到九一八，向後延長到三十八年大陸整個淪入共黨魔掌，尤其是在一三兩個主題之下的文學作品，其實都可以稱之為抗戰文學。在這個大前題之下，如果我的記憶不錯，在臺灣完成的抗日長篇小說，有陳紀瀅的「華夏八年」、王藍的「藍與黑」、楊念慈的「廢園舊事」或「白牛與黑蛇」？趙滋蕃的「子午線上」或「海笑」？拙作「靈姑」（寫抗日初期學生抗日活動與心態）「江水悠悠」（寫淪陷區老百姓在日寇鐵蹄、游擊隊與新四軍縱橫交錯之下的苦難生活與心態。以上兩書都編入中華書局出版的「墨人自選集」。）以及前面提到的「火樹銀花」（寫青年學生於抗戰初期投筆從戎直至抗戰勝利的全部過程，實際上也就是我和同學們參加抗日的過程）。其他作家所寫的抗日長篇我一時想不起來的可能還有不少。此外要特別一提的是徐訏的「風蕭蕭」，這是一部抗戰期中完成的長篇，也是一部暢銷的抗戰文學作品。至於抗戰的短篇小說單以現在臺灣的作家來說就不計其數，當年文獎會時代得獎的短篇大多是抗戰文學作品。我個人的短篇也有很多是屬於抗戰文學的。

抗戰文學作品既然不少，為什麼還有不少人認為我們繳了白卷呢？我想一是沒有仔細讀過別人所寫的抗戰文學作品，因此在印象上形成了一片空白；二是我們還沒有一部純寫戰爭行為和戰場心理如雷馬克的「西線無戰事」的作品；也沒有一部氣勢磅礴如托爾斯泰的「戰爭與和平」那樣的作品，因此有人以為我們繳了白卷。要說我們還沒有一部具有歷史性、代表性的抗戰文學作品則可，如果說繳了白卷那就言過其實，而且抹殺了當代作家的心血，這是不公平的。為了不使當代作家的心血白費，同時提供後代作家再創作參考，因此，我要特別提出兩點呼籲：

壹、整理出版抗戰文學作品

抗戰文學作品的整理出版是刻不容緩的事。周錦先生以個人的力量整理出版了三本抗戰的詩與散文，這是值得特別稱讚的事。由於他個人的經濟能力及其他原因，遺漏的抗戰詩與散文自然還很多很多，但他的努力可以給我們一個啟示，我們應該趕快整理出版。

不少朋友談到抗戰文學，多半偏重於小說，尤其偏重於長篇小說。長篇小說自然是文學的重鎮，但是詩、散文（含報導文學）、戲劇，甚至歌曲也不能忽略。抗戰時期發揮了激勵民心士氣作用的首推歌曲，其次是戲劇，詩也發揮了很大的作用，報導文學也不例外，不僅是小說。因此我主張分門別類整理出版。

甲、詩集。抗戰的詩大多是氣勢磅礴的敘事長詩，即使短詩也如匕首般的鋒利，絕少風花雪月無病呻吟的作品。當時的詩刊很多，「詩創作」是最著名的一個，詩也十分蓬勃。整理抗戰文學絕對不能忽略詩的貢獻。整理出幾本有代表性的詩集也絕對不成問題。

乙、散文集（含報導文學作品）。抗戰時期的報導文學十分發達，散文高手也不少，詩人小說家也寫散文，出幾本具有代表性的散文也無問題。

丙、戲劇集。獨幕劇、多幕劇公演的很多，其中沒有發表出版的還不少，今天在臺灣的老一輩的劇作家、導演、演員，應該可以提供不少珍貴的劇本。

丁、小說集。小說發表、出版的最多，整理起來也最容易，份量之大，也非前三者可比。長短篇出十本二十本當非難事。

同時我還要在這裡提供兩點整理的拙見：

一、向現在臺灣或海外自由地區的作家徵求抗戰作品，儘量蒐集，以免滄海遺珠；不在自由地區作家的作品，也應該儘量蒐集。

二、整理出版抗戰文學作品，不同於編印一般選集，不能偏頗，應著重於作品的保全。我們應該把抗戰文學作品當作文學史料看，以供後人再創作時借鏡參考。

貳、再創作抗戰文學

整理出版抗戰文學作品，是文學財產與文學史料的保存；再創作抗戰文學作品，是對抗戰史的全面掃描與縱深的探索，以及文學價值的擴大與提升，使之因而產生具有代表那個民族大災難的偉大作品。我們雖然不能滿足於現有的創作成就，但我們也不能失去再創作的信心。不過，我們應該正視的是，再創作抗戰文學作品必須具備下面四個條件：

一、經驗。人類的智慧是經驗累積的，文明是智慧的運用而產生的，作家之於作品，生活經驗尤其重要。抗日戰爭是血肉橫飛的慘痛歷史，生活經驗尤其不可忽視。雷馬克如果不是出生入死的戰士，就很難寫出「西線無戰事」那種作品；曹雪芹如果不是出身於那種大世家，也寫不出「紅樓夢」。

二、感受。有了抗戰的生活經驗，還要有特別敏銳而深刻的感受，文學作品不能只寫表面現象，必須將人物的內心世界呈現出來。詩人作家的感受自然不同於一般人，但其間亦有深淺之分，感受愈深者作品的深度也更深。因此再創作抗戰文學作品的作家，亦必須比前人有更深的時代感受。

三、才情。文學創作感性第一，理性其次。感性基於才情，理性基於學問。學問再大，而無才情，只能寫抗戰史，而不能創作抗戰文學。一個作家即使沒有具備寫抗戰史的史學知識和修養，如果他具有文學創作的才情，他就可以寫出抗戰文學作品。一個缺乏才情的人，想像力便不豐富，不能彌補生活經驗的不足，文字與語彙也缺乏感染力量，因此不能從事文學創作，更不能負起創作抗戰文學的歷史重任。

四、功力。這裡所謂功力，是指創作才能、經驗和一般學養。而一般學養又包括史地知識、政治知識、軍事知識，以及對中國傳統文化的深刻了解與體認等等。

如果具備了以上四個條件，再創作抗戰文學便不是難事，而且事半功倍。因此六十歲上下的當代作家的歷史責任也特別重。這一代的作家能不能負起這個歷史重擔呢？我的看法是我們並不缺少這種作家，問題是客觀的環境能不能配合？那麼怎樣配合呢？

一是安定作家生活，使他們能專心寫作，不必天天上班或作些人人能作的普通事務，浪費有限的生命。因為凡是參加過對日抗戰的作家，他們的創作壽命最多還有十年。歲月不饒人，這是一個最殘酷的事實，尤其是大部頭的長篇巨著，最耗精力，曹雪芹不到五十，「紅樓夢」未竟全功，他就抱恨以終了。

二是史料的提供。有關抗戰史料，即使是屬於歷史秘辛，也應該提供作家參考，作家愈是深入歷史事件，愈能觸動創作靈感，也會增加參與感。很多資料是作家個人無法取得的。而一般等因奉此的資料，對創作是沒有多大幫助的。二十年前我在國防部史政處工作時，曾經標點校勘過「北伐戰史」原稿，發現作戰計畫、兵力部署、戰役經過，都是制式寫作，很少戰鬥實況與個人動作事跡的描寫，相當呆板，與西洋戰史、個人傳記的多采多姿大異其趣。因為我們的戰史是出之於一般參謀人員的手筆，不是出之於史學家與傳記作家之手，因此對作家的啟發反而不如原始資料。我寫「詩人革命家胡漢民傳」時也有同感。

三是放寬寫作尺度。抗戰已成歷史，無關軍事機密我們的抗日部隊當時裝備給養之差，應該可以據實描寫；農家出身的士兵知識水準之低，也不是什麼秘密。我們以這樣的部隊打到抗戰勝利，不是羞恥，而是光榮和奇蹟。過去我寫的抗戰小說，就沒有暢所欲寫，我想其他作家也是一樣，因此自然減少了作品的震撼力量，只有挖空心思在其他方面加以補救。這對創作是一種掣肘，對作品是一種損害。

我們要想再創作具有歷史性、代表性的抗戰文學作品，以上的三個客觀條件必須密切配合。否則只有期待後世後人了。因此整理已有的抗戰文學作品，顯得格外重要。薪盡火傳，這樣才不至於真的繳白卷。本來「成功不必在我」，我們這一代的作家，只能有一分熱發一分光，作得雖不盡理想，但並沒有完全繳白卷。白紙黑字，事實俱在，不是胡說。歷史的重擔需要大家來挑，這個艱巨的工作正是中華民族的智慧和氣魄的一大考驗。

六十八年七月二十五日、二十六日「中央日報」副刊

從抗戰文學說起

●金劍

對日八年抗戰，正是我就讀國小及初中的黃金童年，憑記憶所及，那時全國上下都掀起青年愛國從戎的高潮，雖然限於體力及年齡，不能使我參加抗戰的行列，但耳濡目染，都是驚天動地可歌可泣的衛國保鄉事蹟，尤其對抗戰精神意志的頌揚，那些豐富的文藝作品在各地普遍流傳著，使在校的學生感到無限的興奮和熱愛

詩歌和漫畫，是抗戰期間最流行的兩項文藝創作，而取材廣泛，寓意深遠，對懷鄉報國心情，透過藝術手法，躍呈紙上，使讀閱者發生共鳴！其次是小說和散文的創作，都能呈現主題，以實際題材寫作，雖然也有些篇章談不上藝術深度，但那種對日閥侵華血淋淋的報導和描述，對鄉里眷戀和親友淪亡的憂憤感慨，如粒粒火種，播在人們的心坎，而引發出抗暴赴難的熾烈情緒和意志火花，所以最能深入人心，普收民族文學巨大的功效。

當然，在抗戰期中，不少打著為國家為民族旗號而抗日的左傾文醜，替共黨宣傳，打擊民心士氣，但對文學藝術本質稍有認識者，便能分辨出其虛偽的民族文學黑色外衣，和包藏著赤色毒素的馬列政治

陰謀，為熱愛民族文藝者所揭發和唾棄。

談抗戰文學，必須要認清那是中華民族文化深厚潛力的發揚，更是國魂的覺醒。民族文化的本質是以仁愛為基礎，中國國魂是以反侵略爭自由為前提，所以一致對外所發出的精神動力，如澎湃浩瀚的海上巨浪，無所不至，無堅不摧！

抗戰期中的臺兒莊大捷，長沙衡陽的保衛聖戰，以及武漢和重慶的固守保衛戰，在先總統　蔣公英明睿智的戰略佈署下，並特別提出「國家至上，民族至上，軍事第一，勝利第一，力量集中，意志集中」的偉大號召，使全國同胞獲得了精神的指標和勝利的信心，也進而瓦解了日寇的戰志。回憶在當時的文學作品，不論是在報刊、海報、傳單上，或者是在日用品的各類包裝紙上，都出現了使人刻骨銘心的文藝作品，另外如各戰區紛紛成立的劇團和歌咏隊，以及民間自動組織的話劇社和勞軍團等等，有的透過各種民間藝術和民俗文學，將鮮明的大時代主題，藉演唱宣傳深入全國每個角落，以喚起全民參加抗戰，不達到最後的勝利決不終止。

在抗戰期中的文藝創作，並沒有標示甚麼文學藝術派別，也沒有甚麼創作的文藝理論，更很少聽說有甚麼文藝座談會，如果有的話，僅屬於極少數的地區和文藝研究社舉辦而已。然而，抗戰期中的文藝作品，也都是有思想主題，有純樸的民族意識和風格的，有創作的技巧和內容的，因為那是民族精神意志情感的大結合，為求生存獨立爭取自由的國家觀念至高表現，所以說，抗戰文學，才是真正的民族文學，也是中國人所需要的藝術性結晶品。

發揚抗戰文學的精神，得從個人對民族文化的本質先有深切的體認，然後才有理性的依歸和靈性的發揮。文學有其時代背景，有其時代主題是不錯的，但最重要的，是文學離不開人性的透視和反映，正如同哲學所談的宇宙本體和人類相互依存的淵源關係，為證實人的生存意義和價值才有哲學，為表現人的生存潛力和情趣也才有文學。抗戰文學的出現，是證明和表現中國人的天性和生存潛力，所以才有文學的價值和藝術。

當前我們所處的環境和時代，比抗日時期更艱苦，抗戰時期是一致對外來侵略者日寇作戰，而今天所針對的敵人，是國際的共產黨徒以及中國的赤色叛徒，他們要歪曲歷史，毀滅人性，破壞倫理，以中國人的面孔而信奉馬列教條，要徹底摧毀中華民族的文化傳統，這種邪惡本質毒狠行為的民族敗類，當然不容許有民族文學藝術作品的存在。更甚者，以虛偽變質的民族文學藝術內容作自我標榜，以達其統戰認同回歸的陰謀詭計。因之，我們在從事文學藝術創作上，首先要從中國固有的人性人道精神本質上立足紮根，而發揮人性人道精神思想的極致，並有嚴密理論體系和實行步驟的，便是　國父手創的三民主義，正因為有博大精深的三民主義為最高思想指導方針，才有抗戰文學的出現和成就；為了發揚抗戰文學的精神，便應建立「反共文學」的堅強陣容，使文學思想一致，藝術情感淨化，藝術道德昇華，創作意志集中，相信唯有如此，在中華民族的文學藝術史上，才能承先啟後和繼往開來，留下更輝煌的一頁。

六十八年八月二十一日「青年戰士報」副刊

我對抗戰文學再創造的看法●

尹雪曼

今年的七月七日，雖是抗戰紀念日的第四十二個年頭，但是報章雜誌刊載的紀念性文章，仍然十分豐盛，足證對日抗戰八年這一偉大、壯烈的歷史事件，依舊活生生的存在於我們中國人每個人的心上。尤其是今年的紀念性文章，偏重於抗戰文學的整理與再創造，更使人感到大多數國民不僅重視抗戰這一歷史事件，而且也都希望這一偉大、壯烈的歷史事件，能與日月同光；並能夠使中華民族的億萬代子孫，都能不忘他們的祖先，曾為爭取國家民族的光榮而流血與犧牲！

就我個人讀到的，今年紀念七月七日並主張整理及再創作抗戰文學的文章，約有下列諸篇：㈠聯合報副刊七月六日及七日兩天的「抗戰文學」專輯。在這兩天的專輯中，發表意見的有年長的、也有年輕的作家。他們是：陳紀瀅、朱介凡、夏志清、陳香梅、王靜芝、姜貴、耿榮水、周玉山、謝嘉珍、毛一波、鳳兮、趙友培、許建吾、王藍、李永剛、徐訏、朱天文、唐紹華、尹雪曼、李中和。㈡中國時報七月七日的「人間」副刊，刊有趙滋蕃的一文，題目是：「這樣的創痛，還要沈默？」副題是：「為中國的『戰爭與和平』催生」。㈢七月二十五、六日的中央日報副刊，刊有墨人的「抗戰文學的整理與再創作」一文。這些文章，是那幾天內我所讀到的；至於我沒有讀到的，相信必有、而且也必不在少數；只是在我這篇文稿內，只好暫缺介紹了。我所以要如是慎重其事地列舉出這許多有關整理與再創作抗戰文學的文章，最重要的一點，乃是在於證明大家對於抗戰文學的重要性，幾乎毫無二致地具有相同的看法。其次是大家也不約而同地期望作家與政府有關部門，以及社會團體，能夠同心協力地來推動整理已有的抗戰文學作品，予以重印或保存；至少可以當作歷史性資料，然後，再設法推動抗戰文學的創作。倘若能夠有力地、有計劃地予以推動，也許我們也能創造出可以媲美「戰爭與和平」或「西線無戰事」那樣震撼人心的不朽作品來！

但是，誠如墨人與趙滋蕃兩先生所說，時至今日，有關這件事，我們確實不能再事等待了。因為「當年領導抗戰的人物，絕大多數已經作古；次要的角色，也大半到了坐七望八的高齡；參戰的龍套，少說點已在花甲左右。戲已散，演員和觀眾猶在，但深感時不我待！」（趙滋蕃）

我今年雖已年逾花甲，但仔細說起來，也許尚不合趙先生筆下「龍套」的資格；因為我在八年抗戰當中，並沒有揹過槍，更沒有上過前線。民國二十六年秋天我進大學，讀完四年課程，畢了業，抗戰才抗了一半；可是，還是沒有去當兵、去打仗。不去當兵、打仗，倒不是怕死，沒有滿腔熱血，沒有責任感；而是當年的最高當局把學生當「寶」，不肯把這些年輕的「寶」們輕易犧牲掉！為什麼，因為抗戰遲早要勝利的、要結束的；勝利後的國家是要從事建設的，建設則需要人才。抗戰時期的大學生，便是勝利後的建國人員。因此，那個時候的大學生、高中生，除非自願，政府絕不徵調他們去當兵。然而，當兵不當兵是一回事，流亡、逃難、躲警報、挨炸彈……卻又是另一回事。記得民國二十六年九月間的一個夜晚，我父親和我哥哥送我上火車，準備先到鄭州，再設法到國立北平大學報到，當時我的心情，現在回想起來，似乎只是一片空白。既沒有入大學前夕的興奮與快樂，也沒有背鄉離井、與父母兄弟生離的哀愁與黯然。雖然，這已是四十二年前的事情了，但現在每一回想，仍好像昨天一樣。所有的經過，歷歷在目，一點兒也沒有忘懷。因此，今天回想起當年離家時的茫然，卻仍然有點不解。為什麼我會那樣的無動於衷呢？我不是那樣的一個理智堅強的人啊。可是，那一晚，父親和哥哥把我送上火車，我竟然一點兒也不激動，既不興奮，也不悲哀。

在我家鄉的南門外，就是道清鐵路的火車站。在平常的時候，道清鐵路的火車每天只有兩列客車對開：早上從道口開往清化，下午從清化開往道口。但是七七事變後不久，由於一列從道口（屬河南滑縣，以產製燒雞聞名。隋朝末年程咬金一夥人的瓦崗寨，據說就在道口附近；可惜我沒有去過）開出的客車，遭到日本飛機的轟炸，炸爛了兩三輛客車，死傷枕藉，於是此後的客車就改在夜間行駛。而那一次的慘案由於那列客車的司機十分勇敢，不顧一切地衝到我家鄉的東門外才煞車，因此，我得以第一次親眼目睹日機的暴行。

而這也是那年我所以於夜晚離開家鄉的主要原因。

離開家鄉，就開始了我的流亡生活。那時，我雖然知道已考取了國立北平大學，但是卻沒有把握一定可以入學，一定可以就讀。原因是第一、我在家裡只接到一位初中同學袁啟龍兄從鄭州寄給我的一封信和半頁大公報。他的信上說我已考取國立北平大學，要我馬上出來，先到鄭州會他。另外，便是刊有平大放榜錄取新生姓名廣告的那半頁大公報；廣告中有我的名字。至於其他，譬如要多少學費，多少生活費等等，我一概不知。第二、那時，政府已開始施行法幣政策，銀圓不再是一種可以公開流通的貨幣；而我的家鄉雖是一個小鎮，有生意買賣，但因抗戰發生，交易停頓，市面一片死寂，要找法幣，還很不容易。後來，我父親費了九牛二虎之力，才跟親友商換了四十五元法幣，另外，又給了我五塊銀圓，就讓我走了。以渾身上下祇有的五十元，能唸大學嗎？當時的我雖然沒有想這個問題，但是後來我想我的父親和哥哥當時一定想過，而且也知道不可能；但是他們為了避免日軍打到我們家鄉後可能發生的後果，認為如果我能早點逃走，不管去做什麼，總是比較好。

於是，我就開始離家逃亡。此後我雖曾一再地逃難、躲警報、忍饑挨餓；但比起在前方流血流汗的戰士，以及不幸慘遭日軍毒手的人們，我還算幸運的一個。尤其是我雖然也吃了不少苦，卻沒有流血，也不曾流淚。沒有流血，是因為不曾參加戰鬥；沒有流淚，現在想想，卻有點不解。八年抗戰，我從未回過故鄉，也從未再見親人；可是，我卻也從未哭過。為什麼不曾哭？想想或許是因為「不識愁滋味」的緣故吧。

那個時候，我雖然寫了不少篇的散文和短篇小說，描述全民抗戰；但直到民國四十三、四年，我才著手寫抗戰期間的大學生生活。那是部長篇小說，寫寫改改，改改丟丟，我一直寫了三遍，才寫成了。先在臺灣新聞報副刊「西子灣」上發表，民國四十八年，始由高雄市大業書店出版。我對這部長篇小說並不滿意，但是好友周錦兄卻認為不壞。我想，也許是周錦兄的偏愛吧。

由這部長篇小說說起，我十分贊成趙滋蕃先生對抗戰文學的看法與作法。趙先生在他的文章中說：「天下無難事，只怕有心人。假如此刻開始，我們就下定決心，著手進行有關八年抗戰戰場小故事的寫作，將軍有將軍的寫法，小兵有小兵的寫法，各人留下一生中只此一次，以後永遠不再重複的回憶，單篇刊載之後，結集成書，對未來的大作手，也許大有幫助。……我們這一代人，有幫助一部不朽作品誕生的責任。」

趙先生的這個想法，簡而易行；不至於發生阻難，所以我十分贊成。但對於墨人先生的主張和看法，我卻祇贊成一半。那一半是他提出的「整理出版抗戰文學作品」的這一部份。因為這也是比較容易著手，而且容易見效的；更何況周錦先生已經出版了四部這類作品的選集。但對於墨人兄所主張的「安定作家生活」、「放寬寫作尺度」兩點，我則有不同的看法。我認為寫作只是作家們自己的事，如果要政府或民間基金會把作家們的生活問題解決了，作家們才去寫作，我相信在這種情形下，作家們卻不一定能夠寫得出作品來。過去，我曾參與過一件這樣的事，所以我的這個看法是有事實根據的，而不是一件臆測。至於「放寬寫作尺度」問題，我更是覺得恐怕祇是墨人兄個人的杞憂而已。因為事實上「寫作尺度」並無限制；張拓蕪先生的「代馬輸卒手記」，就是一個好的例證。

但是，話雖如此，我仍然期望國家文藝基金會和國防部總政戰部，在整理已有的抗戰文學作品，與再創作抗戰文學作品方面，能夠向作家們伸出有力的、支援的手；以精神的和物質的鼓舞與支持，來共同完成這一項偉大的工作。

六十八年九月「新文藝」二八二期

我思抗戰文藝

● 胡一貫

「抗戰文藝」是大家都知道的，是當時作家都努力以赴，就是共產黨也沒有異詞的。自稱邊疆政府主席的林祖涵，亦稱為著實行三民主義而抗戰，共黨及左派作家則以周恩來和郭沫若為首，在軍委會總政治部領導下，為抗戰而工作。所以「抗戰文藝」的號召，當時響徹雲霄！

戲劇界首先成立「中華全國戲劇家抗敵協會」，音樂界、電影界、美術界，繼之而起，其後合組全國文藝界抗敵協會；這是組織的一面。「我們相信中國……藝術，必和抗戰任務結合」，這是目標的一面。舊的民歌和新的朗誦詩，走向民間，這可以代表當時所號召的「文藝下鄉」。戰地新聞和文藝寫作結合起來，發展了報導文學，這可以代表了當時所號召的「文藝入伍」，這是行動的方面。文藝創作的主題，大多捨舊圖新，歌頌抗戰；譬如新詩，所謂「新月」、「現代」（中國早已有「現代詩」的口號了，並非今日開始。）、「象徵」、「浪漫」各派的詩作家，一時丕變；發出慷慨悲歌的心聲。至於共產黨的「普羅文藝」，乃至「大眾文藝」亦同時為抗戰文藝所沖散而偃旗息鼓了；這是作品的一面。蘇東坡詞曰：「亂石崩雲，驚濤拍岸，捲起千堆雪。江山如畫，一時多少豪傑。」這就是「抗戰文藝」的盛況！

共黨與日坐大之後，政策漸變，要轉對外戰爭為對內戰爭。毛澤東乃於民國三十一年五月召集文藝座談會，準備整風。我黨中央文化運動委員會主任委員張道藩，防患未然，因亦提出「我們所需要的文藝政策」；其中主張「六不」、「五要」，仍能維繫作家的士氣。而旅居香港、廣西的左派文人，在日寇進逼重慶之時，張道藩先生又排除萬難，將其接至重慶，予以安置，維護其生活，這些作家亦仍能為抗戰而演作。所以「抗戰文藝」直與抗戰相始終，抗戰勝利亦以抗戰文藝為動力！

我由抗戰的聯想，發思古之幽情。史稱我國「開國規模，莫盛於漢唐」，這亦是文藝所促成的。「力拔山兮氣蓋世」的楚霸王，「大風起兮雲飛揚」的漢高祖，把文藝和戰鬥結合了；而班孟堅的西都賦、揚子雲的羽獵賦，謂「齊桓曾不足使扶轂，楚霸未足以為驂乘」，有此英雄氣概，故能「踰崑崙、越巨海，殊方異類」賓服來朝，而有漢代「萬國衣冠拜冕旒」的盛事。唐詩多歌頌戰鬥之作，所謂「邊塞派」的詩人，固無論矣，其他詩人亦多如此。「軍書昨至洮河北，已報生擒吐谷渾！」這是怎樣歡欣鼓舞的凱歌！「北極朝廷終不改，西山盜寇莫相侵」，這是怎樣堅貞不變的勝利信念！有此激昂慷慨的文藝，故能使唐太宗成為萬王之王（天可汗）。近人詩云：「詩界千年靡靡風，兵魂消盡國魂空；集中十九從軍樂，亘古男兒一放翁。」我思「漢唐規模」，「我思抗戰文藝」，我思其復見於當今！

「中央月刊」第十一卷第九期

抗戰時期文藝政策的訂立

●李辰冬

「中華民國文藝史」第七十頁說：

民國三十一年九月一日，張道藩在「文化先鋒」創刊號上發表了「我們所需要的文藝政策」。這是適應時代需要的文藝理論，也是我國文藝思潮真正發展的主流。當時參與這個文藝思潮討論的有梁實秋、陳銓、易君左、王平陵、羅敦偉、趙友培、太虛法師、王夢鷗、常任俠、翁大草、王集叢、丁伯騮、夏貫中等人。

這裡沒有寫出我的名字，好像我沒有參與此事；實際上，這篇文章是我起草，以道藩先生的名義而發表的。謹將其中詳細經過陳述於下，也是中華民國文藝史上一段嘉話，也可作為文藝史的補充。

民國二十六年七月七日；中日戰爭發生後，不久，天津淪陷，我所教書的河北省立女子師範學院停辦，我不得不流亡到江西萍鄉縣上南坑，以作暫時的躲避。一年後，教育部以特約編輯的名義收容淪陷區的教授。不必到部辦公，每月將研究成果寄部，部中即將生活費寄下，藉使淪陷學校的教授生活安定。這時，我就將平時在雜誌上發表過的「紅樓夢研究」論文作一整理寄部，想不到得到張道藩先生的賞識。

那時，張先生是教育部次長，也正管這件事。而張先生能看到這部稿子是由蔣碧微先生介紹的。蔣先生這時是教育部教科用書編輯委員會青年讀物編輯組的編審，所以正審查這部稿子。承蒙他的推薦，張先生才得以看到。此事都是事後陳之邁先生告訴我的，因為這時他是教科用書委員會青年讀物組的主任。

這期間，我寄到教育部一共是三部稿子，一是「紅樓夢研究」，二是「文藝與青年」，三是「浮士德研究」。或許由於我的成績，承蒙教科用書編輯委員會主任委員許心武先生的青睞，邀我到重慶北碚該會工作，於是我由萍鄉遷至重慶。我同教科用書編輯委員會人事上絲毫沒有關係，而能調我到重慶，完全由於工作的表現，可見那時政府的唯才是用精神。

我到教科用書編輯委員會後，有一天，許主任委員突然對我說：「人在家中坐，財從天上來；李先生，恭喜你！」「我有什麼好恭喜的？」「你是不是有一部『紅樓夢研究』？張道藩先生非常欣賞，他已介紹至正中書局出版，正中來信，問你願不願意讓它出版？」我到重慶，孤家寡人一個，無依無靠，有人介紹出版，當然願意，書就交給正中印行了。但給我印象最深的還是張道藩先生。我同他素昧平生，他這樣賞識我，扶持我，實在讓我感激，然又無從感謝起。恰好這時，拙著「文學與青年」出版，我就寄給他一本；一方面請他指教，一方面謝謝他的照顧。想不到他回了一封用航空信紙寫的四張信紙，詳細敘述他家本破落戶大家庭，他本喜歡文藝，而家庭逼他作官，一作又是這麼多年，自己很想從事文藝運動，問我願不願意與他合作？坦率真誠，使人非常感動。於是我就回信，一口答應願意追隨。他這封信，我視如至寶，本保存好好的，幾次搬家，也就不知道遺落到什麼地方了。

他在重慶，我在北碚，魚雁往返，無緣相見。一年後，他當上了中央政治學校教育長，給我寫信說：「願不願到政校來？願意來的話，接談更為方便。」這樣，我便赴小溫泉去見他，二人才第一次見面。

我到政校當初是以研究員的名義而在教育長室辦公。實際上，也無公可辦，我來政校的原因，是與張先生推動文藝運動，我就在這方面多作思索，「文藝政策」就是在這種情形之下完成的。

「文藝政策」初稿完成後，據我所知道的，道藩先生請了戴季陶先生、陳果夫先生諸先輩詳細訂正，於民國三十一年九月，我所主編的「文化先鋒」創刊號上發表，這是轟動一時的「文藝政策」起草原由。

事隔三十七年，回想當初，猶如昨日，而除梁實秋、趙友培、王夢鷗、王集叢諸先生健在外，陳銓、易君左、王平陵、羅敦偉、太虛法師、常任俠、翁大草諸先生均已作古。丁伯騮、夏貫中二先生留在大陸，久無消息。而張道藩先生這樣「成功不必在我」的胸襟的人來領導我們文藝界，實令人難忘！

「中央月刊」第十一卷第九期

從抗戰文藝談起

● 鍾 雷

抗戰期間，全國軍民在最高領袖 蔣委員長領導之下，以「國家至上」、「民族至上」，「意志集中、力量集中」，「軍事第一、勝利第一」作為團結奮鬥的總目標，蔚成了一種堅苦卓絕的抗戰精神。而當時的文藝工作者，也充份發揮了這種抗戰精神，擔負起時代的使命，使文藝創作配合著文化宣傳的任務，有其極為具體的表現。特別是在戲劇、報告文學、朗誦詩、歌曲，以及漫畫及木刻各部門，表現更為突出，至今仍能為人所津津樂道。

但無可諱言地，作為三十年代文藝中重要一環的抗戰文藝，大部分的成果都被共匪以「統戰」的陰謀伎倆所剝奪了。從共匪的乘機坐大到全面判亂，以至山河變色，神州陸沉，曾在抗戰期間有所「表現」的作家們，大多數都在共匪「赤色魔術」的誘騙玩弄之下，被牽著鼻子「左轉」，變成了它們的幫兇而不自知。時至今日，經過了幾次所謂「整風」以至於「文化大革命」，這些飽受摧殘、凋零殆盡的老作家們，早就悔之已晚。而共匪在此時此際，仍然企圖運用這幾張「廢牌」，助長它們重施「文藝抗戰」的故技，這除了不值識者一笑之外，我們倒不能不因之而提高相當程度的警覺。

三十年來，自由中國文藝工作的進步和創作的豐碩，當然是有目共睹的事實。但由於過度的自由和放任，正如先總統 蔣公所曾指出的：「因而使得文藝在其各種配合發展的條件上，還有一些不正常的現象和傾向……而且更不時發生其一種『逆流阻撓主流』、『劣幣排斥良幣』的反作用」。這種不正常的現象，甚至每下愈況，不久之前，居然有人企圖將共匪的所謂「工農兵文藝」，在我們的復興基地上「借屍還魂」，這實在是荒謬之至！

因此，今天我們談到了文藝的抗戰精神，首先必須認清我們面對的時代任務，發揚戰鬥文藝的力量和功能，共同為愛國、報國、和救國而努力。黨和政府更要善盡輔導之責，一方面對於「當前文藝政策」要付諸具體有效的施行，另一方面「文藝機構」更應該基於當前革命形勢的需要，而立即成立起來，積極展開工作。唯有建立堂堂的文藝戰鬥序列，我們才會在文化戰線上獲得勝利的戰果！

「中央月刊」第十一卷第九期

抗戰．木刻與我

●方向

回憶是一帖興奮劑，回憶會使你年輕；過去的一切辛酸苦辣，經過回憶的發酵，都化為甜美與興奮。

回憶四十多年前的我，那時我正是血氣方剛的青年，滿腔充滿了愛國的熱情。抗日戰爭的第一年，我就執起了這把木刻刀，投入了神聖的抗戰陣容裡，為苦難的祖國，向敵人投出致命的一刀，一直到現在，年邁六十的我，仍未放下這把木刻刀，我要把祖國的苦難刻下來，我要把祖國的光輝刻出來，直到我最後一口氣，因為我要為苦難的祖國作證。

原先我在省立勞作師範時，專攻國畫山水與人物，把自己藏在象牙之塔，在山水人物中陶醉自己。那時老師們都認為我孺子可教，成績常列甲等，可是在抗戰第二年，我突然改變了主意，像大夢初醒，為了參與抗日救亡工作，我毅然放棄了國畫，開始從事木刻與漫畫工作，因為木刻可以複印多張，傳播力最廣，工具簡單，材料經濟，適合我的經濟條件，木刻畫最適合表現陽剛之美，與我個性相合，同時木刻最適合表現現實題材，不會無病呻吟，而且是大眾的藝術，是抗日宣傳的最好的工具，因此我就愛上了它，始終不渝。

抗戰八年，木刻藝術曾扮演了一個最重要的角色，抗戰八年也是中國木刻史上最輝煌的一頁，也是木刻藝術黃金時代。那時，因日本鬼子瘋狂地破壞，許多大都市，都遭到鬼子的轟炸，許多文化機構紛紛向後方遷移，許多笨重的機器也無法搬運，一般印刷事業更遭到了無情的打擊，兼之物資的缺乏，照相製版則已成為了奢侈品，於是衹好借重於木刻畫來取代，因為木刻畫可以用原版直接上機器付印，因此，木刻畫成了文化界的寵兒；一張報紙，一本書，一本雜誌，乃至於一張廣告畫，如果沒有木刻畫，都會減色不少，所以木刻藝術，一時成為風尚。全國各地，時有木刻畫展，各級學校都有木刻研究組織，木刻畫報也如雨後春笋，紛紛出版，報紙也都闢有木刻專欄，文藝書刊封面，多半是木刻畫，詩與木刻，時常形影相隨，同時許多國畫家和西畫家也執起了木刻刀，參加了這神聖的抗日宣傳工作，這一切都是為了最後勝利。

民國三十一年我奉蔣專員（蔣總統經國先生，那時正任江西贛南行政專員。）手諭，派往江西萬載青年團擔任宣社股長。為了宣傳，我出版了一份萬載青年畫報，以木刻漫畫為主，同時我也組織了一個木刻研究社，自己擔任教師，培植了不少青年木刻家，三十三年我投考立風藝專後，又發起成立一個「立風木刻研究社」，參加的同學也有十餘人，我自己擔任社長，傳授木刻技巧，在泰和開過一次木刻畫展，頗受各界好評，同時也出了幾期木刻畫周刊，後因經費拮据，使逼停刊。之後我和詩人金軍兄籌組一個「詩木周刊」，出版數期後，也因故停刊。於是我不得不單槍匹馬，到各城市開木刻畫個展，遠至四川重慶、成都、桂林、廣州、太行山，我把作品寄去，請當地朋友為我展出，方向與木刻，自此成為一體，許多朋友提到木刻就想到方向，提到方向就想到木刻，直到臺灣我一直在大專院校教木刻，木刻也成了我終身事業。到臺灣後，我先後著有「木刻研究」、「方向木刻選集」、「版畫研究」等書，我願將我所學，傳授給愛好木刻的青年，使中國的木刻藝術發揚光大，則願足矣。

談抗戰文藝

●王志健

為紀念神聖偉大光輝壯烈的「七七」四十三週年，執筆之際，突然眼酸心痛，氣騰血沸；眼前是無數無數美麗的國旗飄揚，耳邊是歌聲號聲殺聲砲聲交織及震動天地的巨大交響；一時未能平靜。蓋因近代中國，革命建國史中的外患大敵，竟是見利忘義，殘暴兇狠的日本軍閥。日本侵略我國，肇起於甲午戰爭。民國成立，國事蜩螗。民國四年，日軍參謀次長田中義一陰謀設計滅亡中國的二十一條，由日本政府向袁世凱提出，造成我國民情的激憤。民國十六年七月田中奏摺提出，共匪鼠患其間，促使寧漢分裂，阻撓國民革命軍北伐，使民心沸騰。民國二十年九一八事變，東北淪陷於日寇之魔手，使國恥與國難同時加深。民國二十一年一二八事變，日寇進犯淞滬，爆發大戰，國軍誓死抵抗，敵人知難而退。民國二十二年，日軍偷襲喜峰口之役，國軍奮起迎敵，日軍初嘗我軍大刀片子的滋味，而謀我更急。民國二十五年共匪暗裡操縱，張學良楊虎城發動西安事變，領袖　蔣公蒙難，不久脫險歸京，舉國歡欣若狂，皆知，　蔣公為民族救星，國家主宰，形成埋頭建國努力復興的鉅大力量。日本軍閥認為如不斷然掀起戰端，提前滅亡中國，一俟中國興盛壯大，將來恐再無侵略機會；乃不顧一切，於民國二十六年七月七日，發動蘆溝橋事變。 領袖在廬山對蘆溝橋事變講話，重申中國二十四年本黨五全大會中之報告：「和平未到根本絕望時期，決不放棄和平，犧牲未到最後關頭，決不輕言犧牲」。同時表示：「我們既是一個弱國，如果臨到最後關頭，便只有拚全民族的生命；以求國家生存；那時節再不容許我們中途妥協，須知中途妥協的條件，便是整個投降，整個滅亡的條件。全國國民最要認清，所謂最後關頭的意義，最後關頭一到，我們只有犧牲到底，抗戰到底，惟有「犧牲到底」的決心，纔能博得最後的勝利！」領袖此一嚴正之表示，仍冀望日本軍閥在此最後關頭，能重新認識我政府委曲求全但堅定不移之立場，懸崖勒馬，萬勿輕啟戰端，致使中日兩大民族，將來共同陷入萬劫不復之境地。然而 蔣公此一卓越之遠見，仁愛胸懷之真誠呼籲，終不能喚回日寇狂妄侵略之狼子野心，而引發殘酷暴虐之戰爭，使我國再無妥協之餘地，全國遂奮起而抗戰。八年持久抗戰的精神意志，是「寧為玉碎，不為瓦全」。此一戰爭，亦是實現三民主義，完成國民革命必經之過程。全國同胞人人以必死的決心奮戰不屈。日本終於在民國三十四年八月十日屈膝投降，九月九日我政府在南京中央陸軍軍官學校接受日本投降。然而，由於日寇的輕啟戰端，卻真的造成了我中華民族空前的浩劫。因為，這八年的抗戰，不僅是同胞的死亡枕藉、財產的損失而已；八年抗戰以血肉頭顱換來的勝利，竟被在抗戰中以「一分抗日，二分應付，七分壯大自己」，不打敵人，專事襲擊國軍，顛覆政府、禍國殃民、遂行判亂的共黨所竊奪。這種沉痛的教訓，雖然堅強了今天我們復國建國的志節，促進了我們國家精誠團結，奮發圖成的力量。但餘痛尚在，怎不令人心傷。

執筆之前，見報載「中國抗戰時期文學會議」，在本月十六日至十九日，由法國勝佳——波里尼亞基金會主辦，假巴黎舉行。這對我們來說，無疑也是一種沉重的沖擊。「中國抗戰時期會議」，本應由我中華民國在臺灣來舉辦，現在竟由法國一個民間文化團體來辦，主動操於他人手，我們只能隔洋興嘆而已。參加這次討論會的學者專家除了法國、西德、東德、英國、加拿大、蘇俄、意大利等國外，美國參加的我國學者提出論文的有夏志清、葉維廉、許芥昱、李歐梵、董保中幾位，香港有梁錫華和徐訏。中共方面的六個代表是艾青、劉白羽、孔羅蓀、吳祖光和較不知名的馬烽、高行健。夏志清的論文是「端木 良的『科爾沁旗草原』」，徐訏的是「三十年代有關民族形式的論爭」，茅國權（美國）是：「巴金戰時作品」，黃錦明（美國）是：「沙汀小說的藝術」，李歐梵是：「胡風——作家和理論家」，董保中：「中國戰時戲劇的經驗和信念」，梁錫華是「風暴之眼——梁實秋抗戰期間的小品文」，葉維廉是：「聲音的利用——比較卞之琳的『慰勞信集』和奧登的同期作品」，許芥昱是：「按樹與硝煙之間——昆明地區的詩歌」。其他各國人士論文又一例是「偏左」的東西。主辦單位頗有專為留在大陸的中共作家作「秀」的趨勢。如果我們把共匪年來運用巴金、錢鍾書、曹禺等作家，先後到歐美各國從事「文化交流」的活動現象來研析，則這種「文藝統戰」的手段，當是有計劃世界性的「出擊」，有心人看看應該驚心怵目，深加凜惕；不可無動於衷，或竟等閒視之的！

緬懷抗戰文藝的多采多姿，花果滿枝亦絕不是幾本處心積慮專為共匪統戰而寫的書，就可代表了整個抗戰期間的中國文藝。這是以偏概全，以蠡測海的作法。抗戰文藝究其本質，實在是全民族的文藝，鐵與血汗與淚，怒火與煙硝焦土與骨骸的文藝，是赤裸裸地擁抱政府成仁取義奉獻犧牲有敵無我有我無敵的文藝，是自救救國繼承祖宗先民歷史文化拚掉生命爭取我們最後勝利的文藝。所以，抗戰文藝不僅是每位作家的責任，也是全民不分男女老幼的口頭文學。如脈絡之於可愛的秋海棠的根莖，抗戰文藝亦如江河不舍晝夜的流佈於每一個中華兒女的心頭，與每一寸中華的錦繡山河。

抗戰文藝內容豐富，包羅萬象。俗文藝中的大鼓、小調、說書、相聲、地方戲，甚至拉洋片，賣梨膏糖，耍把戲的這些口頭文藝都能湊上一腳。正格的是詩、歌、話劇、報導文學、漫畫木刻等。口頭文藝的盛行，在抗戰初起是就地取材，率性道來，出之於許多民俗藝人之口流行於城市鄉村，或竟為婦人小兒家常的吟唱。這種沛然莫之能禦的力量廣佈民間，陳紀瀅先生記三十年代作家直接印象「寫老金、老向、何容」，文內就提到他們為名大鼓「山藥旦」、「富貴花」寫了好些「相聲」與「大鼓」來唱的實事。像山東快書，河南墜子，山西梆子等自編自唱的活詞，不知有多少。拉洋片的隨口湊：「嗨！望裏邊看來望裏邊瞧，日本鬼子殺人放火又姦淫！」賣梨膏糖的搖串鈴：「你要是吃了我的梨膏糖，打得洋鬼子見閻王！」不說其他的民藝，野臺子戲就夠你瞧的，民歌抗日尤為一絕。我國文化最重人禽之辨，把日本鬼子貶做魑魅梟獍，正是同胞們同仇敵愾心的發揮。

最早出現在市井的「街頭詩」往往和漫畫配合在一起，譬如麥新的「犧牲已到最後關頭」的這首歌是闡揚　蔣公講話：「犧牲已到最後關頭，人無分男女老幼，地無分南北東西；惟有犧牲到底，才能爭取最後勝利。」這句千古名言，應用在歌詞上是：「同胞們！／向前走！／犧牲已到最後關頭！／同胞被屠殺！／土地被強佔！／我們再也不能忍受！／亡國的條件，我們絕不能接受！／神聖的國土，一寸也不能失守！／同胞們！／向前走！／莫退後！／拿我們的血和肉！／去拚掉敵人的頭！／犧牲已到最後關頭！／」這首歌一經演唱，馬上流行全國。街頭詩，漫畫也同時張貼全國各地，為這首歌的內容鼓吹。街頭詩與漫畫的作品各有不同，各人在不同的地點，聲氣相通的表現各人抗敵的才情，遂有合唱相和的益處。又如桂聲濤作詞夏之秋作曲的「歌八百壯士」這首歌，幾乎是在報紙和傳播界報導與歌頌：國軍八百壯士死守上海四行倉庫，女童軍楊惠敏懷抱國旗，代表全國各界慰勞英勇的將士。冒敵人砲火，泳渡蘇州河，與謝晉元團長握手相會，在軍號敬禮聲中，國旗冉冉地昇起在萬里晴空。接著，「歌八百壯士」這首歌就於旋踵間唱遍了全國。街頭詩與漫畫，也配合了這種火熱的鏡頭，出現在全國各地的街頭。劍及履及，如響斯應。當時的文藝家，皆能以服役抗戰，經過砲火洗禮為榮。什麼古典主義、象徵主義、唯美主義、現代主義，凡屬違背抗戰生活的詩歌，皆棄之如敝屣。街頭詩的進一步是「朗誦詩」，其效果可在街頭詩之上。街頭詩要用眼睛看才懂，朗誦詩則只需用耳朵聽，即可交融於心而產生共鳴。故當年全國各地紛紛組織歌朗誦隊與合唱團歌詠隊同臺演出音樂晚會，詩朗誦會；而成為學校社團晚會節目中必有的一種風氣，和熱烈的盛況。

九一八事變後，抗日歌逐漸形成一般巨流，黃自先生的「睡獅」，是韋瀚章先生作詞：「睡獅睡了幾千年，蛇蟲狐鼠亂糾纏，今天吸我血，明天扼我咽，大家欺我老且懦，得寸進尺來相煎，睡獅醒！莫要貪安眠！皮毛血肉將不全，何須搖尾乞人憐；奮鬥心須壯，復仇志要堅，睡獅醒來威震天，蛇蟲狐鼠莫敢前！睡獅醒，醒了再不眠。」這首歌的樂教效用極大，其價值非可估計。黃、韋兩位先生合作的名曲如「抗敵歌」「旗正飄飄」「國旗歌」「青天白日滿地紅」，在抗戰中貢獻出來無比的力量。抗戰前，作者在小學校唱的一首「前進歌」，至今記憶猶新，歌詞是：「前進！／一齊向前進！／看敵人揮動明亮的刀槍，／預備再屠殺！／一世紀的恥辱堆的比山還要高！／百年仇恨比海要深，／再等待什麼？／快衝上前去吧！／非用熱血恥辱洗不掉！／不用頭顱仇恨那能填滿？／衝！／衝上前去吧！」四十多年前的歌，歷久不忘，這豈不是樂教的作用嗎？抗戰中期最有力的兩首歌，我認為一首是應尚能的「拉捽行」，勉勵同胞同舟共濟，眾志成城，服從　領袖，即可勝利的歌。一首是胡然的「中國父母心」，唱出為人父母者，皆願兒子上戰場，生為國家民族盡忠盡孝，掃蕩敵人，凱旋還鄉。懷鄉曲中，陸華柏的「故鄉」，和追悼陣亡將士的「勇士骨」，「十萬青年十萬軍」以及吳伯超的合唱曲「中國人」（侯佩尹詞），張定和的「還鄉行」黃永熙的「還我河山」與劉雪庵的「凱旋曲」可說都是煥耀史冊的傑作。最初的歌劇是韓國作曲家韓悠韓（中國國民黨黨員）與丁尼、李嘉合作的「阿里朗」（以此韓國民根為主唱）後來李嘉（即今在日本主持中央社分社的新聞鬥士）在重慶曾寫「秋子」歌劇演出。

抗戰前的中國話劇，總不能使一般民眾接受，不是西洋味太重，就是不脫文明戲的味道。抗戰一起，「街頭劇」便應時而興，一齣「放下你的鞭子」就地演出，更賺過國人不少的熱淚，有些青年看了馬上去當兵，形成一般好男要當兵的英銳風氣。「三江好」是當時獨幕劇中最普遍演出的戲。無論是任何晚會，大都是把歌曲、朗誦詩和獨幕劇三者揉合而成。時間不多不少，大約一個半小時，就能把觀眾的情緒提昇到如癡如醉的地步，多幕劇是舞台上的玩意，後來才逐漸流行。二十八、九年間，最為觀眾激賞的話劇是「鳳凰城」，寫烈士苗可秀抗日殉難的故事。抗戰後期陳詮教授的「野玫瑰」演遍全國各地，遠較曹禺、吳祖光等的戲出名。「野」劇後來改編為電影「天字第一號」，亦轟動一時。話劇落入共匪之手，是郭沫若和田漢二醜之功勞。當時配屬各軍區的十個演劇隊，均經彼等手中組成，其中份子多為共匪文工隊人員。只有劇三隊效忠政府來台。六隊以歌曲見長，九隊的話劇最為觀眾激賞。但所演出的劇本無非是出之於郭沫若、曹禺、吳祖光等群醜之手，他們替共匪做「統戰」工作，背叛了國家民族。但當時的話劇，只是局限於知識界，卻不能如抗戰初期的街頭劇，可以到達鄉村黎民間。

然在知識界普遍地受到影響的，話劇定時而演，仍比不過素常見刊於書報上的報導文學之直接鋒利。小說，特別是長篇小說，也比不過報導文學的普遍尖銳，那樣刺激人們的心靈，譬如二十七年三四月間國軍臺兒莊大捷，與二十九年五月國軍襄東之戰張自忠將軍殉國的報告文學作品之震撼人心，真是到了如霹靂閃電，河立海嘯的地步。因為看報導文學立竿見影的真實描繪，動人心魄隨後才有詩歌繪畫木刻等作品的跟進。那時的文藝作家包括詩人音樂家等的寫作場所，不是在亭子間，不是在茶室酒樓，也不是在安逸的廳堂藝室，和虛偽的象牙之塔；大都是在流浪道上的荒野，山崖水澤，森林青紗帳，或者是在傷兵纍纍的醫院，烽火漫天殺聲震地的戰場。所以，抗戰文藝才有那樣寫實，那樣通俗，那樣濃厚的感情和強烈的戰鬥性。因此，蒼白的作品，鴛鴦蝴蝶派的作品，矯揉造作咬文嚼字的作品是被擯棄、是不存在的。有的只是為了國家民族的苦難，而獻出自己，把鬱積在心頭的怒火，化為深厚的大愛，歌頌把自己交給戰場的生命的光耀，為自由幸福的明天，而犧牲而奮鬥，為勝利的明天，而奮勇前進。這種偉大的情操，不是經過泥腿草鞋，生死存亡的艱難困苦，而又無視於火山血海的阻攔；不是經過大災難大歷練的能夠全然了解的。尼采之謂血書，文信國之謂正氣，正可從此中領悟得來。

抗戰文藝稱之為民間文藝，雖然不是完全適當，但亦去之不遠。因此，我以為抗戰文藝絕對不是幾本小說就可以代表的。文學作品包括詩、散文、小說、戲劇等這些是一環，文藝中音樂、漫畫、木刻、攝影、電影等這些也是一環，民間文藝當中的相聲、大鼓、說書、地方戲曲等又是一環；都不能偏愛。譬如抗戰時的電影，前有「密電碼」描述革命志士的冒險犯難，中有「熱血忠魂」描述抗戰將士的殺身成仁，後有「國魂」描述文天祥捨身取義的史蹟。這些都是令人難以忘懷的佳片。（「密電碼」和「熱血忠魂」兩部影片由高占非主演，「國魂」由劉瓊主演）以上所說這些，都在抗戰文藝中各佔有重要的地位，原來就應該加以分門別類的整理，使之成為有價值可以永遠保存的珍貴的抗戰歷史資料。可惜，我們過去不重視文藝工作，抗戰文藝不僅未做有系統的保存及整理，更因戰亂而令其湮滅、喪失；以為做文藝工作輕而易舉者無過於此。殊不知我們無心之失，卻給了共黨可乘之機，他們以文藝為武器，既竊奪了可愛的美麗的大陸，又霸佔了八年抗戰文藝的成果；更進一步，以文藝為武器為其統戰的工具，不僅在海外進行其顛覆我們的陰謀活動；更進一步的向世界伸出文藝統戰的黑手，以此炫耀，以此為迷惑世人的蜜糖，企圖一手遮天，把我們八年抗戰的神聖歷史改變，這是多麼惡毒的手段，多麼陰狠的詭計。我們豈能束手無策，任其猖狂！

當前我們的文藝創作，已經有了極為豐碩的收成。在文學理論方面，我們應該有一套以三民主義為中心思想的系統著作。詩、散文、小說、戲劇方面的重要作品，亦皆應有整理出版的一套計劃施行，以供應流傳久遠。特別應該注意到翻譯人手集中運用，以便把我們的反共文學作品向世界介紹、推廣；使天下皆知我中華民國文學創作的成果，是燦爛而輝煌；有獨特而感人的民族風格，亦有博愛救世的永久價值。

「文學思潮」第二卷第二期

「抗戰文選」序

●陳紀瀅

長橋出版社謝嘉珍小姐把她所編選的「抗戰文選」的八本目錄拿來給我看，目的要為這套書寫一序文，盛情可感。我逐一掀看這些目錄，其中大部份作者都是熟朋友，而且多半是我編副刊時的撰稿人，曾經有過多年的來往，且有私交甚厚者。再看看題目，也有不少是我熟知的，有過深刻的印象；深刻到我依稀還能記起它的內容。

我面對著這些作者人名與作品題名，竟一時沉默良久，不知所措。一方面，由於作者與作品召喚我四十多年前的舊夢，使我想起那時的記者生活與編輯事務，深感光陰易逝，一眨眼一代過去了，頗滋感慨；另一方面，我也懷念這些作者的生死存亡與其遭遇。我知道其中多數曾受到毛共政權迫害，求生不能，求死不得；死了反是解脫，活著乃是受罪。幸而名列「華鄧王朝」者，難有幾人。今天能在臺灣看見他們當年的作品，重溫他們那個時代的思想路線與其寫作精神，無異為他們招魂，在自由寶島上為他們豎立豐碑。

至於選用我的四篇文稿，都是抗戰末期在大公報上連載「新中國幼苗的成長」一文中可單獨成篇的短篇。這些文字猶如失掉了的嬰兒，已有三十多年不見面，今幸得相遇，其悲歡離合的衝擊是多麼大、多麼深，是不言而喻的。其實，若自民國二十年以來，截至民國三十五年，我離開大公報為止，至少有五百萬字的文章，刊在該報新聞版面，其中雖多半屬於新聞報導，但屬於思想、文學與描寫的也不少。我已經沒有精力去找尋久已失掉的嬰兒與曾流注的心血，祇有待後人去發掘了。

我覺得這套「文選」，至少代表了以下幾種意義：

一、反映了一個時代背景：八本書的內容，絕大多數完成於三十年代與四十年代初期。換言之，也就是抗戰以前、抗戰時期與抗戰末期的作品。這個期間是中華民族遭遇空前國難、全國一致對外的時期，也是全國民眾生活在水深火熱之中飽受煎熬、生命隨時在受威脅的時刻，然而自政府以至民間，所呈現的精神，卻是堅苦卓絕、人人奮發有為、個個存有希望，而且絕對充滿信心的年代。這是中華民族五千多年以來最光榮的時代，也是表現中華民族最堅韌的象徵。在這部文選中可以嗅到其氣息，可以摸到它的脈搏。

二、民族主義的充分反映：一部抗戰史，就是一部民族主義史。抗戰時期，中華兒女懍於國家的危亡，無不以爭民族生活為己任而努力。一切國際邪說都被拋置，雖然有少數紛歧分子想透過作品散佈危害三民主義的思想，但都被大眾擯棄。所以縱然有若干作家後來受蠱惑走入歧途，但當時他們的作品卻不敢明目張膽地為邪說舖路。

三、報導文學的顛峰：抗戰時期，由於戰爭關係，無論前方和後方都長期處於不安狀態之中，因此也影響了作家們的寫作生活。於是「報導文學」便應運而生。我記得那個年代，太行山、中條山以及大別山一帶前線，甚至於嶺南、漠北的朋友們，最勤快、也最多產，他們、她們都經常寫些前線軍民生活寄到後方來。後方的作家們，每當空襲過後，就有不同的描寫。而若干反映民眾心理，以及建設的種種成果，也常是寫作的主題，因而把報導文學發揮得淋漓盡致。至今想起來，那些文字都簡練而生動，也充滿著各省區域性的語言，可說構成了文學的多樣性。

四、愛國情操的極度發揮：中華民族自古以來，每遇國家有難，無不顯現愛國主義的高度昇華。抗戰時期，尤其顯著。這不但反映作家須有良心良知，也可以說明文學必不能脫離國家而存在。一個沒有國家觀念的作家，他的作品縱然是具有多種技巧，終必會被人發現其虛偽無格；反之，他必被歌頌，而傳於後世。抗戰時期的多數作品，雖然不見得篇篇達到這種要求，但多數卻能於民族主義以外，更充滿了愛國情操。重溫這一課，是值得的。

我不能說這部文選毫無瑕疵，也可能有若干疏忽，引起誤解，但出版社的用心，是無庸懷疑的。其中多數作家的大名，對生長臺灣的年輕一代，可能是陌生的；但對我們來說，則毋寧超過對時下大作家所知。但願新起一代的青年們，不必顧及他們或她們的名字，因為您並不清楚，您祇要讀文章內容好了。

記住，文章有時代區別，但無絕對時代的隔閡。我們應該感覺時代的光榮，無時代悲哀之歎，因為我們是時代的主人。

六十八年五月二十日

「中國的苦難、怒吼、奮鬥、勝利」選輯前言

●周錦

一、中國的苦難

這是以近代中國的「苦難」為主題，搜集了有關「北洋軍閥」「五三慘案」「九一八事變」「一二八事變」「東北淪亡」「七七事變」「八一三淞滬戰爭」「日機濫施轟炸」「共匪叛亂」的文學創作，輯集而成。

這些作品，是我們民族文化的遺產，也是中國新文學的資源；不僅表現了三十年代前後的中國社會，更記錄了近代中國在苦難中自強奮進的苦難歷程。

在近代史中，我們的國家一直是多災多難，而所有災難的真象，又往往蔽而不彰。現在，通過文學作品，一定可以得到正確而又清楚的認識。

——「執政府大屠殺記」和「哀悼與懷念」，寫出了民國十五年北洋政府對當時知識份子及青年學生的殘殺與迫害。

——「傷兵的夢」，把軍閥們藉以禍國殃民的那種軍隊寫得清清楚楚。

——「犧牲者」，寫出了帝國主義者勾結軍閥，於民國十六年在濟南阻撓國民革命軍北伐，製造了

「五三慘案」的情形。

——「一個士兵的日記」，是敘述北伐完成後，民國十九年造成全國大動亂的，新軍閥的嘴臉。

——「九月的風」，描寫了民國二十年「九一八」瀋陽事變時候的情況。

——「別人的新地，我們的故鄉」，報告了在我們的國土上，帝國主義者正怎樣地從事屯墾和發展。

——「松花江的憂鬱」，把東北淪陷後，同胞在鐵蹄下的生活做了詳實的報導。

——「上海戰場素描」，是寫民國二十一年「一二八」事變的上海戰場。

——「下關江面」，敘說「一二八」事變時南京的情形。

——「蘆溝曉月」，寫了民國二十六年「七七」蘆溝橋事變的經過。

——「八月八」，記述民國二十六年八月八日，帝國主義者於我們的北平舉行入城式的醜態。

——「最後的降旗」，描寫民國二十六年北平淪陷後，大學生離去前的一刻。

——「八一三滬戰雜憶」，抒寫了民國二十六年「八一三」淞滬戰爭的景象。

——「上海書簡」，以書信方式，報告了淞滬戰爭中的上海。

——「砲火下的一家」，是以不幸的一家，表現了淞滬戰爭的慘烈，和敵人帶給我們的無限災難。

——「花姑娘們」，寫出民國二十六年南京淪陷後，敵人帶給民眾的苦難。

——自「飛行的劊子手」到「在轟炸中」的五篇文字，把抗戰期間敵人濫施轟炸所給予中國的苦難，做了詳細的記述。

——「魔窟」，是寫淪陷區的景象。

——「海河之夜」，寫東北同胞一次又一次的流亡。

——「回平江去」和「瑞金散記」，是寫共匪暴亂所造成的災害。

——「我沒有了家」，寫抗戰勝利後，因為共匪的作亂，好些人眼看著別人復員還鄉，自己卻無家可歸的慘象。

——「女孩子」和「活埋」，寫出了舊社會一般人思想的落伍和風氣的閉塞，這也就是造成中國苦難的重大原因中的一部份。

這裡的二十八篇文字，在時間上，由民國十五年的「執政府大屠殺記」，到民國三十五年的「我沒有了家」，概括了二十一年。就空間來說，這些作品分別選自上海中央日報（二篇）、抗戰前南京中央日報（七篇）、長沙中央日報（二篇）、重慶中央日報（三篇）、勝利後南京中央日報（四篇）、武漢大公報（五篇）、香港大公報（一篇）、語絲週刊（一篇）、光明半月刊（一篇）、文叢月刊（一篇）、普通文集（一篇）等刊物。再從文體來看，有小說八篇，報告文學三篇，散文十七篇。

這些作品，雖然不是字字珠璣，但是的確可以表現「中國的苦難」這一個主題。而其中朱自清的潑辣文字，孫陵的報告文學，宣建人、錢蘋的「小小說」，更都是極為難得的。

也許有人認為能表現「中國的苦難」的文學作品絕不止這些。的確如此，這裡的二十八篇，是從我所搜集的同性質的一百六十七篇文字中再精選出來的。因此，希望愛好文學的朋友，如果你收藏了這一方面的作品，不論是自己的或別人的，請提供參考，當儘可能出版「續編」，乃至於「再續編」，最少也可以於再版時候增補。至於「選」和「輯」的方面，假使有寶貴意見，也請儘快提出，也許對尚未出版的書會有幫助。

這裡所搜集的，乃是真正的三十年代文學，表現了中國人在容忍到極限的時候，也會發出驚天動地的「怒吼」。本書共收了這樣性質的創作四十一篇，分別選自民國二十年至二十八年間的報紙副刊及文學雜誌。通過這些作品，我們可以清楚的看到當年全國同胞熱血沸騰的景象，更可以看出四十年前青年的吼聲。

二、中國的怒吼

近百年來的中國，一直是多災多難。民國成立後，知識界漸漸地覺醒了，因此掀起新文學運動，連帶地也把青年學生拉出了課堂，愛國的聲音響徹了各個大城市——反對帝國主義，反對封建軍閥，成了隨時可以見到的標語，也是隨時可以聽到的口號。然而，帝國主義者不是口號可以嚇跑的，封建軍閥不是口號可以吼垮的，買辦經濟更不是口號可以使它衰敗。標語儘管大，口號儘管響，惡人並沒有受到分毫的損傷，中國也不曾因此強盛。

最後，還是國民革命軍於廣州誓師北伐，用他們的血肉和槍炮打垮了北洋軍閥。全國統一了，正可以努力建設，但是知識界和青年學生們卻看到帝國主義者沒有馬上被一腳踢，買辦經濟沒有立即加以摧毀，尤其過去禍國殃民的軍閥巨頭們沒有被砍被殺，所以感到失望，仍舊喊著他們的老口號。喊口號、貼標語，表現愛國，確是沒有錯；可是陰謀份子藉著譁眾取寵，政治野心家藉以對當政者有所要求，吃過苦頭的人不免發生埋怨，這就有些不合適了。所幸國民政府奠都南京後，於國家建設有著深遠的打算，忍受著內外的煎熬，默默地從事自強活動。

——整編軍隊；

——推廣教育；

——推行新生活運動；

——建全保甲組織；

——建立兵役制度；

——推動國民經濟建設；

——加強軍官教育。

總算一點一滴地為國家蓄積了力量，而能在民國二十六年「七七」蘆溝橋事變發生後，面對強大的侵略者發出抵抗的吼聲，更在一個月後「八一三」淞滬戰爭時，掀起了全面抗戰的怒潮。

東亞病夫健壯了，睡獅醒了，抗戰歌聲，救亡行列，在城市、在鄉村、在田園、在山野，正是「一切在前線，一切為勝利」。當年的景象，四十年前的聲音，如今我們從那個時代的文學作品中，仍舊可以清清楚楚的看出來。我輯了「中國的怒吼」，就是這樣的用心，並且所選的作品，也考慮到了普遍性——

「中華民國萬歲」、「共赴國難」，是「九一八」事變後的呼聲；

「蘆溝橋」，歌頌了蘆溝橋的抗敵行動；

「怒吼了，中國的文藝」，寫出了文藝界團結抗敵的偉大行動；

「燃起來武漢的火把」，記述了「九一八」六週年紀念武漢的遊行活動；

「戰戰戰」，指出中國的抗戰，是為和平、為正義、為全人類永久幸福的戰爭；

「在前線」，寫出了湘鄂前線的景況；

「我們的行列」，是「九一八」六週年紀念，開封的歌唱大遊行記實；

「到前線上去」，是以愛國家、愛情人、愛母親的衝突中，最後決定到前線上去而寫成的小說；

「行軍」，記述北平淪陷後，大學生走出課堂，趕上前線；

「國旗」，藉著愛國旗，「死也要捏著」，表現了青年愛國的熱忱；
「長沙的學生」，寫出了長沙青年學生的豪氣；
「是時候了」，是「一二八」事變後的呼聲；
「別離三部曲」，是紀念「九一八」一週年，並記述熱血青年參加愛國工作的英勇行動；
「從軍記」，是大學生救亡從軍、抗敵犧牲的真實故事；
「一個站在前線的戰士」，寫出了戰士的英勇；
「古塔、黃昏、苦語」，寫出了饒州的抗敵吼聲；
「發怒的眼睛」，記述了因為抗戰而離鄉背井的流亡人士的怒吼；
「大時代付與我們的責任」，是輿論的呼聲；
「中原的鐵流」，表現了父親實際從事了抗敵工作，連做子女的都感到榮耀；
「在楊家濱」，速寫了淞滬戰場的片段，表現著國軍戰士的英勇；
「嚴肅的工作」，報告了東北同胞英勇抗敵的活動；
「火炬點著了鄭州」到「汝河上的春天」等十五篇，分別寫出了鄭州、連縣、五女店、洛陽、西安、長沙、河陽、桂林、新鄉、連雲、孟縣、筧橋、杭州、襄安、汝河等地方抗敵救亡的狂潮，和民心士氣的激昂；
「一隻手」，記述了一個傷兵希望能夠再上前線的心情；
「空戰日記一頁」，記述了中國空軍的英勇；
「戰地農村行腳記」，是「八一三」之後，於江南農村的訪問；
「女童軍楊惠敏」，特寫了送旗女童軍的英勇行為。

以「中國的怒吼」為主題，共選到作品八十一篇，經過剔梳，取用了四十一篇，分別來自南京中央日報（九篇）、長沙中央日報（四篇）、重慶中央日報（三篇）、漢口大公報（二十篇）、香港大公報（一篇）、鄭州通俗日報（一篇）、南京中央夜報（一篇）、漢口武漢日報（一篇）、光明半月刊（一篇）等刊物。這些作品發表的時間，大部份在民國二十六年和二十七年，前者二十三篇，後者七篇；另外就是民國二十年四篇，二十一年一篇，二十二年一篇，二十五年一篇，二十八年四篇了。至於體裁，除了兩篇小說和三首詩以外，都是新聞文學、報告文學、速寫，該是戰亂和時效的關係，速寫最多，這也是那個時代中國文學的特色。

這些作品當中，張郁廉「在前線」、孫陵「嚴肅的工作」、李顯京「從軍記」、子岡「一隻手」，以及一系列表現各地方抗敵吼聲的速寫，都是極為難得的好文章。

選文難免會有遺漏，編排也不一定理想，尚請文壇先進，以及喜愛中國新文學的朋友，多給予指教。

三、中國的奮鬥

這裡選輯了抗戰時期各大報紙副刊的文學創作三十八篇，提供給愛好文學的當代青年，希望能把「抗戰精神」散佈到現在的社會。

這些作品，記錄了偉大的中華民族在艱苦環境中「奮鬥」的歷程，可以給予我們無限的啟示和鼓舞。

抗戰了，是三十年代每一個中國人生死的奮鬥；更是國家興衰的奮鬥，民族存亡的奮鬥。

當時，一切戰爭的條件，對我們並不優厚——軍隊的訓練？不如敵人；武器裝備？不如敵人。黃浦江邊敵人的軍艦排起長龍，不分晝夜的發出巨炮；無堅不摧的戰車，橫衝直撞地進出於陣地；空中自由來去的飛機，經常轟炸掃射。從任何角度來衡量，那個仗實在是不能打的。

然而，我們憑藉了軍隊的高昂士氣、全民的犧牲決心、統帥的英明領導，不僅奮起抗戰，而且在極艱苦的環境中有著最好的表現。

——當敵人席捲了華北，正做著三個月亡中國的美夢的時候，我們近百萬國軍在淞滬戰場卻硬拼了三個月。

——首都南京淪陷後，國軍立即創下了台兒莊大捷，穩定而且振奮了全國人心。

——武漢撤退後，英勇的國軍卻在鄂北打了一次漂亮的大勝仗。

——當敵人集中兵力準備大舉南下的時候，在長沙發生了大規模的會戰，國軍連續得到了震驚國際的三次大捷。

——衡陽保衛戰，在強烈炮火與殘忍的毒氣攻擊下，國軍表現著大無畏的精神，一次陣地爭奪戰，一個戰鬥連只剩下一位受了傷的弟兄，而苦撐了四十七天之後，原來強大的第十軍僅餘筋疲力竭的一百多人。

——遠征軍揚威印緬，曾以少數兵力突入重圍，打敗十倍的敵人，救出九倍於我的被困的盟軍。

除了正規的戰鬥以外，在鄉村、在山野，老公公、老婆婆，乃至於小姑娘們，隨時給予敵人襲擊。因此，八年抗戰，英勇的抗敵故事實在太多太多了。至於各行各業，幾乎是全國上下的每一個人，他們為抗戰所作的努力，更是說不完。

這一本「中國的奮鬥」，是搜集了抗戰期間各報紙副刊屬於這一方面的文學作品二百三十七篇，然後選出其中的三十九篇組成的。它們分別來自南京中央日報（一篇）、長沙中央日報（九篇）、重慶中央日報（十八篇）、漢口大公報（九篇）、贛南民國日報（一篇）、漢口武漢日報（一篇）；是一首詩、十一篇小說、三篇報告、二十四篇散文。在散文方面，大部分是近似小說的抗敵故事，是很好的創作素材。

在這些作品中，劉毅夫的「衡陽四十七天」，可以算得抗戰期間首屈一指的報告文學；李輝英的「入伍散記」，具有極為輕快的節奏；宣建人的「六家　」，是一篇很成功的「小小說」；煥森的「死去的和活著的」，蘊含著深遠的哲思，都是不容易讀到的好文章。

抗戰時期的報紙，只是一大張的黃草紙，既難保管，也不方便收集，選出的作品也時常殘缺，影印後又大部分看不清楚。而那時候的副刊，又只占一版的二分之一或四分之一，一星期只有一次到兩次，作品確是很少，所以輯成現在這一本集子，還是很不容易的。

四、中國的勝利

這裡輯集了民國三十四年八月之後，一年間國內各大報紙副刊，表現著勝利歡樂的文學創作，共得四十四篇。包括了後方、戰區、邊疆、淪陷區，可以看出當年全國歡騰的情況。中國的抗戰，歷經了千辛萬苦，方爭得了最後勝利，人們對它的珍惜和欣喜的程度，只有從文學作品纔能體會得出來的。

中國抗戰的艱苦情形，不曾親歷的人實在是難以想像的。

——「一滴汽油一滴血」的形容，一點也不誇張；大部分的民用車燒木炭，發動時候一個人在車後面用扇子煽火，一個人在前面用一根鐵棍子花刺花刺地搖；走在平地或下坡時候還像個汽車，遇到上坡就只好由車上的人下來推著。

——請朋友吃一頓飯，能夠買些豆腐用油炸得黃黃的，就算不錯了；重慶的飯店依規定也不准賣豬肉的菜肴。

——名作家巴金，重慶街頭遇到逃難剛到的好朋友孫陵，請到飯店裡吃客飯，為了享受一點氣氛，親自跑去對街小烟攤上也只捨得買回「兩枝」外國香烟，然後在吞雲吐霧中暢談別後情形。

但是，大家不以為苦，總覺得理所當然。也就由這一股精神力量，支持著抗戰，爭取到最後勝利。我們抗戰的勝利，得來確是不容易；因此，人們歡欣情緒的激烈，也是空前的。不過，勝利的狂歡並沒有持續很久，好些人卻又陷入了無家可歸的痛苦中。

這一本「中國的勝利」，就是以勝利的狂歡為主，附帶了另一次暴風雨的影子，共選取了四十四篇文字。這些作品，分別選自重慶中央日報（二十五篇），勝利後上海中央日報（二篇），重慶掃蕩報（五篇），南京和平日報（五篇），漢口武漢日報（二篇），西昌寧遠日報（二篇），河南葉縣民報（一篇），江西長江日報（一篇），西安西京日報（一篇）等刊物；在時間上，多屬於民國三十四年，有三十五篇，另外九篇是民國三十五年的。除了五篇詩歌，其他都是散文。

在「中國的勝利」中，羅家倫「凱歌」、墨人「最後的勝利」、錢江潮「記狂歡之夜」、章壉「邊城狂歡了」、王藍「第一封家信」、寧遠日報「芷江受降目擊記」等作品，都是極為難得的。

抗戰，對於中國新文學的影響確實很大，然而是消極的。

——初期，文學創作走著下坡的路；

——勝利時候，幾乎達到了沒落，至於一些「歡呼」，也只是一時的衝擊。

如今，有能力的作家，應該把那個偉大時代中可歌可泣的史實，重加整理，創造出特具水準的文學作品來。因此，我特別編成「抗戰八年間重要的軍事活動」附在本書的後面，一方面藉以知道勝利得來的不易，再就是看看這些用同胞的血肉所贏得的民族戰爭的勝利，到底由槍刺的閃光化成了多少筆端的文字！

六十八年一月一日於臺北

現代文學「抗戰文學專號」編輯前記

●姚一葦

民國二十六年七月七日蘆溝橋事變發生，引起了全民抗日戰爭。這是為保衛國土而戰，更是為民族的生存而戰。在這場艱辛、壯烈的聖戰之中，留下無數偉大感人的事蹟。可是四十六年後的今天，對於當時情形有所記憶的，年齡當在五十以上，對年齡較輕的人而言，是難以想像的。所以日本人才敢於改竄歷史，來美化他們的醜行。因此我們認為有必要讓年輕一代瞭解這一段過去的歷史，瞭解事實的真相，而且代代相傳，傳之永遠。

我們認為最能反映一個時代真相的是文學。因為歷史所處理的為重大事件，而文學的對象則普及到各個層面，各個角度；歷史是冰冷的客觀記錄，而文學則具有情感的成份，顯得更生動、更感人。但是可惜的是，談及文學，多限於抗戰前期的那一段，而四十年代，抗戰中期的文學作品，每受到忽略，甚至被遺忘。事實上抗戰文學是我中華民族文學發展中的一個重要環節，它承先啟後，繼往開來，自不可任其湮滅。

基於上述理由，本刊同人決心出一個抗戰文學專號。除了蒐集了幾篇討論當時文學作品和報導當時情況的文章外，主要是創作的選錄，包括詩、散文、小說和戲劇，我們選擇的標準，乃是不選那些廣為流傳的作家，而著重於優秀但未受到很大注意的作品，我們認為這些作品才更具普遍性，更具代表性。尤其是現在仍生存於臺灣和海外的作家，如陳紀瀅、何容、王藍、胡秋原、鍾鼎文、卜少夫、陳祖文、謝冰瑩諸先生女士的作品，不僅可使年輕一代增加對他們的瞭解，也表示我們對他們的敬意。

本專號之得以問世，本刊同仁雖都參與了一些意見，但有關資料之蒐集、選擇、整理、編排，可以說全出自鄭樹森先生之手，沒有他的勞績，當無本專號的產生。

七十二年九月「現代文學」復刊第二十一期

記巴黎所謂「抗戰時期文學研討會」

● 梁錫華

六月十六日至十九日在巴黎舉行的「中國抗日戰爭時期之文學研討會」已過去了，這是一次論調、立場均有偏頗的國際性會議，爭論多、結論少，並沒有得到預期的收穫，如今餘波未平，餘響猶在。筆者忝屬與會者一份子，願將個人耳之所聞、目之所睹和心之所感稍作報導，但拙筆僅及大會較具論爭性及較有意味的事項，並不著意評述其中宣讀的佳構或劣作。因此之故，當提到某人某篇時，或多說、或少說或甚至不說，都和該文的學術水準高低毫無關係，除非另有聲明。

報告中不時加插一些抒情濫調

大會主席由巴黎大學于儒伯教授（Prof. Ruhlmann（註一）擔任。會議第一天由主辦機構辛額—波里拿基金會（Foudation Singer-Polignac）主席、法蘭西學院院士吳爾夫（Etien Wolff）致歡迎詞，接著是法國司法部部長貝爾費德（Alain Peyrefitte）上臺。他提出一個比較的觀點，盼望各學人研究抗戰時期文學時，肯定具有長遠價值的作品，並注意中西文化交流的問題，民族形式的問題以及語文運用的問題。完後于儒伯教授補充了幾句感情激動的話，並建議全場起立，為雙方面在抗戰期間死難的作家默哀十分鐘。

至此好戲正式開鑼，由大陸的代表劉白羽第一個出馬。

劉白羽是做慣高級幹部的，官儀十足，說起話來慢條斯理，滿口訓言，完全是政治掛帥式的報告。

他大概有意表現文藝才華，所以在報告中不時加插一些抒情濫調，例如：「人民的淚不是水是血。水可以照乾，血要燃燒」；「黎明前是黑暗，黑暗後是黎明」；「這是壯麗的一頁，永恆的光輝」等等，既沒有真正的詩味，有時連道理也欠通（見第一句）。

他強調「作家和群眾一結合就產生偉大的文學」更屬費解。難道作家不下鄉下廠就寫不出好文章，而一經和無產者匯合，偉大文學就自然出現？

由於他在講話中提到「法國的戰鬥文學」給了中國文學不少影響，董保中乃問他影響何在。這個問題是內行人語，各人精神一振，準備洗耳恭聽這個比較文學的課題。劉白羽答說他不清楚其他作家的情形，但他看過一本出自法國人的書，知道法國作家和中國作家一樣在戰時備嘗艱苦，他精神上於是受了影響。這樣的一個完全外行的答話使人大失所望。也使有識者竊笑起來。

接下去Lyssenko對劉白羽講王實味那一段話提出異議，認為中共迫害王實味十分偏差。劉白羽忙了手腳，胡亂抵擋了幾句便草草收場。

由於葉維廉、李歐梵、茅國權等人缺席，全部程序乃大加修改。是日下午先由E. Gunn提出「上海至北平的文學資料（一九三七—一九四五）」一文。這位年輕學人在這方面下了很多功夫，他那本Unwelcome Muse（不受歡迎的謬句）就是明證。

接著由我宣讀論文「風暴之眼——梁實秋抗戰時期的小品文」（註二）。由於考慮到主人家的面子，我臨時把孔羅蓀的名字省略不念，以免別人誤會我存心為難他。我的論文非議當年左派人士對梁實秋的攻擊，並闡述梁著「雅舍小品」的文學價值。論文念完，掌聲四起，接著有人問了幾個一般性的問題。有位來自美國的黃金明，認為我在文學語言方面讚譽梁實秋而貶折郭沫若與茅盾，似有不夠全面考慮問題之嫌。我很老實答覆他，指明：一、論文以雅舍小品為範圍而引郭、茅二人對梁批評之文字作對比，是適切之舉而無不當之處。二、即使進一步以梁全部文學作品和郭、茅的加以比較，在文字技巧上梁也高於郭、茅數倍。不說別的，光以文字乾淨利落這個起碼條件作標準，已足使態度公正而對中文有認識的人承認吾言之不謬。

我原以為我的論文一定會引起孔羅蓀的反駁，想不到他和他的同伴都坐著閉目養神。最後他們之中懂法語的高行健說話。他避開了與抗戰有關無關的問題，提出：一、梁實秋遣詞用字有一定功夫，但比不上聞一多。二、梁實秋在文學史上地位不顯，因他在現代文學建設上毫無影響，由此證明他作品的價值不高。我的答辯是：一、聞一多的文字功夫表現在詩而不在散文。二、聞一多根本沒有寫小品一類文章；即使我們把他的政論文、批評文字、雜文等籠統地作散文討論，他的散文可說是有氣力而缺文采，和雅舍小品無可相比。三、若說梁實秋在文學史上無籍籍名，正確的說法是他在左派文人筆下被埋沒，因為數十年來，左派人士就是有意在文學史上不給梁實秋任何地位。這是政治問題而不是文學問題。至於說影響，梁實秋今天在大陸沒有影響是真的，因為早給人批倒、批臭了，但這不能說他因此就沒有影響。大陸之外還有更大的世界。退一萬步來說，即使某作家在他的時代毫無影響或甚少影響，也不等於他的作品沒有永存的價值。無論在東方或西方，都有作家在埋沒了好一段日子之後才被後人發掘出來。這些作家對後世影響的開始，會在他們死後數十年，或甚至百年以上。

在休息吃茶的時候，大家鬧哄哄，說我的論文是這次大會最具論爭性的一篇；奇怪的是大陸代表除高行健之外，沒有一人在我講話後發言。

有人問我是否和梁實秋有親屬關係，這幾乎令我噴茶！

第二天（十七日）到會人數銳減。有些人感覺最具論爭性的一幕已完，下面的看頭就不大，加上那天上午以丁玲為總題，吸引力不強，多人就逛街散心去了。

果然，幾篇論丁玲的文章都頗欠精采，有些話簡直令人發悶發氣。

下午由F. Gruner, P. Bady, S. Kao, 及S. Tsau分別就茅盾、老舍、郁達夫和張天翼作品宣讀論文。夏志清先生事後說是日上下午的論文大部份都可以抛進字紙簍內。

會後有某女士要請馬馬烽吃法國蝸牛，馬烽卻沒有膽量去單獨行動，婉辭謝了。

按個人恩怨加上一把政治老尺去衡量

第一、二天過後，我以為自己的好戲演過也就完場，想不到第三天（十八日）孔羅蓀才在發言中向我回禮。

他說第一天聽了我的話後，深覺所提問題的尖銳，由於獲得「啟發」，他大大修改了他原來的報告，要著重談及「與抗戰無關」的問題。

他首先指出老舍是當時「中華全國文藝界抗戰協會」的主席，暗示該會並非由左派操縱，並進一步暗示梁實秋當時不參加該組織就證明自己是投降主義者。

他接著提出周作人的問題，說周作人寧願在北平當漢奸而不進入內地，但胡適卻曾為周辯護。胡適發辯辭之後，梁實秋接著就提出「與抗戰無關」的文學。孔氏言下之意，胡、梁都是害怕抗戰的，而且所作之事，都就敵人有利，對抗戰有害。另方面則只有左派人士才是真正的抗戰英雄。

孔羅蓀巧妙地避開了梁實秋當日那句話：「於抗戰有關的材料，我們最為歡迎！」而硬把「但是與抗戰無關的材料，只要是真實流暢，也是好的……」一語其中「與抗戰無關」五字抽出，重新敲響他數十年前的老調，說這是梁實秋的基本主張。他為了怕給人抽後腿，乃強調說一切問題要按當時的政治社會背景來評判。他的結論是：由於當時政治和社會的需要，把「與抗戰無關」數字提出是不正確的、不應該的，文藝應當符合時代和政治的要求。孔羅蓀進一步說梁實秋曾揚言不會寫與抗戰有關的文章，而梁以後的作品也證明他的確不寫與抗戰有關的文章，因此左派人士對梁譴責不遺餘力是十分合理的。

孔羅蓀的話題聽起來似乎頭頭有道，但細研之下，卻破綻百出。

他結束講話後，有幾個人向他詰難，我最後站起來，作了一次回擊的回擊。我指出：一、梁實秋的話顯然強調抗戰。孔氏將「與抗戰無關」五字抽出，是靠斷章取義而入人以罪，這既與事實不符且有損學術的客觀性。二、文學與政治社會有關，但並非政治、社會的侍婢。文學必須為政治及社會服務之說，在共產政權之外的地區並不通行，在學理上也沒有充分的根據。三、假設文學的確應當服從政治的要求，那麼就連共產黨自己也難自圓其說，最明顯的例子就是四人幫時代認為合乎政治要求的「正確文學」，今天在大陸已不合乎政治要求，而且也不正確了。而今天認為正確的，明天政治氣候一變，也很可能有問題。文學若一定要服從政治，文學家必會完全喪失其人格及文格。人格破產，文格不全，何來偉大文學？四、梁實秋不參加文協，原因是他不同意左派的見解，而他認為文協是愈來愈受左派操縱的一個機構，所以不能說他因此就是不愛國和敵視抗戰。

五、梁實秋說他不會寫與抗戰有關的文章，這話原是反語，意即他不屑寫空洞無聊的抗戰八股。六、梁實秋的雅舍小品對政府中那些擺臭架子的尸位素餐高官以及社會上浮華固陋的現象，往往用幽默諷刺的文筆痛加誅伐，這不能說「與抗戰無關」。七、即使退一萬步，說梁實秋以後的確倡導「與抗戰無關」的文學，但他原來的提法既沒有錯，而孔羅蓀與其同人在沒有證據之先就入人以罪，這無疑是情理兩虧，最為識者所不齒的行徑。八、今天若說大陸已打倒了四人幫因而一切都「情勢大好」，那麼，對梁實秋在文學史上的地位應予以公正的評價，不能按個人恩怨加上一把政治老尺，就去量度梁氏的文學作品。

我的發言相當長，也可算是一場舌戰吧。

休息後輪到徐訏，E. Masi及D. L. Holm三人發言，他們的論文大同小異，都是分析民族形式這個問題。下午由E. Muller、黃金明和W. A. Lyell分論艾蕪、沙汀和路翎的小說。

艾青向共黨的傳家寶「階級鬥爭」—暗射一箭

最後一天（十九日）以「向艾青致意」為總綱，一開頭由于儒伯製造高潮。他向艾青唸詩致敬，並擁抱親臉。一場宣傳式和感情式的引子過去後，高行健接下去講「艾青的詩藝」。他把艾青吹捧捧送上九重天，其中有些話，例如「新詩是號角，而艾青的最嘹亮最優越」，「艾青是世界上最偉大的詩人之一」，「他的詩的語言已提鍊到澄清的地步」等，不免令人身上起雞皮疙瘩。

艾青詩內「的」字滿紙，顯然是惡性西化的劣迹，這幾乎是眾口一聲的公論。但高行健把艾青的詩說到全真全善全美，我不禁發問，到底那麼多的「的」是否受法文「de」的影響，而在詩中又起甚麼作用。這個問題的前半部語帶滑稽，引起不少呵呵的笑聲。但高避開這一點，也不請在座的艾青直接回答，卻只說一句「他詩內的『的』能加強詩的節奏感。」有些人聽了幾乎忍不住要嘻嘻訕笑。董保中後來問及，艾青既反對復古，對毛澤東的舊詩詞到底評價如何。高行健這回覺得尷尬，乾脆把麻煩推給艾青。艾青面對難題，迂迴說了一句「各人有各人的喜好」就算了事，根本沒有盡回答問題之責。

上午最後一個發言人是艾青。原定的題目是「新詩的發展和未來」，但于儒伯臨時宣佈說改為「中國新詩六十年」。等到艾青開口時，他卻說不立題目，只想回顧一下過去，漫談個人感想。

艾青雖然受體力限制不能揮拳攘臂慷慨陳詞，但慢慢地吐苦水說冤情，句句道來，感人甚深。他的表現是勇敢的，他不像劉白羽稱毛澤東為「主席」——他乾脆就叫毛澤東，有一兩回則酌加「同志」稱號。

其後在答問中，他借題發揮未盡之意，說二十年來經歷了多方折磨之後，他如今對任何苦難都不懼不驚。看他的樣子和口氣，大有願拚一身老骨頭去反抗壓迫之意，即使政治風雲變色，鬥爭捲土重來，也不足介懷。這份今朝那知明日事的心情，他在下面一段話內流露得更徹底。他聲言反對迷信，所以反對發預言，因此也不為詩或任何事物算命。他著重說，若論前途，人人都會說前途光明，但轉瞬間一片烏雲可能臨到頭上。烏雲之後也許光明再現，但誰能預知？他弦外之音，直指大陸政治，這是人人都聽得懂的。

艾青這盆一瀉千里的苦水怨湯，為他贏得全堂掌聲。把他的話細味一番，有心人會想到大陸被鬥死、虐死的千千萬萬知識份子和億萬無辜生靈，哀慟之情，豈能自已？

艾青還補充說，他對過往的事，一生不會忘記。事實上任何人對大陸上演的一場人類歷史至大至慘的浩劫，都不能緘默，不能去懷；而知識份子，即使寄居海外，又豈無如同身受之感？

有人問「中國」新詩與外國文學的關係。艾青說新詩需要接受外國影響，否則會像人斷了一條腿。可是他接著重複前言，把十四行詩罵了好幾句，並加罵李金髮，說中國人而以金髮為名，簡直是假洋鬼子！

另有人問形象思維的問題，他直率地說一句「我不會答。」又接著說他不願意回答誰是他最喜歡的詩人或哪幾首是他最喜歡的詩這一類問題，意思是請問者免開尊口。

艾青拒絕回答形象思維的問題使人大感意外，因為他兩年前接受香港一家雜誌訪問時，曾大談此道。同樣，在那時候他也說過他贊成所有的詩體，包括格律詩在內，並直言他最喜歡法國詩人凡爾哈侖（Emile Verhaeren），也深受凡爾哈侖的影響。

艾青在答話中，曾趁機向共產黨的傳家法寶——階級鬥爭射了一箭，也真算快人快事，他說：「做人要大家互不傷害才好。有人說這是消滅階級鬥爭的言論，但階級鬥爭為什麼不能消滅呢？到一天，整個太陽系，包括我們所住的地球都得消滅，那麼活著時大家客氣點不好嗎？」有他這樣思想的人，在毛澤東時代打成反革命是當然的。艾青今天一口氣直抒胸臆，其誠其勇，再度博得熱烈的掌聲，實非意外。至此時間已很不早了，大會主席于儒伯又一次走到艾青面前，重演一幕大擁抱。

挖空心思斷章取義

最後一天下午講戲劇曲藝，我因事稍遲到會，但事後有朋友告訴我，吳祖光第一個發言沒有按題論劇，卻先向梁實秋攻擊，而砲之轟也，每回都以「香港來的一位年輕的梁先生說」為導火線，頗有倚老賣老，罵人少不更事之意。

根據朋友的轉達，吳祖光說抗戰時他寫了一篇「睡與夢」的抒情散文，以後「思想進步了」，乃深悔寫「與抗戰無關」文章之非，然而該文面世之初，卻大獲梁實秋的讚賞，由此證明梁實秋的確有意提倡「與抗戰無關」的文學，是個不抗戰的投降派，而梁錫華傻裡傻氣的替梁實秋打不平，顯然是錯誤和無聊之舉。這一回我沒有躬逢其盛，甚覺可惜。從大陸來的諸君，第一天聽了我的論文後一言不發（除了高行健嗡嗡兩聲），而事後藉念「論文」的機會作密集還擊，這都是經過緊急小組會議之後的集體行動。然而公道自在人心，事後其他學人在私下交談中給我的稱譽可作明證。學術之道，貴乎客觀，重乎史實。人不摸學術尤可，一摸就得有齋戒沐浴的虔誠，摔掉黨派的枷鎖，洗淨個人恩怨的鉛華，不然的話，靠挖空心思去斷章取義，研討殆矣，學術危矣。

董保中和夏瑞春繼吳祖光之後念論文，都是關乎戲劇的，也頗有發明。

至此為期四天之會已到風流雲散階段。末了當然按常規有大會主席略加結語，主辦機構代表人發表謝辭以及茶會等類節目。

這次我看大陸各代表在會上所作的，除了講個人經驗的不算，其他都是唸誦以政治為框框的報告而不是宣讀論文。他們對學術之道顯然全是外行，所以有些話不免給海外方家傳為笑柄。不過這也難怪，因為在過去數十年來，他們天天幹的，不是瞎唸教條就是彼此鬥爭，弄得民生凋敝，頭腦閉塞，還談甚麼學術？顯而易見，如不先將政治民主化，現代化能化到哪裡去呢？

說到自己，我從來不是善戰之輩，為人也怕嘩眾取寵，這次不幸成了「名人」，真覺得有違素願。不過在會上所發之言，全屬就事論事。所肯定和所否定的，並非因某人是甚麼派或不是甚麼派；但要硬說梁實秋提倡「與抗戰無關」的文學，或說郭、茅等人針對梁實秋所寫的是文字技巧高超的好文章，那麼即使是虔信馬、列之徒，若良心尚存，也不應該去按政治而執行「黨的路線」。學術的尊嚴，在乎實事求是，絕非以點作面，以偏概全，更不是死背教條、亂擲汙泥或公報私怨。不然的話，開些宣傳大會也就夠了，何用學術研討？

出席大會的大陸諸公所受的是貴賓待遇。他們全體穩坐前列，在發言次序的安排上，也往往蒙主人家青睞，一馬當先。但首出非智，後行非愚。任何人腦海中單線直行的黨八股思想若不「好好改造」，那麼即使年年參加國際性的文史會議，到頭來還是毫無寸進，徒費公帑。

說點花邊新聞結束吧：基金會供應與會者午餐；說是「粗食」，其實酒肉俱在，足快朵頤。此外，還有法國名產乳酪多種天天隨侍左右。中國人好此道者不多，大陸諸君，更多數見酪色變。獨有孔羅蓀來者不拒，黑白兼啖，亦云勇矣！在所謂「與抗戰無關」的問題上若有此開放態度，我早就可以在會中跟大伙兒閉目午睡（或晨寐），實行韜光養晦。

大會顧念諸學人流落巴黎而起的寂寞情懷，組織了三個晚會：一次是抗戰歌曲演唱，其他兩次是放電影，據說都以賺人眼淚為目的，我雖非女性，卻自問是弱者，一想到要觸動感情，內心震驚，所以有一天晚上雖然有女同行（據說可以互相扶持，巴黎規矩也），結果還是婉言拒絕，寧願跟一二男士夜闖花都，盼增見識。但結果在紅燈區被同人判為膽小鬼，可見巴黎之夜生活與我無緣；睹紅燈而求綠啖，所以可報導者寥寥。從大陸來的諸君子，數位一體，步履調諧，出入與共，相信對於巴黎之夜，所知更少。

雙夏（夏志清、夏瑞春）一董（董保中），在巴黎意氣豪邁，語驚四座；而行踪神態，又忽隱忽現、乍陰乍陽，為多人所不及。區區附驥於諸賢之後，獲益良多。

在會中感覺，西方學者研究中國文學能臻善境者固有其人，但有些所知有限的新進之士，碰到會議時才趕忙擠出一篇所謂的論文，氣力花足，但功力不夠，頗貽人笑柄。

有某攝影店派人到會獵取鏡頭，事後公佈，樣張沖印費三十法郎（臺幣約二百八十元）弄得寒傖如我者徒然嗞嗟咋舌，而手攜的照相機自己竟然糊塗到不識開關，真是少人相信的天下奇聞！正悵惘間，已給人拖到孔公羅蓀面前合攝祈福之照——霎時間四方八面鎂光熠熠，而人聲哄哄，合起來真有閃電雷轟之勢，大糊塗了好一陣子，神志才得慢慢恢復。因此益信明星、要人、政客之不易為，還是趕緊奮翅東旋，隱入沙田山區遂吾素志。主意既定，於是擇吉時，登鐵鳥，穿雲霞，幾聲呼嘯，回步香江；數日後成此漫記，用誌巴黎之會及個人之思。

註釋

註一：于儒伯係**R. Ruhlmann**教授的正式中文名字。

註二：關於此文可參閱本刊登出之譯本（六月十九日）。

抗戰文學的整理與研究

● 周錦

中國的抗戰，在中國近代史，乃至於中華民族發展史上，都有著無可否認、極為重要的地位。因此，表現那個時代，以及那個時代裡人文、社會和民心人性的文學，是應該被重視的。抗戰文學，不只是作家的心血結晶，更是中華民族千千萬萬同胞的血、淚的凝聚，研究中國近代史的學者不能不讀，研究中國文學的人更不可以忽略，其實，每一個中國的知識分子都應該讀，而且要深入的了解。對於中國的抗戰文學，曾經從報紙上讀到一些零星的討論，從學者的專著中了解到一些片段，但是卻一直沒有見到有系統的，且完整的整理，因此當代知識分子在這一方面缺少統合觀念實在是一件相當遺憾的事實。現在就依著手邊資料，提出一些屬於我個人的看法，希望引發學者專家對於抗戰文學的整理和研究的興趣。

抗戰文學，與抗戰時期的文學，是應該有所分別的，前者依著內容題材，後者根據寫成的時間。不過，還不曾有人做過這樣嚴格的區分，事實上也很難分得清楚，諸如梁實秋的「小品」，沒有寫抗戰，卻是抗戰那個時代和環境下的特有產物。再如陳紀瀅的「華夏八年」，是民國四十幾年纔寫起來，內容卻完全是抗戰的；至於蕭紅的「呼蘭河傳」，出於抗日作家的手，文學成就極高，寫成和出版也都在抗戰時期，可是所寫的故事內容與抗戰沒有一點關係。因此，我覺得這一方面的研究，應該把握抗戰時期的全部文學作品，也就是以時間因素為主，再加上不屬於這一個時期而內容是表現抗戰的各類高水準作品，比較符合實際情況。

另外，對於時間也還是一個不容易確定的事情，一般的說法是抗戰八年；最近有些學者的討論是十五年，也有人不把抗戰的起迄時間確定而作彈性的延展。我個人的研究，是以抗戰八年為原則，再把與前因後果有著直接關係的加上，勉強作為一個界定。

除了時間，地域也還是一個不算小的問題，或許有人認為只要與中國一致就該沒有問題，那是完全不瞭解抗戰的實際情況。歷來中共文學史家都是採取二分法，分做白區和紅區，或是國統區和解放區；我們卻不曾考慮到這一個問題，一直含混著。

其實兩者都不合適，前者武斷而且勉強的劃分，失之真實；後者又籠統而含糊不能表現真實。若要把抗戰文學討論得透徹，必須依著以下的區分：

㈠政府區的

㈡淪陷區的（包括東北和臺灣）

㈢敵後游擊地區的

㈣海外華僑的

當然，每一個單元內，還會有左、有右、有中間。就以同是淪陷區的文學來說，有漢奸嘴臉的歌頌，也有熱血沸騰的反抗；有高人雅士的吟哦，也有舞女姨太太的色情；不過，這些都是不應該遺漏的。

有了時間的界定，有了範疇的規劃，抗戰文學的整理和研究將會很快做出好的成績來。其實，今天以前，已經有不少的學者專家在這方面努力過，只是各自為政的結果，成績還不算理想。

現在先來看一看，當代學者對於抗戰文學的整理和研究。

藍海「**中國抗戰文藝史**」（民國三十六年九月，上海「現代出版社」），把抗戰文學的發展，做了系統的整理，只是立論不客觀，受了政治因素的影響太大。不過，正如後記所說：「在沒有一本更完善的抗戰文藝史以前，在這重大任務沒有更能勝任者負荷起來以前，它的出版那就不能說全沒有意義了。」

尹雪曼「**中華民國文藝史**」（民國六十四年六月，臺北「正中書局」），其中列有「抗戰前（後）期的文藝思潮」、「抗戰期中的詩人」、「對日抗戰時期的散文」、「抗戰時期的小說」、「抗日愛國戲劇」、「抗戰與民族主義文藝運動」、「抗戰時期文藝工作」，分別列在各個有關的單元裡。如果把這些材料加以統合，加以補充，很可以成就一部有水準的抗戰文藝史。

周　錦「**中國新文學史**」（民國六十五年三月。臺北「長歌出版社」），第五章「中國新文學第三期」，自民國二十六年的全面抗戰開始，直到勝利以後的大陸變色，由於勝利後最初是忙著復員，後來是應付戰亂，文學活動幾近於停止，因此這一部分可以看做抗戰文學史。但是，材料還不夠完備，而在文學發展的思想潮流方面，沒有能完全執著於文學而作大膽的討論。

劉心皇「**抗戰時期淪陷區文學史**」（民國六十九年五月，臺北「成文出版社」），是到目前為止僅有的一部淪陷區文學史，有很高的參考價值。但是，缺失也不少，可以見出的有：

㈠作者是為了「分忠奸」和「作後人警惕」，沒有能從作品方面做深入的推敲和發揮。諸如社會人心，和政治環境，孕育出的文學畸形，討論的不多。

㈡受了出版條件（叢刊篇幅）的限制，除了「落水」（漢奸）作家，其他涉及的不多。

㈢有如文學方面的漢奸榜，成為流水帳方式的記載和敘說。

㈣據以判定忠奸的理由是為某些刊物寫過稿，稍嫌薄弱，而列名作家也應該有個分類。

舒　蘭「抗戰時期的新詩作家和作品」（民國六十九年五月，臺北「成文出版社」），網羅了抗戰詩人二十多家，除了創作經歷的介紹，更選取了可以做為代表的詩作加以論述。這一本書還有一些缺點，那就是取樣不夠廣，而對於詩人和作品也不曾有相當的分類，因此只能給人一種概念，不容易得到比較深刻的印象。不過，從這裡倒也可以清楚地看出，抗戰中詩人所扮演的角色，和他們對於抗戰的貢獻。

尹雪曼「抗戰時期的現代小說」（民國六十九年五月，臺北「成文出版社」），寫得很有一些特色：

㈠前面一篇「抗戰時期的小說創作」，把抗戰小說做了全盤的勾劃，而且具體的列舉了將近一百部的作品，直接提供了研究資料。

㈡雖然只是取樣地介紹了十四位小說作家，卻也同時分析了他們的代表作品。

㈢以王國維論詞人的方式論定作家，諸如「茅盾『腐蝕』抗戰的小說，以及「姚雪垠『差半車麥稈』」。前者長篇小說的篇名，正好表現了茅盾對抗戰小說的傷害，後者篇名所代表的「半吊子」或「差些火候」，也正是這一時期姚雪垠小說的最恰當形容。

「抗戰小說選」（民國三十四年十一月。上海「文藝書屋」），共有八位作家的八個短篇。可能是為了趕時間，不僅份量少，似乎也沒有「選」，只是拼湊而成。如果一定要找出它的主題，那就是在於表現抗戰所造成的苦相與畸形。

「抗戰中國的故事」（民國三十五年二月。上海「西風社」），共收了二十篇短篇小說，不屬於名家，而是以徵文方式集起來的，倒也可以藉著從另一個角度來了解中國的抗戰。由於過分重視故事性，讀起來會有一些失實的感覺，影響到這些作品的文學成就。

「**抗戰文選**」（民國六十七年八月。臺北「長橋出版社」），蒐集了與抗戰事物有關的作品，包括詩歌、散文、報告、小說，輯集成的套書。雖然是好幾本，取樣性卻不夠，不能清楚的表現抗戰的各個層面。不過，為抗戰文學出選集的做法，是非常有眼光客而令人雀躍的事。

「**中國新文學叢刊——中國的苦難、中國的怒吼、中國的奮鬥、中國的勝利**」（民國六十八年六月。臺北「智燕出版社」），是以抗戰為中心，輯集了能夠表現全民苦難、怒吼、奮鬥、勝利的各別心態和社會形象的文學作品，自成單元各印為一冊。構想和做法都值得讚賞，只是資料還不完備，很多優秀並具有代表性的作品被遺漏。儘管如此，這幾本書對於抗戰文學的整理，以及有志於抗戰文學研究的人，都有著極大的貢獻。

「**抗戰文學研究專號**」（民國七十二年八月。臺北「現代文學」），選載了不少抗戰文學作品，揭示了一些抗戰文學的研究文字。雖然本身還不能為抗戰文學的整理和研究做出多少成績來，卻為抗戰文學的整理和研究起了開頭的路，相信推動的力量是很大的。

由前面所引述的資料，不難看出三十多年來學者對於抗戰文學的整理和研究，只是個別的做了一些，成就還無法得到肯定。其所以如此，我們不能苛求於當代文壇，也不必感歎沒有人才，實在是因為研究的條件太欠缺了，試問：

抗戰文學的重要作家有那些？

抗戰文學的優秀作品有那些？

研究抗戰文學的史料在那兒？

研究抗戰文學的工具書有那些？

到目前為止，恐怕還沒有人可以做正確的回答，實在是不應該有的現象。同時，只要提到這些問題，一定馬上會有人聯想到「禁書」上去，也是極大的錯誤。放眼我們的各大學中國文學系，再看看國內各大圖書館和文學研究機構，其負責人或各級執事先生，他們有幾個人喜愛中國現代文學，或是能夠容得下中國現代文學的，那麼抗戰文學的整理和研究，只能看到零星的點綴，也就不是奇怪的事了。何況，抗戰文學的蘊藏非常豐富，單就個人從事中國現代文學研究所接觸到的，提出以下的幾個數字來——

㈠抗戰文學的長篇小說，已經出版的最少有一百二十部，民國二十六年和三十五年就占了三分之一。

㈡抗戰文學的短篇小說，已經成集出版了的，不會少於一百五十本，而民國二十六年和三十六年，就印出了六十四本。

㈢刊載抗戰文學的雜誌，可以說出名稱來的就有三百一十七種。

㈣抗戰期間可以發表文學作品的報紙副刊，一定超過三十種。

……。

如今，能夠見到十分之一、二？其中屬於中國國民黨中央文運會出版，張道藩負責的「文藝先鋒」；以及三民主義青年團青年書店出版，陳銓負責的「民族文學」，都是月刊，全都刊載過不少的抗戰文學作品，出刊的時間也不算短，可是到那兒纔能讀到？就連陳銓出版於抗戰時期，曾經風行一時，並被左派罵得狗血淋頭的戲劇創作「野玫瑰」，目前有幾家大圖書館蒐藏了的。因此，影響抗戰文學整理和研究的，有關人士的文學素養和工作態度，纔是最大的原因。

對於抗戰文學的整理和研究，作任何的埋怨和慨歎都沒有用，我們應該本著「做，比不做好」，以及「早做，比晚做好」，放開手努力去做。至於怎樣做，我這裡再次提出個人的看法（參考民國六十九年七月七日、八日。周錦「抗戰文學的整理和創作」），請熱心的朋友，共同來為我們的民族文化，並為我們無盡的文學資源，做一番努力。

整理中國現代文學史料。自民國六年的新文學運動開始，中國現代文學到現在纔不過六十多年，抗戰文學加上前因後果，幾乎概括了它的絕大部分，因此整理中國現代文學史料，乃是整理和研究抗戰文學的先決條件。

建立完整的抗戰文學研究資料。要從整理舊資料和建立新資料著手，使研究的人藉以了解到那個時代，那時候的政治環境和社會背景，進而對作品纔能得到比較深刻的認識。

促請抗戰老英雄撰寫回憶錄。如果沒有整體的計劃，寶貴的抗戰史料將被湮滅，更會弄得真實和贋偽不分，對於研究的人不僅困擾，也是信心和興趣的阻遏。

撰寫抗戰老兵的訪問錄。可以提供最可靠的抗戰史實，使抗戰文學的研究得到可信的印證，也供給當代作家可貴的創作資源。更能夠在抗戰時期老作家的訪問中，得到抗戰文學史的可靠資料。

編纂抗戰時期文學理論的總集。不論左派或右派的主張，全文錄下並加以排比，特別是民國三十一年幾乎同時間發表的張道藩「我們需要的文藝政策」和毛澤東「延安文藝座談會講話」，一起刊出來。每一篇文字加註說明，任何人都可以一目了然，是誰真心的愛護著文學？是誰真正傷害了我們的文學？

編集抗戰小說選。請專家評定幾部長篇小說，並彙輯短篇小說集。不必拘泥於數量，卻一定要維持相當水準。而且於每一篇小說，除了對作者的簡單介紹外，作品的評論更是重要。

編集抗戰詩歌選。除了一般觀念的抗戰作品外，要特別將「詩論」、「朗誦詩」、「通俗詩歌」輯集，因為抗戰期間的詩歌討論有很多獨特的見解，而朗誦詩與通俗詩更是那個時代的特出作品。

編集抗戰散文選。除了一般觀念的抗戰作品外，更要編成「速寫小品」、「報告文學」、「新聞文學」的選集，因為這些作品不只是有它獨特的形式，往往更能表現抗戰精神。

編集抗戰戲劇選。先請專家評定抗戰長劇五至十部，另外再選獨幕劇及街頭劇成集。抗戰時期的街頭劇，不僅有其特殊成就，而且表現的方式（結合了演員與觀眾）更開拓了戲劇的境界。

編選抗戰時期淪陷區文學集。有腐蝕人心的色情作品，也有亂世的忠貞文字，雖然絕大部分不是抗戰文學，但是卻可以藉以表現抗戰文學，並能幫助我們對抗戰文學的環境得到更深的了解。

編選抗戰時期游擊地區文學集。儘管文字表現不成熟，有的過於俚俗，甚至政治意味太濃，卻對於抗戰的全民性，以及文學的通俗性，能夠充分顯示。

編選海外華僑的抗戰文學集。以香港、南洋、及其他地區，分單元編成。因為各地區，特別是香港，於抗戰文學有著特殊影響。

編輯抗戰文學資料索引。為全世界研究抗戰文學的專家學者提供最好的服務。

依年次編成小說、散文、詩歌的年度選集。不只是可以看出抗戰各時期的文學情況，也可以藉著文學作品，反映出抗戰期間社會現象與民眾心理，在不同的時日裡所產生的變遷和差異。

編成專題選集。例如「七七」盧溝橋事變，「八一三」淞滬戰爭，其勇的「八百壯士」，長沙會戰，敵人的大轟炸，重慶精神，民眾抗日，救亡活動，遠征軍的揚威異域，……以及作家個人的抗戰文學選集。這樣的輯集，不僅能夠加強本來具有的文學價值，並有助於學者專家的研究，更可以作為歷史的見證。

關於抗戰文學的整理和研究，不必多少理論，主要在於實踐，因此前面所列舉的各項建議，雖然以全面推動為最好，但部分去做也是無妨。總之，應該做，必須早做，絕不能以任何理由加以延宕，因為這是民族文化的無價寶藏，是中國現代文學的不盡資源，也是我們這一代知識分子應該負起的責任。

七十三年二月十日「文訊月刊」第七、八期合刊

文學的歷史不容篡奪

抗戰文學的保衛與整理

●彭碧玉、丘彥明整理

民國六十八年正值抗戰四十二週年紀念，全國文藝界熱烈討論關於抗戰文學的問題，聯合報副刊在七月六、七日推出「文學的歷史不容篡奪」副題「抗戰文學的保衛與成理」，由彭碧玉、丘彥明分別採訪二十位老中青三代的學者專家，他們分別是：陳紀瀅、朱介凡、夏志清、陳香梅、王靜芝、姜貴、耿榮水、周玉山、謝嘉珍、毛一波、鳳兮、趙友培、許建吾、王藍、李永剛、徐訏、朱天文、唐紹華、尹雪曼、李中和，可以視之為關於抗戰文學意見的整體表現。（編者）

中共破壞抗戰，也破壞抗戰文學

●陳紀瀅

提起抗戰文學，我就想起巴金、徐遲、孔羅蓀，他們三個人都是我的好朋友，尤其是孔羅蓀，我們倆從民國十六年到三十六年都一起工作、一起住、一起寫作。這三個人在大陸淪陷以前，都不是共產黨，而是後來在生活的種種情形下，被迫走上這條路的。因此在台灣的這些年，我時常感嘆他們沒能出來，而在大陸上受很多的苦，我這個做朋友的不管怎麼說總是有道義的責任的。

抗戰，簡單的說，是全民對日作戰。我當時主編大公報副刊，只要是有關抗戰的好作品都選用，而事實上那時除了「新華日報」、「群眾」，這兩種共產黨的宣傳報之外，大多數報刊雜誌都是在政府的領導下一致抗敵，跟共產黨可說毫無關係。

抗戰文學的特色，大致說起來就是描寫日本人的殘酷、蹂躪中國人的暴行。而作家們，據我所知，極大多數是在一種愛國情緒下進行創作，當時，雖然有少數作家到延安去，但大多是為了生活，例如蕭軍，他到過延安又出來到成都重新寫作，當時與我寫信說成都生活困難，於是他又回到延安。不可否認的，是他對共產黨存有一點幻想，但是後來他在王實味事件中居然被批判了。其實這是共產黨一貫的作法，先利用文人替他宣傳，而後卻勞改、清算他們。像蕭軍、胡風這些替共產黨賣過命的人都被批鬥，何況其他的人們？或許有人說經過文革，現在許多老作家好像又恢復了自由，事實上他們在寫作上還是沒有自由的，依舊有人在後面操縱。

我十分懷念三十年代的一些老友、作家，但是孔羅蓀今年六十八歲了，巴金、茅盾、周揚也都快八十了，即使再寫也畢竟有限了，因此我現在希望共產黨統治下年輕的一代，多寫出一些地下文學，替歷史做真實的見證。

我們在台灣渡過了安定的幾十年，實際上情緒並未有片刻的閑靜。我們沒能夠對抗戰八年的文藝創作有適當的評價。究竟它繼承了什麼？發揚了什麼？留給我們的課題又是什麼？

我對於抗戰文學的看法是：一、抗戰文藝思潮，是「九一八」文藝思潮的繼續，是以與日本帝國主義清算百年恥辱，發揚中華民族自尊心為寫作重點。二、抗戰文藝思潮，是根據「民族至上、國家至上」全民總動員、團結一致、共禦外侮，構成寫作主題。三、抗戰文學思潮，是揭發日本軍閥的殘暴狠毒，同時表彰中華兒女不屈不撓的偉大精神。四、抗戰文學描寫了中華民族有史以來的大遷徙，也描寫了不同地區人民的大結合，這種遷徙，既溝通了習慣；也擴大了人民的心胸與眼界，也融合了彼此的感情。五、抗戰文學描寫了中華民族艱苦卓絕的精神，對於後代子孫有莫大的教育作用，對於復國建國增加了信心。六、抗戰文學被共匪篡奪，這是不容我們忽視的，要知道中共，不但沒有支持抗戰文學，而且還以普羅文學的毒素，破壞純潔的抗戰文學，造成戰後很多智識份子的精神瓦解。

我認為，我們不僅應回顧抗戰的文學，把這段歷史加以整理，同時更要擴而大之的回顧清末民初以來的文學史，以史實來告訴我們這一代的年輕人歷史的真貌。

抗戰文學是新文學運動的開花結果

●朱介凡

抗戰文學早就應該整理了，為什麼呢?我的意見如下：

文學作品可以反映時代，對日抗戰的意義在中國歷史上來說，是一個重要的歷史階段，因為束縛近百年的不平等條約，一直到抗戰的末期，才得以廢除，這份自由是中國人民用血肉換來的。我們也可以說對日抗戰使得沈睡的獅子怒吼了，反映在文學作品中，則是慷慨激昂的時代精神，因此，抗戰文學，在我國近代文學史上的意義重大，一定要加以整理，使之永傳後世。

民國八年的新文化運動，胡適先生等人提倡白話文，到了抗戰期間，用白話文寫作的文學作品已趨成熟，如果把白話文運動初期的作品與抗戰時期的作品，做一比較，會發現白話文運動初期的作品簡直就像是老太婆的「小大腳」，不大不小沒個樣子，白話文運動到了抗戰時期才算開了花，新人輩出，佳作如林，就純文學的意義而言，這階段的文學不容忽視。

大陸淪陷至今已三十年，三十年來台灣文壇一片蓬勃，相反的，大陸的文人備受磨難，談不上文學創作，我認為我們除了整理抗戰時期的文學作品外，也可以同時把三十年來海峽兩岸，自由中國與鐵幕大陸的創作成績，做個比較，讓世人明瞭共產黨摧殘文學藝術的罪行。

最後一點，關於整理工作我有一個建議，就是一些留在大陸的作家，很多是經過國民政府所領導的抗戰時期文學生活才開始成長的，由於政府的培植才有可觀的文學成績和名氣，只是因為身陷大陸，作品一直未能流傳，如今，這些作家中有的已作古多年，大多數都被鬥爭，我覺得這些人的作品有再被提出來，從新評估的必要。

我要寫一部「抗戰小說史」！

●夏志清

當我寫「中國現代小說史」的時候，曾在美國哥倫比亞大學圖書館裡找資料，我發覺，能找到的抗戰期間大後方出版的文學作品和文學期刊，比起抗戰前的作品，實在少得可憐。別的圖書館收藏的也不多。史丹福、哈佛圖書館資料稍稍多一點，但也很有限。

其實抗戰有不少很好的文學作品，只是大家沒太注意，尤其因為戰爭的關係，失落了不少！這是很遺憾的事。

抗戰時期的作家中，我認為端木蕻良、路翎是應該特別注意的作家，他們的作品值得專章評論，其他像吳組緗、蕭軍、蕭紅、沈從文、老舍、巴金、張愛玲等也都是這段時期非常好的作家。當然，其中也有幾位有極複雜的政治生活，這要另外討論才行，在此說不清楚。

抗戰文學，當然初期大多以抗戰為主題，但是到抗戰後期就變了。其實我覺得抗戰文學的特色是當時作家在作品中表現出懷疑過去小說的精神，蕭軍可以算是一個代表。同時因為日本人的入侵中國，佔領了中國的領土，國人對自己土地被略奪的悲痛及對土地的懷念，發展出了關愛農村的文學，我認為這是抗戰文學中不應忽視的重點。

抗戰文學是應該好好的加以整理，我自己就曾計劃寫一部抗戰期間的小說史，把當時一些值得重視的小說，予以討論。

現在年輕的一代，對於抗戰文學大都不太清楚，有的甚至連「抗戰文學」這名辭都沒聽過，我想應該趁著現在把國內外能找到的抗戰作品盡量搜集，請專家編輯重印，畢竟這是一段不容易忽視的中國文學史！

以我們的筆，為抗戰歷史作見證

●陳香梅

抗戰時我是個學生，在這八年中，我卻因跳班唸完了小學、中學及大學，在並抗戰勝利的前幾個月，參加了中央社成為國內第一個女性記者。

抗戰時，生活艱苦，大家只有一條心——求取抗戰的勝利。文學的活動，並不因戰爭而中斷。相反的，文化活動更為活躍了起來。許多作家都到了大後方，創作了許多小說、散文，還寫了很多的話劇。那時電影還不多，所以抗戰為題材的話劇風行一時。抗戰期間，物資缺乏，所以報紙紙質很差，份量也不多，我們能夠唸書，看到報刊雜誌，讀到許多名作家寫的抗戰作品，是我們最快樂的事。想想看，當時沒電燈，點著油燈、蠟燭，但是在這種抗戰的情緒下，文學居然顯現出一股蓬勃的朝氣，怎不令人雀躍。

抗戰時，不僅是文學作品上的創作很多，而且不限於只寫抗戰八股，更有許多大時代的小故事，作曲也很盛，還有許多人從國外回來參加抗戰，帶進了許多翻譯文學作品，因此抗戰期間的文藝活動是非常活潑的。

抗戰至今已成為一段歷史，但是現在左派的作家卻在纂改歷史，在海外宣傳抗戰是毛澤東抗的，其實共產黨那時連一架飛機都沒有，怎麼打日本？我們艱苦抗戰了八年，前四年在亞洲戰場上拉住了日本，使得美國有充分的時間整軍參加歐洲戰場，英國首相邱吉爾曾說二次大戰時歐洲戰場第一、亞洲戰場第二。而亞洲戰場是個被遺忘的戰場，這對我們國民政府而言確實是一段很悲壯的過去。而在我們苦撐八年抗戰之後，共產黨卻要接收這項成果這是很不公平的。但是他們改寫了歷史，對中國認識幼稚的外國人看了，怎麼摸得清真象？因此也就被蒙蔽了。

我們中華民國沒有人來寫一部真正完整的現代史（抗戰史）是很令人遺憾的事，我們應該責成這件有歷史意義的見證工作早日完成。同時我們這一代每個能夠拿筆的人，都有責任以文學的方式來證明抗戰以至於現在的真正中國歷史。

優先整理真正愛國作家的作品

●王靜芝

抗戰的時候，我二十多歲，當時雖然愛好文學，但是並沒有參加當時的文學活動，主要原因是當時的文壇被左派作家把持得很厲害，我寫作的「個別行動」，就是偶爾寫篇文章，投稿到報紙或雜誌，運氣好的話就被刊登出來了；當然，也有退稿的時候。

那個時期的文學作品有一個特色：不管是不是左傾作家所寫的，任何作品都是充滿愛國思想，不同的是，左傾文學作品中另加了一些「東西」，而且方法巧妙，彷彿是披了一層糖衣，表面看來他們都是愛國的，事實上是另有所指。像曹禺在民國廿九年，以野戰病院為背景而寫的劇本「蛻變」，主角之一的專員便是共產黨員，所謂「蛻變」的意義是改革，是好的、進步的，但「蛻變」一劇中的改革卻是共產思想的「前進」，這便是我所說的方法巧妙。談到抗戰時期純粹愛國的作品，像是陳銓的劇本「野玫瑰」，政府遷台後，改名為「天字第一號」，這個劇本便是真正對日抗戰的作品。

談到抗戰文學的整理，這工作很難做，因為其中有不少左傾文學作品。我認為左傾的文學作品不宜整理、公開，這些作品，像我這種年紀的人差不多都看過，我們也曉得共產黨的把戲，但是年輕人把握不住，容易迷惑上當，就像吸強力膠一樣，是很危險的。當然，我們也不可因噎廢食，只是希望在進行整理工作時，一定要慎重。

除去左傾文學作品外，抗戰時期真正愛國的作家，應該予以表揚，像陳銓、王平陵等人，從他們的作品裡可以看出當時我們的民族精神，這類作品才是應當優先整理出來的。

對日抗戰是中國文學的一大寶藏

●姜貴

民國二十六年，我原本是津浦線上徐州的鐵路行車人員，與文學一點兒都沒有關係，偶爾心血來潮寫寫文章，但純是為興趣而寫，寫了也就擱著。

抗戰軍興，津浦線兩頭分別被日本人佔去了，可以行車的鐵路一天天短了，看這情形，我就寫信給軍方，希望加入神聖抗戰行列，原本是希望參加交通運輸工作，結果卻被分發到政治部，當時部裡有許多著名作家像詩人臧克家，小說作家姚雪垠、孫陵等人，見了面，大家嘻嘻哈哈的，可是私底下，我對他們的文藝工作一點都不了解。那時候我駐在地算是前方中的後方，因為不接近火線，在前方沒有報紙可看，只是每一個縣有社教館，社教館中有架收音機，每天播報十條八條的消息，官方派了人把這些消息抄寫下來，簡單明瞭的幾百字，貼在社教館前面，我每天都去看，這是抗戰中我唯一接觸到的文字，它只記載當天的重要新聞，根本談不上文藝性。

雖然對抗戰時期的文學作品不甚了解，但是早期魯迅、周作人和「創造社」、「新月派」作家的文章，我倒看了不少。由於早年在大陸，自己並不是認真的在寫作，因此對當時的文學作品，總是站在客觀立場，沒有特別喜歡的，也不排斥任何人的作品，談不上受了什麼人的影響，不過，嚴格說來，我倒是承認是「有些兒」受了魯迅、周作人兄弟的影響。

我想所謂抗戰文學不一定是指對日抗戰那八年中寫出來的作品，廣義的說，凡是以抗戰為歷史背景的作品，都可稱作抗戰文學，雷馬克的一系列以戰爭為背景的小說就是在戰後才寫的。關於整理抗戰文學的問題，我認為絕對有必要，對日抗戰在中國幾千年歷史中是一大壯舉，也是中國文學的一大寶藏，永遠寫不完的，不要說十部八部的文學作品，就是寫上千部也不嫌多，我自己就計劃寫一部以抗戰為背景的小說。

為什麼我不生在那個時代？

●耿榮水

我不曉得抗戰文學中有那些重要作品！我看過以抗戰為背景的小說如「藍與黑」、「滾滾遼河」、「未央歌」，看完這幾部小說，唯一的感覺是——生不逢時，我想：真不幸，為什麼我不生在那個大時代中，如果身在那個時代，我也可以像「滾滾遼河」中的人物一樣，從事地下工作，也可以像「藍與黑」裡奔往大後方，投入神聖抗戰的學生一樣。我當兵時，就一直希望能抽到金馬前線，多少體驗些戰地氣息，可是，我仍然不幸，被派到中壢。

像這種以抗戰為背景的小說，其內容能給人強烈震撼，即使是愛情故事，也是有血有肉，不像今天承平時代所出現的小說，都是軟綿綿的風花雪月，感受不到大時代的氣息，一般來說，一部偉大的文學作品，都是以大時代為背景，「戰爭與和平」，以拿破崙時代為背景，「飄」以美國南北戰爭做為時代背景，所以這些作品能予人強烈震撼。以最近十年來，最能反應我們時代背景的是張系國的「昨日之怒」，它是以民國六十年前後，「保釣運動」為時代背景，感覺有血有肉。所以，我們不能強求偉大的作品，偉大的作品往往是時代的產物。

民族血淚，萬古不滅

●周玉山

七七抗戰至今，忽焉四十二載，當年領導全民浴血拚救的民族聖雄　蔣公，業已靜眠於慈湖。我們撫今追昔，不由感慨萬千。

抗日戰爭的悲壯慘烈，為我五千年國史所僅見，它是掀動全民，全民奮起的大舉。抗日志士，固能「不待文王而後興」，但若提及領導者，不論名義上或實際上，皆屬國民政府和　蔣委員長，此為舉世皆知之事。勢利如季辛吉者，四年前在　蔣公的悼詞中，對此也閃見了真情的稱頌。

然而舉世皆知之事，中共仍能曲解到底。他們編演義，說戰史，寫教科書，並且大規模的「替國民黨」出民國史，無一不在汙衊　蔣公的人格和動業，無一不在誇耀自己的戰績，推其用心，當然欲使青年一代乃至子孫萬代，相信這一句講過千遍的謊言：「抗戰是共產黨領導的」。

為了搶救歷史，為了驅邪抗惡，為了告慰死難軍民，為了國家的生存和發展，我們在紀念七七之際，向政府懇切呼籲三事：

一、請即動員人力物力，拿事實做材料，編寫詳盡的抗戰史，特重史料的公開和發行的普及。

二、請宣布七七抗戰紀念日為國定節日，以號召海內外及大陸的人心，而速收民族精神教育之成效。

三、請重新輯印抗戰期間的文學作品，或協助民間出版此類血淚之作，期使大家透過心弦的感動，產生對民族的認同與歸屬感。

抗戰作品給我的震撼

●謝嘉珍

我所了解的抗戰文學是從抗戰時期的大公報、中央日報、掃蕩報等報紙副刊來的，那時期的副刊和現在各報副刊情形相同，都是發表文學作品，感覺上不同的是當時的文字結構及技巧遠不如現在各報副刊上的文章，內容則側重寫實，多半寫的是作者親身經歷的事情，令人讀來有句句血淚之感；尤其是讀到一些青年學生在從軍之後所寫的抒情文章，寫他們所經歷的戰事，寫他們行軍時經過的村莊情形，讀著讀著，我不禁會自問道：上一代的青年有這麼多投筆從戎的，如果現在國家突然宣布動員，我你這一代是不是也能如此做呢？

從當時的報紙副刊上，我還讀到許多描述暴行的文章，我只能用「不忍卒睹」四個字來形容我讀報時的心情，在痛心之餘，我不斷的思考著：為什麼人類要互相殘殺、迫害呢？我並不僅僅的只記恨日本人，我想只要人有私慾，戰爭總是無可避免的，中華民族天性愛好和平，我們有世界大同的理想，我們有兼善天下的胸懷，可是今天國際局勢變化詭譎，空有理想仍無濟於事，我們該怎麼做，才不致再發生類似日本侵華的恨事？

以一個文壇晚輩的立場整理抗戰文學，是我目前正在從事的一項工作，余生也晚，沒能躬逢那個飛揚的時代，只能抱著誠惶誠恐的心情，為彰顯前代的文學業蹟，盡一份棉力。

不能因為抗戰文壇有左傾份子就否定抗戰文學的價值

●毛一波

抗戰時文人大多聚集在重慶、桂林，我當時是在四川成都，起初成都文人比較起來是少了一些，後來才逐漸增加。

有人誤會抗戰時的文人大多半是共產黨，這完全是中了共產黨宣傳的計，其實當時的作家多半是自由主義者，崇尚自由思想。若我記憶沒錯，那時好像謝冰瑩是在新民報、梁實秋主編中央日報副刊、方豪在益世報、徐訏在掃蕩報，也都是抗戰文學的領導人物，大家分別以散文、論文對日本政府大加撻伐，當然也不可否認有一些左傾的作家像郭沫若、周揚等人，但我們不能因為抗戰文學中有左傾份子，就否定了抗戰文學的價值。

我認為抗戰文學是應該有系統的整理出來，不僅是歷史的交代，同時也該讓每一代的中國人了解抗戰文學的特色，那畢竟是中華民族爭自由爭生存的歷史上，佔有重要地位的時代。

但是，我認為整理時應公正的處理，不要帶著政治偏見，這樣去整理抗戰文學才是具有意義的。

抗戰時報紙、雜誌、宣傳品十分普遍，各地方有各地方的報紙，小地方也有刊物，小說並不是很多見，劇本倒是不少，也大都搬上舞台，那時題材都是針對抗日而寫。我認為不同的時代，產生不同的作品，抗戰時代的作家們似乎比較熱情，但是他們產生作品的背景與現代的作家不同，我想不必把這兩個時代的作品相較，那是不公平的比較法。

未能整理抗戰文學是三十年來的文壇撼事

●鳳　兮

抗戰時候復旦大學遷到了後方，商學院跟新聞系的部份同學在重慶，校本部則設於江北的小鎮黃桷市內。

雖然當時我在復旦大學唸書沒上前線，但是日本飛機經常來轟炸，明明幾分鐘前才見面交談甚歡的朋友，說再見還沒轉過一條街可能就成了永別，我們的教務長，一位很好的先生就這樣被炸死了。每天躲著飛機，總有劫後餘生的感觸，那種情緒是激切的。當時我只是個學生，一方面在抗戰的熱情下，一方面由於生活的需要必須賺些稿費，於是寫了一些詩、散文、論文發表，也不管寫起來別人說好或不好，覺得該寫就寫，但嚴格的說在抗戰文學中，我所扮演的角色不是作者，還只算是個讀者。

記得在復旦校園裡文藝風氣非常盛，除了許多同學寫作以抗戰為題材的各類作品外，還寫劇本演出話劇當時話劇大都在重慶的「抗建堂」演出，雖然交通不便，但是大家卻會成群結隊的來回走一、二十里路去觀看，走得腳痛了乾脆光著腳再繼續走。另外，在校園裡面我們會碰到一些共產黨刻意吹捧的左傾作家，但是我們那時的年輕人好像沒什麼偶像崇拜似的，也不覺得他們如何了不起。記得郭沫若、老舍來學校演講，只有幾十個人聽，並不特別轟動。其實郭沫若等一批左傾作家的作品真的不是好到像他們吹捧的那麼好，而且一般的左傾作家，只是因為時間的距離和大陸的封閉造成了他們的神祕感罷了！

一拆穿也就不稀奇了。

我從不以為抗戰文學與共產黨有關，像曹禺、巴金根本不是共產黨，也沒有左傾的傾向，他們只是自命清高，他們對於政治遠離一點並不代表他們反對，接近一點也不表示一定贊成，而在共產黨處心積慮的拉攏下，他們成了犧牲品，這也該說是文人的悲哀吧！

我們對於抗戰文學一直沒好好的整理是件遺憾的事，雖然抗戰時的作品數量及種類不及近三十年來台灣的作品多，但是畢竟是我們文學史的一部份。而且我認為，抗戰文學中的「報導文學」最有成就。為報導文學是動態文學，在那個時代下，日本飛機炸轟，日本人在中國的土地上慘無人道的屠殺，那種怵目驚心，頃刻間生死存亡的忠實報導，不僅感人，更具文學與歷史的意義，另外，朗誦詩也是抗戰文學的一大特色，這種具備時代意義的文學我覺得是該讓年輕的一輩及世世代代的中國人了解的。

中共利用抗戰文藝壯大自己

●趙友培

提到抗戰，那是段艱苦的歲月。從歷史上看，抗日戰爭絕對避免不了，但是若遲些日子展開，讓我們在各方面準備得更充分，局面將會改觀。

不錯，共產黨抗日時與國民黨聯合抗戰，但是在國共和談之前，他們卻做了許多破壞性的文藝工作，利用東北作家造成「政府不抗戰」的輿論，引發北平學生請願，促使抗戰提早，我想這是我們必須認清的一段歷史。

接著，在所謂「站在國家利益一致的立場」，進行了「國共和談」，共產黨正式加入抗戰行列，但他們不但沒有抗戰誠意，而且利用這機會私下擴張共黨勢力，以政府經費來做自我宣傳。因此在回顧抗戰文學的時候，我們必須了解一個史實：當時政治部副部長是周恩來，第三廳廳長是郭沫若，田漢也在裡面擔任處長，而第三廳負責的就是文化宣傳工作。他們利用工作的方便，進行滲透人心的工作。

抗戰我在武漢時，曾在報紙上發表一篇文章批評當時左傾分子所寫的作品，共計六點：

一、開空號：也就是做共產黨的傳聲筒，這種作品沒有創作的思想、沒有情感，完全只是做宣傳，非常空洞。

二、放烟幕：雖然外表喊著抗戰，實質是擴充共產黨勢力，表裡不一致。

三、畫葫蘆：少數左傾作家上過前線，但大多數根本沒上過戰場，也沒有受過軍事訓練，卻一味的趕時髦，捕風捉影描寫前方抗戰情況。

四、鑽牛角：眼光短淺，只看到一小點就大驚小怪，而沒看到全面的情形。

五、拖死蛇：小題大作，常常把文章拖拖拉拉的寫得很長，而且不論內容情節是否與抗戰有關，大部份作品都喜歡最後拖上一個抗戰的尾巴。

六、寫花帳：文章完全是記流水帳的方式，沒有好好的配合。

只記得我寫這篇文章把一些朋友得罪了。

同時在武漢，我還深深的感覺：我們很不注意「名辭」給人的感受。我們不論軍事或文學各方面的進修都用「訓練團」的名義，而共產黨則利用人性的弱點取名為「抗日大學」，年輕人常常就受了名稱的蠱惑而誤上賊船。當時一篇小說，故事描述一男一女抬著行李到武漢，卻一個到了重慶，一個到了延安。這說明一件事，在宣傳混淆之下，青年人認識不清，很容易做了錯誤的選擇。

後來到重慶，共產黨提出「工農兵」文學，以「工人」第一為口號，其實抗戰是在戰爭時期，「士兵」才應該是最重要的，但是共產黨卻把「兵」放到第三位。那時我主編「文藝先鋒」和李辰冬兩人輪流寫社論，常常和共產黨辦的「新華日報」打筆仗，可是當李辰冬駁斥「工農兵」文學的論點時，對方卻沒了下文，這也就等於默認了他們的錯誤。

現在回想起來，會覺得抗戰時，我們把軍事第一、勝利第一做為大目標並沒錯，但是我們對於文學所花的精神、鼓勵文學的經費似乎不夠，而共產黨打著抗日口號，把政府的錢大部份用到文藝上，造成思潮的力量，就顯得很可怕了。當時我們在文學上確實是站在守勢的立場，而共產黨花很大氣力，甚至把作品翻譯成英文小冊子在外國發表，難怪不明究竟的洋人會誤會抗戰的功勞屬於共產黨。前車之鑑，不能不引為慘痛的教訓。

我以為抗戰文學的特色是報導性的作品多，對於抗戰描寫題材廣、角度深、變化大，表現得多采多姿。不論共產黨再如何的宣傳，抗戰文學確實表現出了抗戰的時代。再說，雖然我們曾不太注意到抗戰時文人、文學所扮演的角色，但是當文化人真正需要幫助的時候卻立即伸出了援手。例如民國三十三年冬天日本人突破衡陽、桂林，許多難民逃到貴陽，政府立刻派張道藩先生，我也跟著張先生一起到貴陽協助落難的文人，像孫陵、田漢、茅盾等人都在當時受過幫助，政府的不計前仇的表現，也是動人的文藝史。

因此當我們談抗戰文學時，必須把史實和文學作品同時披露，這樣才有助於全世界對我們整個抗日歷史和中共的認識。

懷念高唱戰歌的日子

●許建吾

民國二十六年我在江西省景德鎮，為蔣經國先生主持的「自衛訓練班」寫下「自衛」這首歌的歌詞，這不僅是我的第一首歌，更重要的這展開我在抗戰期間歌詞創生活的序幕。

抗戰中，我因為在空軍政治部做事，所以為空軍英勇抗戰的史實寫下了許多歌詞，像「大空軍」、「神鷹三部曲」，都相當的雄壯激昂。除戰歌外，我也創作表現那個時代的抒情曲，總有幾十首之多。

其實我不是學音樂的，但是對音樂卻有極大的偏好，同時我對中國戲劇的興趣也很濃，不斷的研究平劇、崑曲，再加上對中國文學的涉獵，不知不覺中產生了寫歌詞的念頭。「自衛」這首歌詞發表後，許多朋友說好，而後劉雪厂、賀綠汀、王雪階、李抱忱、夏之秋、姜希、楊明良、林聲翕、邵光、周書紳、黃友棣等人都為我作的歌詞配曲，我也同他們建立了很好的友誼。

「追尋」是首大家比較熟悉的歌，我寫了這歌詞後，居然有七、八位作曲家譜曲，在抗戰時很流行，這是寫一個朋友的故事，藉此表現抗戰的遠景是光明的、可追尋的。

寫作熱血沸騰的抗戰歌詞，是創作生命的最大昂揚，因為唱歌可把抗戰的情緒提得更高漲、更雄壯。也許有人說許多左翼的作曲家也替我配過曲，抗戰那時候想到有什麼左翼右翼的！只知道我們國民政府領導抗日，決心要把日本人從我們的領土趕出去，是同仇敵慨的。不過倒真有些作曲家受了共產黨的蒙蔽，上了他們的當，那也是抗戰勝利以後的事了。但中共利用文藝竊取抗戰果實，是早有預謀的。

我很慶幸，大陸淪陷時我能逃了出來，但是許多抗戰時自己所寫的歌詞就在逃難中遺失了，我常覺得自己當年落魄、逃亡，像極了今天越南難民。至今，我雖然繼續寫作歌詞，但卻很懷念抗戰時和許多作曲家合寫愛國歌曲的那個時代。

在抗戰時，實在出現了許多寫作得很動人的抗戰歌曲，但是政府卻沒注意去把這些精華完整的理出來，在文學方面當年也有很多精彩的創作，但也都失敗了，我們在文化上沒有下很大的工夫，確實是一大遺憾。趁現在還可以補救的時候，該設法趕快補救。這是非常重要，且具歷史意義的。

從速整理抗戰文學，必要時譯成外文出版

●王藍

抗戰期間，確實有許多位前輩作家與當時的青年作家們的傑出作品問世。那些有血有淚有生命的作品，不論是小說、報導文學、散文、詩、或是劇本，都對鼓舞民心士氣大有貢獻，在文學水準、藝術價值上，也很有成就。可惜有許多位作家未能離開鐵幕，像冀野、梁宗岱、老向、徐蔚南、徐仲年、徐霞村、王進珊、丁伯騮……他們都是愛國反共作家；我們應該設法搜集他們的著作在此出版。抗戰時期已蜚聲文壇的老作家，由大陸來台者也不算太少，像蘇雪林、謝冰瑩、沉櫻、梁實秋、陳紀瀅、胡一貫、李辰冬、趙友培、何容、孟十還、祝秀俠、王夢鷗、魏紹徵、孫陵、吳魯芹、王集叢、尹雪曼、姜貴、張秀亞、朱介凡……諸先生，以及當時的傑出青年作家鳳兮、吳若、墨人、南郭、袁睽九，諸先生（當然還有別作，恕一時記憶不全）現在都在台灣或國外。我們應該整理出版他們當時的作品。在台過世的老作家像覃子豪、李曼瑰、王平陵、黎烈文、葛賢寧、諸先生俱為抗戰時期重要作家，也應該重印他們的著作，廣為流傳。

中共一直想欺騙世人，謊說八年抗戰是他們打的，尤其在海外叫得更兇。實際上，像當初姚雪垠、田濤的抗戰小說都是寫的國軍陣地中的人與事，連臧克家的長詩也是寫國軍忠勇抗日事蹟。雖然他們後來都「左」了。這足證明誰在那個期間真正浴血抗戰。

我們還應該把抗戰文學作品譯為外文，在國際文壇發生影響，不但展示我們作家的好作品，也使世人藉以認清歷史真相。

中共在抗戰期間，確實在文藝工作上投下極大人力、財力，發動「人海戰」、「書海戰」，有計劃地策動高捧一批人，又打擊一批人，倒也造成錯覺。像中共的「新華日報」，編排較活潑，經常以大標題、大篇幅寫文藝新聞，又以十數人編新華副刊，造成特色吸引讀者。但是，「只能欺騙少數人於一時，不能欺騙多數人於永遠」。所以，我們只要把抗戰文學整理、出版、翻譯出來，世人眼睛應是雪亮的，他們會肯定真正好的作品。

不要怕談，抗戰文學是我們的！

●李永剛

我是學音樂的，但音樂與文學關係密切，良好的文學修養有助於音樂作曲，因此之故，學生時代除了音樂外，我一直喜愛著文學，二十年代、三十年代以及抗戰文學的作品，幾乎都看遍了，徐志摩、巴金、茅盾、曹禺、老舍等人的作品，我都可說是耳熟能詳，大學時代，我也寫過詩，尤其是偏愛徐志摩的詩，比較浪漫，事實上當時最時髦的就是浪漫文學，小說方面我喜歡看巴金寫的，至於老舍的小說中嘻笑怒罵式的幽默，我比較不能接受。

現在很多人都避諱談抗戰時期的文學，以為抗戰文學中左傾文學占大多數，在我看來，這可以不避諱的，當時左傾的名作家，不管是老舍也好，巴金也好，他們都是受共產黨煽動利用，患了左傾幼稚病，以為左傾就是前進，共產黨是利用文學力量來吸收作家，也利用文學來傳佈共產思想。三十年來，這些當年左傾的作家，備受折磨，有人自殺身死，有人被批被鬥，幾乎都沒有好下場，由此可看出他們當年的左傾，只是自覺或不自覺的被煽動被利用，在本質上，他們的思想與共黨格格不入。

另一方面，由整體來看，真正的文學潮流在抗戰時期還是相當蓬勃的，抗戰文學的確發揮了抵抗外侮的力量，因有必要突出立場來讓年輕一代曉得當時有那些作家，那些作品。

至於在做法上，我有兩個意見，一是要做通盤的介紹，不論是左傾文學或是國防文學，或是對抗左傾文學的文學都應該介紹。其二是以歷史眼光來介紹抗戰文學，源源本本的介紹當時的作家與其作品，如老舍在寫「老張的哲學」時，原先並不左傾的，他的左傾是受共產黨有意的煽動，及至後來老舍反受迫害，像這種三段式的介紹，便是我所說具有歷史眼光的介紹。

在淪陷區寫抗戰小說

●徐訏

抗戰時，上海淪陷了，我住在淪陷區中的租界地；因為我要寫作，租界區自由些。記得當時寫得最多的是短篇小說和散文，長篇小說也寫，一般人比較熟悉的是「風蕭蕭」這部以抗戰為背景的小說，也可說是抗戰小說。

那個時期的文學作品多半以宣傳抗戰，鼓舞士氣為主體，固然有許多是很好的，但難免其中會有些是公式化、概念化，好像只是在喊口號一樣，不過，我想這也是難免的事。我記得當時還流行一種「農村小說」，主題差不多都是寫鄉下農村的窮苦情形，及窮人如何受壓迫等，但由於故事發生地點不同，有的是四川農村，有的是貴州農村，看起來材料豐富，好像蠻熱鬧的。我和寫農村小說一派的作家一向是井水不犯河水，因為我們立場不同，我寫我的抗戰小說，他們寫他們的農村小說。

談到整理工作，我想有人來整理當然很好，不過，抗戰時間長，文學材料多且雜，整理工作可能不太容易做。

創造一部配得上那個時代的史詩

●朱天文

八年抗戰真是一個不得了的時代，而我們所知道、所感覺的，僅僅是來自於一些零散的讀物，和父輩的口述，單是這樣就已經足夠我們對那個時代嚮往感懷不已，並對我們的民族生出莫大的志氣了。我想我們這一代還沒有接觸到真正的抗戰文學，如果說「未央歌」和「藍與黑」，也能算是一種抗戰文學的話，那就遠不及陳銓的「野玫瑰」，張愛玲的「傾城之戀」和「封鎖」，和「今生今世」了。其實抗戰文學與我們民族所付出的血淚相較，到底是顯得很貧弱的，但我們期望著，並且相信，不可能沒有一部配得上那個時代的文學，好在從那個時代走過來的前輩作家，都還健在，我們沒有放棄期盼和相信他們終會創造出還更大過那個時代的史詩。

抗戰文學的整理工作是應該做的

●唐紹華

抗戰時，我在中央宣傳部服務，八年中，我完成了三十幾部劇本，分別在前方街頭巷尾及後方的舞台演出，短劇一切從簡，不考慮舞台設備，長劇則屬大規模演出。像「碧血黃花」一劇是描述黃花岡七十二烈士拋頭顱灑熱血的史實，這個史實搬上舞台為了鼓勵青年從軍，正符合當時　蔣委員長「十萬青年十萬軍」的號召，因此「碧血黃花」適合在後方舞台演出。適合在前方演出的，則像「日落」、「一群馬鹿」、「代用品」等劇，這類劇本，我都是根據敵方情報資料而寫，如日本國內物資缺乏沒米沒糧，改吃代用品等等現象，顯示日軍正如強弩之末，已無力做長期戰爭，我把這些事實編入劇本中，在戰地演出，以鼓舞官兵作戰的士氣。

因此，談到抗戰文學，我也是其中的作者哩！不過，在我看來，八年抗戰中一切是「勝利第一，軍事第一」，大家反而忽略了文學的重要，事實上，文學家光是搖筆桿，卻不荷槍上戰場，而真正在前方和敵人廝殺的軍士，並不寫作，加上當時一些左傾作家專挑黑暗面來作為寫作題材，裡面或多或少強調了階級鬥爭。所以使這段歷史，增加了複雜性。

關於三十年代文學應否整理的問題，文藝界爭論已久，當然這是應該謹慎從事的。但抗戰文學並不是三十年代文學，抗戰文學的資料的整理工作是應該做的，這工作我們不做誰來做呢？我們不做要如何向年輕一代交代呢？

歷史是不容篡奪的！

●尹雪曼

民國二十六年我到武漢考試，進了陝西西北聯合大學，民國二十七年因為戰爭，學校遷到城固，我就在那兒唸書，等到民國三十年畢業之後，就提起行李捲兒到重慶去了。

我寫作很早，大約初中二年級就開始發發表文章，但是抗戰時寫得更勤、散文、短篇小說都有。這時候是國家生死存亡的大時代，每個人都深受影響。我，一個在戰火中流浪的孩子，就很自然的把戰爭的所見所聞做為寫作的題材。

當時我的散文，短篇小說大半都在大公報副刊「戰線」上發表，那時副刊主編是陳紀瀅先生。

對於自己在抗戰時間的作品，記憶最深的是，以青年在戰爭中流亡為背景所寫的短篇小說集「戰爭與春天」，民國三十二年由重慶商務印書館出版，被列為「大時代文藝叢書之一」。到台灣以後，一位花蓮的讀者寄給了我，雖然這書的印刷紙張並不好，但畢竟它代表了抗戰的故事，一段永遠無法忘懷的記憶。

抗戰時的文藝作品，朗誦詩是非常流行的題材，因為它能直接鼓舞民眾和讀者的情緒、傳播比較快，感染力很強。其中高蘭寫的朗誦詩在當時最有名，為大家所熟知。其他在散文方面，麗尼的作品寫得比較美，何其芳的作品則是清俊，蕭乾的也很不錯，為當時青年所喜愛。像這些作家，當時的作品都是為抗戰而寫，沒有左傾的色彩。

抗戰結束後共產黨竊據大陸，許多作家來不及逃出，不得已留在大陸，共產黨就說抗戰文學屬於他們，這種說法根本不合乎事實，抗戰是在國民政府領導下進行的，當然在其間產生的抗戰文學是應該屬於中華民國的。

與現在的文學作品比較起來，抗戰文學比較熱情，沒有現代部份作品的晦澀，但也沒有像現代作品比較繁複的內涵，再加上時間的距離，與現代人在認知上也是有差距的。雖然如此，我們認為它有整理的價值，因為畢竟這是中國文學史中輝煌的一章，不能讓它埋沒。尤其當共產黨在海外大做宣傳的時候，我們政府更應該協助著把抗戰史實及抗戰文學有系統的整理出來。周錦先生曾以私人的力量整理出四冊抗戰當時的文選，這種精神令人欽佩。我覺得周先生編的這套書應該大量分送海外，告訴大家：歷史是不容篡奪的！

專唱扯後腿的歌

●李中和

全面抗戰開始之後，各地紛紛成立「抗敵後援會」，這個組織內配有歌詠隊，成員多半是青年學生，他們每天到街頭，板凳一擺，說聲：「各位父老鄉親們……，我們要保衛鄉土。」然後一首首的演唱愛國歌曲，歌聲一起，人就圍起來了，歌詠隊連說帶唱的，說動了許多年輕人投入軍隊。

風氣一開，大家都唱抗戰歌曲，那時的抗戰歌曲真是多，只要是詞曲有意義能激勵抗戰情緒，不管好壞，大家都喜歡唱，因為國難當頭，人們不再用理智來判斷藝術技巧的好壞，而是以情緒來衡量，只要是能使人熱血沸騰的歌，大家都唱，而且是用「心」去唱。我那時候也寫了好些抗戰歌曲，「白雲故鄉」、「長征」、「知識青年從軍」等，那時，沒有特別為部隊而寫的軍歌，軍隊和一般民眾唱一樣的歌。

發表抗戰歌曲的刊物，有名的如在武漢地區有劉雪厂編的「戰歌」，不定期的發行；江西音樂教育推行委員會發行的「音樂教育」；重慶教育部出刊的「樂風」等，共產黨也出了本「新音樂」雜誌，這本「新音樂」從不賣錢，而是分別寄贈，在這本雜誌中發表的歌曲，通常十首中只有兩首是真正抗戰歌曲，其餘八首是專門扯國民政府後腿的歌，像是「中華民國萬歲歌」，變成了「中華民國萬『稅』歌」，說政府「苛捐雜稅」，極盡挑撥離間，打擊政府威信之能事，還有一首歌是勸大家不要去當兵，因為那時　蔣委員長號召青年從軍，「十萬青年十萬軍」，共產黨這首歌的大意是：孩子不是娘心狠，把兒子眼睛刺瞎了，瞎了眼也沒關係，只要不去當兵就好了。

如今共產黨在海外宣傳抗戰是他們打的，如果能把他們當年所做這類扯後腿的歌曲整理出來，並公諸於世，他們還能繼續扯謊嗎？

附錄

讀聯副的「抗戰文學」專輯有感

●老驥

連日來讀到「聯副」刊登的「抗戰文學專輯」，使我彷彿又回到了四十多年前我親身經歷過的災難歲月，眼前重新浮現了一幕幕令人悲慟欲絕、血脈賁張的情景，令人感慨萬千！

感謝聯副編者用心良苦的挪出這麼多的篇幅，邀請對抗戰文學有深刻體認的老作家和青年作家們談如何保衛抗戰歷史與整理抗戰文學，並且刊登足以反映抗戰時期國人的苦難和軍民的奮鬥過程的文藝作品，不但能撫慰像我這些曾經遭受戰亂洗劫的年長一代，更能對於在幸福安定環境中成長的年輕一代，有非常深刻的啟示與教育意義。

在諸位作家們所提的意見中，有許多發人深省的觀點，值得再三研讀，像陳紀瀅先生指出，抗戰文學的特質在於發揚中華民族的自尊心、表彰中華兒女不屈不撓的偉大精神，同時融合了全民的情感，描述了散佈於幅員遼闊的中國大陸各個地區人民的大結合，這樣的文學作品不僅當時需要，更是當前國家生存和發展所亟待提倡的。

抗戰時期，中共假藉文藝作品，做自我宣傳，製造不當言論破壞政府的威信，打擊抗戰的情緒，他們所做的完全是破壞性的文藝工作，趙友培先生舉例說，共黨利用東北作家造成「政府不抗戰」的輿論，引發北平學生請願的風潮，此外，趁著政府專注戰事時，傾全力於文藝宣傳工作，蠱惑年輕人，混淆西方人對抗戰的認識。但是當時大多數的文藝作品對於抗戰的描寫題材廣泛，主題正確，有深度、有技巧，表現得多采多姿，確實具有整理流傳的價值。

毛一波先生也認為，有人誤會抗戰時的文人大多數是共產黨，這完全是中了共黨宣傳的圈套，其實當時的作家多半是自由主義者，崇尚自由思想，對抗戰有正確的認識，因此我們不能因為抗戰文壇中有少數的左傾份子，就否定了抗戰文學的價值，相反的我們要鄭重的推介抗戰文學，有系統的整理抗戰文學。

現在共匪正在海外捏造謊言，妄圖竄改抗戰歷史，而且大多數的年輕人對於抗戰文學疏於認識，或是誤解。試以這次專輯作家訪問中發言的青年作家為例，他們談到抗戰文學，都表示余生也晚，所知有限，希望年長一代文壇前輩多多提示，更有一位青年作家朱天文竟把「今生今世」也說成了抗戰文學，這實在是太不妥當了！我不認識朱天文，但我想他總是台灣長大的孩子，我們不能怪年輕人，只能怪我們年長一代沒有把正確的歷史形象告訴他們。這例子說明了年輕一代對抗戰歷史的陌生，已經到了怎樣令人吃驚的程度！這樣的錯誤足以警惕我們，應該從速搜集抗戰時期、真正刻劃大時代的苦難，鼓舞民族精神的文藝作品，一則揭穿共匪的妄行，盡我們維護歷史真相的責任，一則將抗戰文學的真實面貌，正確的交給年輕的下一代，如此，聯副這次推出的抗戰文學專輯便具有更深遠的意義了。

這次專輯還有一個特色，就是穿插在文章中的「抗戰木刻選」。就我記憶所及，抗戰時期紙張相當缺乏，一般所使用的紙質地粗糙，色澤暗黃，類似早期在台灣看到的草紙，用這種紙張印照片或彩圖，常常是模糊一片，但拓印木刻，雖然不可能像現在的版畫一樣，可以隨心所欲印得五彩繽紛，但黑白線條的版面卻可以勉強傳達，再加上當時的藝術家對於日寇的暴行正是氣憤填膺，同仇敵愾的時候，自然而然會選擇線條明快，陰陽對比強烈的黑白木刻為來表達他們的情感，因此我國傳統木刻版畫的特色在抗戰時期，可以說是充分的發揮出來，並且達到最光輝燦爛的成就。聯副的抗戰文學專輯能兼及當時文藝上的「特產」——木刻，實在難能可貴，也足見得專輯策劃者的歷史眼光，值得稱道。（六十八年七月十日聯副）

抗戰文學作品・民族精神火花

●沙金記錄

民國六十八年六月二十一日，青年戰士報為紀念抗戰四十二週年，特別舉辦一場「抗戰文學作品・民族精神火花」——「抗戰中的文藝」座談會，由唐紹華主持與會的作家學者有：趙滋蕃、鳳兮、墨人、吳癡，應未遲、尼洛，本次記錄刊載於該報七月十日、十一日的副刊，原發表時記錄者沙金在文中有甚多對於發言者及場景的描述，此處皆刪去（編者）

唐紹華：

今天這個座談會的總題是抗戰中的文藝，分題是抗戰中的作家；抗戰中的作品；抗戰中的文壇以及期望反共中的文藝作品，抗戰那階段，想必還在各位老友的記憶中，現在眼看著七七抗戰紀念日就到了，在這個時候，就我們如今所從事的工作——我是說文藝工作，來談抗戰中的文藝，我認為是最允當不過的了。抗戰，是我們中華民族抵抗外侮，其動員的人力，其戰域的遼闊，以及我民族精神的發揮，該說是史無前例的，在整個中華民族歷史上應有其絕對地位的。但是回顧這個世界，每一個偉大的時代，都有其文藝上的紀錄，如雷馬克的「西線無戰事」，如托爾斯泰的「戰爭與和平」，中國的抗日戰爭，不僅在中國，即使是放諸世界，也應屬劃時代的偉大之舉，但是文藝中的紀錄呢？這次座談會，就是以此來就教於各位，各位多是抗戰時代的過來人，請就你們所見所聞所經歷有關於文藝的這一環，提出來談！前述分題，我們可以綜合起來，像閒話家常一樣，留下一個紀錄，作為有關方面的參考。

鳳兮：

這個座談會，這樣個座談主題，在我想來，大概是有種鑑往知來的用意。抗戰的時候，個人還是一個青年，雖然也寫寫稿，然主要的還是一個讀者，我就以讀者的身份來談談。抗戰初期我在復旦大學求學，復旦是一個經常有左傾文化人去的地方，因為曹禺、章靳以，和胡風等人在那裡教書，住在那兒附近的端木蕻良和蕭紅也常去學校，校方文藝社團還請過郭沫若去演講。據我直至現在的看法，他們本質上是共產黨的，很少，像曹禺，我認為就不是，原因就在共產黨徒藉抗戰來挖政府的牆腳，而作成入彀陷阱。前述中人，有些是不滿現實的，但不滿現實就是共產黨，這種言論個人感到有商榷必要，中國文人的傳統，總是站在弱者這一方的，同情窮困的人們，無形中流露在筆端，但這並不是錯事，能說老舍寫「駱駝祥子」時他已是共黨同路人了嗎？問題在共產黨徒利用了中國文人同情弱者的這一傳統而已。以前對這類文人，見其貼近共黨，乃置之不理，我想這並不是一個好方法，須得針對其良知而予運用，相信什麼都敵不過其本身良知的。有道是物極必反，不理，乃至攻擊，徒使其投向對方。就以郭沫若作譬喻，當年他由日回國，派為軍委會政治部第三廳廳長，後見其接近田漢等人，即將其疏遠，我的奇想是這或有不妥，因郭某近被共黨列為四大不要臉之一，不要臉的動機，無非是名或利，當初以名利羈縻，其能脫逃者幾希。奇想，這是我的奇想。不過，我剛提到鑑往知來四字，奇想只是一個譬喻，就是說以後對於類似那一類的文人，不要一分為二，應用種種方法，促其良知自覺，使其對政治有真正的認識，不逼其走偏鋒，而能將其智慧真正運用到國家民族的福祉上。說到這裡，我再強調一下，應該吸取教訓和經驗，鑑往知來，在作法上，應以一種完美的態度，去寬容、去轉移。去導引而化敵為友。謝謝，原諒我的奇想。

吳癡：

其實，由於職務的關係，在抗戰中我認識的作家不多，只在長沙時，認識了張天翼和蔣牧良，記得那是民國二十七年春天的事，張天翼於抗戰開始不久，寫了篇「華威先生」極盡諷刺能事。至於蔣牧良，則為所謂鄉土作家，也好像自稱大兵作家。民國三十年，則認識塞先艾先生，其作品我已忘記篇名，之後在重慶又認識了駱賓基和豐村，不過個人認為駱賓基與豐村比張天冀、蔣牧良和塞先艾差多了。至於抗戰中的文藝作品，因為「人在抗戰中」有如「身在此山中」，反而不見有什麼好作品，共黨及其同路人所寫的長短篇及報導，皆為控造事實；不足道，其時范長江的報導很有名，但我在前線身經體受，發覺他寫的多與事實不符。至於真正在前線的軍人，寫是有寫的，但發表之處少極，因為當時無論是報紙或是雜誌，篇幅都很少，那時物質普遍缺乏，紙張來源少的緣故，我個人寫稿，兩千字就得費周章，須得考慮發表方便與否。抗戰已是三十餘年以前的事了，何以這麼多年來，描述抗戰的作品不多，而描述作戰與戰場的尤少，其主要原因是真正在前線真刀真槍幹的，多數不大會提筆，能提筆的，則常無機會上第一線。因此，我建議趁曾參加抗日戰爭還在世的，政府有關單位宜設法請彼等寫出來，如彼等不能執筆，得讓有寫作能力的人去作記錄，當然，還須得一部份經費，但這錢是值得花的，否則，若干年後，將被共黨歪曲殆盡，相信我個人，我們，以及我們政府，對抗戰流過汗，流過血的，都會認為既締造了中國歷史上一個偉大紀錄，則這紀錄就不容共黨歪曲其真實性。

趙滋蕃：

各位，我對於今天這個座談會，想到有三點要提出，第一是要注意到我們歷史文化的氣脈；第二，我覺得後一輩人，並非其才氣不如上一代，而是彼等的心靈是游蕩的，所以他們的生活經驗累積不起來；第三，我呼籲大家深深了解到，藝術就是經驗的累積。一個從事文學和藝術的人，如果具有著民族歷史文化氣脈，將之充實心靈，再加上經驗，相信將是一位傑出的文學家和藝術家，否則，其作品對於世人，對於這個社會，終是隔靴搔癢，而成不了氣候，這是我有感而發的，特別在此提出來，貢獻給有志於文藝藝術工作的人參考。其次，我才談到今天座談的主題，我認為真正的抗戰文藝，應追溯到民國二十七年三月二十七日，在武漢成立中華全國文藝界抗戰協會，其時的出版物名為「抗戰文藝」，最初是三日刊，然後變成周刊，而半月刊，六卷二期之後，成多月刊，該刊總務負責人是老舍，編務負責人是姚蓬子，另外，談抗戰文藝，也不應忽略「抗到底」半月刊，這本半月刊的內容包括了抗戰的大鼓，抗戰的蓮花落，新的花子拾金，小放牛和對口相聲。雖則這些東西現在看起來不登大雅之堂，但在當時，卻有其效果，在民間，起了很大的宣傳作用。因為那個時候，教育不普及，唯有蓮花落等的形式，並能深入群眾。軍隊的成員是來自鄉村，鼓舞士氣的，也是以大鼓等才能為他們入耳。說老實話，抗戰，是那些最基層的戰士們作了最直接的貢獻，他們多多少少是受了抗戰大鼓和抗戰蓮花落的影響，這一點，扯不到毛澤東的延安文藝座談，因毛的延安文藝座談是一九四二年五月二十三日的事。

今天，我們談抗戰文藝，就必須注意到一九四二年五月二十三日以前的文藝活動，雖則，活動的內容和方法今天看來有點可笑，但在那時的環境中，卻不失為最佳的內容和方法。如果今天我們不想抗戰那段真正的歷史被篡改，再去把它組合起來，那麼就必須去取得這種資料，如今去找，相信還可找得到，再若干年，這些資料怕是會湮沒掉。如果捨卻這些資料，那寫出來的作品，就怕會如前面所說的，隔靴搔癢。

應未遲：

那，我來說幾句話，我在這裡不敢說余生也晚，因為這裡還有一兩位比我年輕，但是從民國二十七年開始，我就投入了抗戰行列，我從事的是新聞工作，由於工作的關係，與文藝人士有較多接觸，有次在湘北關麟徵那裡，看到了田漢，田漢其時穿的是馬褲呢軍服，武裝帶別著手槍，長統靴，領子上兩塊金板，職為軍委會政治部第三廳設計委員會的副主任委員，威風凜凜。我們知道，抗戰時物資匱乏，軍人多穿草鞋，軍服料子奇差無比，而田漢，卻與眾不同。我講這一點，只是說明，現在成為左派文人而其時也在抗戰行列中的，諸如田漢等，有極重的虛榮心。……這裡，我同意鳳兮的話，如果我們一直籠絡那些人，想必他們也會為政府所用。

民國三十三年，日寇作了次困獸之鬥，從柳州打到金城江和獨山，我當時在中央社貴陽分社任職，谷正綱先生為政府社會部部長，赴前線宣慰救濟難民，中央社總社派我追隨谷先生採訪。我於是見到戰爭的壯闊，我們民族精神的壯瀾，真可謂流民三千萬，那場面，「戰爭與和平」一書簡直不能比，可惜的是我沒見到一部作品述說那場面，整體來說，文藝在抗戰方面，從堅實澎湃來說，是交了白卷。救濟、宣慰過程中，桂林這座文化城的大批文化人也逃到了金城江，包括了田漢、熊佛西、顧而已、胡蝶等人，於是被搶救至貴陽。田漢、安娥等人安置在貴陽文化招待所——招待所是一間廟改修的。逃難，有那樣個地方，已是得天獨厚，千萬人尚且露宿荒野，成為餓殍，而田漢，居然在該年春節一餐會上賦詩，稻為「爺有新詩莫療貧，貴陽珠米桂如薪；殺人無力求人難，千古傷心文化人」，這詩不論佳否，但在當時傳論之間引起來的不良效果，則不可估計，三千萬流民，田漢尚有一所可棲，真是千古傷心文化人麼？

綜合前面所言，我有深深的感覺，愈是左傾的人，其生活愈腐化，如果當時籠絡他們，想真會如鳳兮所言，他們也會不要臉地為我們賣命——當然，這是個笑話。

再談到期望反共中的文藝作品，我想，重要的莫過是文藝的領導人，有人說，文藝不需要領導，因創作是自由的，但處於今天這個時代，文藝必須組合，並能推動，才能作戰。自張道藩逝世後，誰來接棒，充當文藝界扛大旗的旗手？迄無定論，不能不算是一個重要問題。

竊據大陸的中共偽政權，對於組合民眾，有其一套，尤其是組合文藝人士，尤為獨到，當年他們捧出了魯迅，不能不說起了相當作用。

今天，我們處此一局面，有人說，是在文藝上面打了敗仗所致。當然，民國三十八年以前大陸紊亂的那一階段，我們失誤之處頗多，包括了政、軍、財、經、教育等，文藝方面，不應獨負其責，但也不能說毫無責任，文藝浸潛的力量被共產黨徒發揮得淋漓盡致，反觀我們，處處站在挨打的地位。推其原因，一則是我們並未好好重視文藝的功能，不了解文學與藝術有浸潛人心底層的力量，另則是我們缺乏文藝推行的領導人，說領導，也許不能獲得很多人的同意，但根據政策來推行文藝的這樣一個機構，以及此機構須得一位有擔當有作為，對文藝的成就和造詣，能使文藝人士折服的人來支撐大旗，才事半而功倍，我想，這該是不爭之論。

現在，我們來檢討一下當前狀況，自張道藩先生過世之後，有誰來支撐這面大旗？

然後，我們再檢討一下，政府用在文藝方面的經費有多少？近年來，在建設方面，動輒就是千百億，但對能浸潛人心的文藝工作，其經費據我所知是戔戔可數。在現階段，文藝既是一個戰場，就不當吝惜戰費，如果以一杯水酒祈求上天降予錢雨，這是不可能的事。我盼望有關單位，能汲取以前的教訓，重視文藝的這一環節，應作投資，才會有收穫。

尼　洛：

在各位面前，我真是余生也晚，抗戰的時候，我還在念書，只是對文藝有興趣而已。自從近年來資料顯示，中共偽政權把整個抗戰據為彼等所有，於是我對抗戰的種種作了個整理和研究，今天，我就把心得提出報告。第一點是，所有抗戰時期，對文藝來說，是交了個白卷，整個為抗戰而產生的文藝，實在話，沒有什麼可提的。抗戰，是中國亙古以來所曾未有過的戰爭，從北到南，為期八年，上千萬人的死亡，而沒有一部文藝性的作品作種涵蓋的紀錄，是一個事實，也是一種遺憾。只不過在詩的方面有一點成就，但那是直訴於情感的，報導文學方面，也是直訴諸情感的，除此二者之外，其他無可稱述，其原因是這樣整個一個民族，投入這樣一個戰亂，主觀意識消除了客觀的觀點，於是寫出來便失真了，寫作者，在民族情感壓力下，未有面對這樣個戰爭予以超然的立場去認識，去描寫那之後，緊接著又是戡亂，使寫作者無法冷靜，也無環境去著筆。第二個原因，是當時有創作力的作家，皆由三十年代所延續下來的，那些人所面對的是封建社會，是帝國主義侵略社會，是經濟壓迫的社會，包括了老舍、巴金、魯迅和矛盾等人，彼等之觀點，已認定此種社會面貌，於是手下流露的是反應這種社會型態。但說句公道話，民國二十年以前，國民政府是可不負這種社會面貌責任的，這種社會面貌，也是國民政府所亟思改革的，然而那些文化人卻把這責任推到國民政府頭上，因而彼此距離拉遠。這些文化人，嚴格說來，當初他們不是共產黨，及至有了共產黨後，正如鳳兮先生說的，共產黨別有用心，把他們拉了過去，這情形的基本原因，一個那些文化人的政治認識不夠，二是當初我們對這些人的敬而遠之，三是共產黨挖政府牆腳而壯大自身而形成的，其中最重要的是第一項，如果那些文化人對三民主義和共產主義的基本認識夠，我想，我們所焦慮的問題根本就不會發生，同時，一部震鑠中外的抗戰文藝作品，早就出自他們手中了，而不致像今天這樣，仍是一張白卷。

所以在這裡我特別說明一點，我並不太贊成所謂籠絡，籠絡只是標，而不是本，本是促其思想的形成與三民主義結合，這種結合，是任何力量所打不破的。籠絡是種最不好的措施、籠絡，則造成特權、試想，能籠絡天下人麼？

第三點則是抗戰時的文藝作品既是一張白卷，我認為今天，就該請對抗戰了解得多點的人，來整理有關抗戰資料，請對抗戰有記憶的作家們，寫出描繪那一時代的作品，客觀的去寫，少訴諸於情感，多訴之於理智。

基於上述三點心得，我呼籲現在年紀大一點，對抗戰有所認識的作家們，以抗戰作背景寫文章，如果再不寫，將來會是一種大大的遺憾，同時我呼籲政府機構，應寬籌經費，來支持作這件事。至於談到文藝領導的事，作家們創作自由，這是作家們正常的態度，但是政府，應當為了文藝戰線的勝利，而加強文藝，工作，不要徒有其名的專設機構，而是要紮紮實實作事的機構，而作思想之鬥爭，這樣子寫作的人才會心悅誠服。可以說，我們政府，若果不要往前走，大力的走，則無法面對這個世界，則會落伍，原則上不是作因應的工作，而是作前導的工作，這樣子才會永遠走在時代的尖端——尤其是浸潛人心的文藝工作。

墨　人：

談一件事，我認為須先瞭解其環境，今天，我們談抗戰中的文藝，就得了解當時的情勢，記得當時有兩句口號，口號是：國家至上，民族至上。在此大前提下，我們政府希望的是團結，不分男女老幼，一體抗日。而共產黨，即運用了這種空檔，假冒偽善而從中漁利，以壯大自身，他們誘惑青年，尤其是文藝青年，可說是不遺餘力，也扛著國家至上民族至上的牌子，使許多年輕人受蠱惑。年輕人沒有錯，是一張張白紙，但共產黨徒別有用心，將其染色，我當時十八九歲，有此經驗，好在是沒受其惑，而能在這裡參加座談會，否則的話，也許早被鬥爭死了，也許由於出身「抗大」而飛黃騰達，今天，我之提出來說，只是說明一點，我們沒有文藝政策，直至今天在台灣，仍然是如此，不去組合，不去運用，也就是說不去重視。或者有人說，我們有文藝機構，有文藝經費，怎可說沒有文藝政策，如果沒有文藝政策，那文藝機構和文藝經費不是空設的麼？對了，我們的文藝機構是有點空設架子，官式的，表示有那麼回事，至於文藝經費，不提也罷，只算得聊備一格，不足應付文藝戰場之用。鳳兮說的，鑑往知來。前事不忘，後事之師，我們要打這一仗，就得汲取過往的教訓，得痛下決心，以戮力從事。

說到抗戰的文藝交了白卷，這是事實。因為在那個時候，出名的刊物，大都控制在共黨及其同路人手中，如矛盾控制的「文藝陣地」，如胡風的「七月」，還有「詩創作」等，可說是其時權威性文藝刊物，操縱著文藝界，在其上發表作品，先決條件是作品是否符合彼等之要求——政治意識的要求，想想，想在其上發表作品的人意識不左傾者幾希。另則是報紙，除新華日報外，多屬政府辦的報，但報社之主要負責人是一本忠識，但副刊編輯人卻往往為共黨及其同路人，如要發表作品，同刊物一樣，不左傾者幾希？基於這原因，抗戰的文藝，即使是有，也多屬站在共黨立場，而我們——我是說在座各位，其時年事尚輕，在功力上經驗上都不可能占一席之地，所以說，交了白卷。如今，我們有此能力了，但是一部這樣的作品，並非三兩個月，或是一年半載所能完成的，在這工商社會裡，我們無法三年五載或是十年八年來經營一部作品而不顧及生活。即使是寫出來了，何處能出版？我有此經驗，拙作「火樹銀花」應屬抗戰文藝，枵腹以赴，費了很長段時間寫出來了，凡五十萬言，卻找不到出版地方，好不容易出版了，卻刪成為三十萬字，最可悲的是坊間看不到（說到這裡，墨人苦笑了一下），在我來想，是這個社會變了，這也是無可奈何。至於談到今天的文藝，我反對排斥反現社會秩序的寫作者，但我更反對籠絡那些人，剛才尼洛說，籠絡會造成特權，事實是如此，至於忠於這社會秩序的寫作者，政府不要因其緘默而置之不理，得更大力支援，使其能創作出亮麗的作品來。

要使文藝能落實，能為這一場戰爭中作既是矛又是盾，就得辦刊物，把刊物辦好，尤其報紙副刊。老實說，今天的作家群，在品質上，在素養上，比當年抗戰時，不知要高出多少倍。人，有了，另則是經費，政府應該拿出錢來，錢是子彈，沒有子彈光扣扳機有什麼用！要是人和錢都沒有問題，怎會辦不出好刊物來？有了好刊物，那怕人心不受良性文藝的浸潛？

我這番話，希望被大家所重視，也許拉雜了一點，但卻出諸肺腑，希望能發生效果，那也不辜負這樣雷雨交加來參加座談會的初衷。

唐紹華：

謝謝各位老友表達了對今天這個座談會所談的主題的種種意見，正如鳳兮說的，這次座談會是有點鑑往知來的意思，也就是說檢討抗戰中的文藝，作為現階段文藝政策、作法，和文藝發展作參考。有道是他山之石可以攻錯，抗戰過去，也只三十多年，在我們這代人中，印象還屬鮮明，有許許多多的經驗，確可作為今日的借鏡。

抗戰，應該是一個一致對外的全民精神表現，但是共產黨徒卻在縫隙裡覓機取利，擴充槍桿，吸收運用筆桿，由於那是一個新陳代謝的時代，有些寫作者，由於政治認識不清，而落入共黨彀中，以致抗戰勝利後，我們的國家仍然處於動盪不安裡，我們是失敗了，但是，這點的教訓是值得檢討的，以免再蹈覆轍。關於抗戰文藝交了白卷的問題，剛才墨人兄也分析得很明白，我們得承認是交了白卷，但是亡羊補牢，為時尚未晚，抗戰勝利到今天，也不過是三十多年，那時代年輕的一群，雖在矛盾、巴金的籠罩下而未克成氣候，但是今天，卻已成熟，應該有能力來完成如尼洛所說的用客觀的，訴諸於理智的去創作有份量的小說和詩歌等，來為抗戰歷史留個真實的紀錄，一如應未遲說的，流民三千萬，這是何等的悲壯，何等的場面，又何等表現出我中華民族精神的不屈不撓。我亟盼望在座的老友發此宏願，把它寫出來，一則是對中共黨徒歪曲歷史的駁斥，另則是使我們的下一代了解到團結才會產生力量。

當然，這其中涉及到經費，剛才墨人已吐過苦水，今天的社會已非當年，而且這工作不是短期內可完成的，政府有此義務來促成、來支援。

應未遲強調的文藝的領導，我同意尼洛的意見，雖則創作貴自由，但值此一時代，為了文藝戰線的勝利，應有紮紮實實作事的專設機構，而不要徒具其名這一機構，在原則上是要作前導而不是作因應，應變被動成主動。

吳凝先生的話極富建設性，文藝在抗戰時交了白卷，是因為在最前線作戰的，多數不太能提筆，因而有些抗戰作品失真，他建議趁曾參加抗戰者還在世時，政府有關單位宜設法請彼等將之寫出，如彼等不能執筆，就讓有寫作能力的人去作紀錄。我希望有關單位能看到這篇紀實，否則，就寄給他們，提醒他們注意。

最後，談到今天在臺灣的文藝現狀，現在，應該說是反共中的文藝，但是三十年下來，那氣息卻愈來愈淡了，反之，標新立異，譁眾取寵，詆毀謾罵，為文壇登龍的不二法門，以致倖進，影響了這個社會的秩序，噬蝕了國家的命脈，為害之大，莫此為甚。我們希望有關單位，從抗戰中的教訓，以求證今日狀況的正常與否，如果不正常，就該設法淨化，為了社會秩序，為了國家命脈，大刀闊斧地去整頓，對於那些標新立異、譁眾取寵與詆毀謾罵的倖進者，不予籠絡，而是將其思想導向以三民主義為中心，建立其良性的輻射。

最後，我重覆趙滋蕃先生的一句話，「藝術是經驗的累積」來為我們共勉，成功也不必在我，只要盡其在我，每個人有此秉持，相信文藝戰線上，我們必能獲得勝利，相信定會有一部光耀中外的抗戰文藝作品，在我們有生之年得以見著，它或許就成就在你我之手，願我們共同努力。謝謝。

《文訊叢刊②》

抗戰文學概說

編　　者／李瑞騰
封面設計／詹淑美
校　　對／楊錦郁

發 行 人／蔣　震
出 版 者／文訊月刊雜誌社
社　　址／臺北市林森北路七號
電　　話／(02)3930278・3946103
編 輯 部／臺北市復興南路一段127號三樓
電　　話／(02)7711171・7412364

總 經 銷／聯經出版事業公司
地　　址／臺北縣汐止鎮大同路一段367號三樓
電　　話／(02)6425518代表號
印　　刷／裕臺公司中華印刷廠
臺北縣新店市大坪林寶強路六號

行政院新聞局局版臺誌字第3278號
定價140元（如有缺頁、破損，請寄回本社調換）
郵撥帳號第0588475～9號文訊月刊雜誌社

中華民國七十六年七月一日初版